Der Dienstmädchenroman ›Anna‹ (1926) von Dezső Kosztolányi, eines der herausragenden Werke der ungarischen Literatur im 20. Jahrhundert, erschien zu einer Zeit, als einem Hausherrn laut Gesetz von 1876 noch ein Züchtigungsrecht bei seinen Dienstmägden zustand.

Anna Édes ist eine musterhafte Dienstmagd. Das einfache Mädchen vom Lande, das mit 19 Jahren nach Budapest in den Haushalt des Ministerialrats von Vizy kommt, entpuppt sich als wahre Perle (»Dieser neue Besen kehrte tatsächlich gut«).

Anna ist pflichtbewußt, bescheiden, unermüdlich und opfert mit der Zeit ihr Leben vollkommen dem Willen ihrer selbstsüchtigen Herrschaft. Doch dann, eines Nachts nach einem großen Empfang, ersticht Anna, die nie auch nur ein Huhn schlachten konnte, mit einem großen Küchenmesser den Ministerialrat und seine Frau. Niemand, am allerwenigsten Anna selbst, hat eine Erklärung für diese Bluttat. Nur der alte Hausarzt ahnt den wahren Grund: »Man hat sie nicht wie einen Menschen behandelt, sondern wie eine Maschine. Man hat eine Maschine aus ihr gemacht.«

Vollkommen gleichgültig läßt Anna den Schuldspruch von 15 Jahren Zuchthaus über sich ergehen. »Ihre Zelle war ziemlich sauber, heller und auch geräumiger als Annas Küche. Sie wollte es nicht glauben, daß ein Gefängnis nichts Schlimmeres war.«

Dezső Kosztolányi, der 1885 im südungarischen Szabadka (heute Subotica / Serbien) geboren wurde, lebte als Journalist und freier Schriftsteller in Budapest. Er schrieb Gedichte, Novellen, Feuilletons, politische Beiträge und fünf Romane, als deren bedeutendster sein Dienstmädchenroman ›Anna‹ gilt.

Kosztolányi – u. a. von Thomas Mann hochgeschätzt – hat mit seiner Literatur Generationen ungarischer Autoren beeinflußt. Er starb 1936 in Budapest.

Dezső Kosztolányi

ANNA
Ein Dienstmädchenroman

Aus dem Ungarischen
von Irene Kolbe

Fischer Taschenbuch Verlag

Veröffentlicht im Fischer Taschenbuch Verlag GmbH,
Frankfurt am Main, Mai 1994

Lizenzausgabe mit freundlicher Genehmigung des
Vito von Eichborn GmbH & Co. Verlags KG, Frankfurt am Main
Die ungarische Originalausgabe erschien 1926 unter
dem Titel ›Édes Anna‹ in Budapest.
Die deutsche Ausgabe folgt der Übersetzung, die
Irene Kolbe 1963 im Corvina Verlag, Budapest, vorgelegt hat.
Das Dossier wurde von Gyula Hellenbart (Hamburg)
und György Dalos (Wien) zusammengestellt.
›Anna‹ ist 1987 als 34. Band der von Hans Magnus Enzensberger
herausgegebenen ›Anderen Bibliothek‹ erschienen.
© Greno Verlagsgesellschaft m.b.H., Nördlingen 1987
© Vito von Eichborn GmbH & Co. Verlag KG, Frankfurt am Main 1989
Umschlaggestaltung: Buchholz/Hinsch/Hensinger
Druck und Bindung: Clausen & Bosse, Leck
Printed in Germany
ISBN 3-596-11998-7

Gedruckt auf chlor- und säurefreiem Papier

INHALT

I	Béla Kun fliegt davon	9
II	Der gnädige Herr, der Genosse und die gnädige Frau	10
III	Das Abendessen	20
IV	Allerlei Aufregung	35
V	Ministerium und Mysterium	48
VI	Anna	61
VII	Neue Besen kehren gut?	78
VIII	Das Phänomen	89
IX	Eine Diskussion über Torte, Gleichheit und Barmherzigkeit	99
X	Die Legende	117
XI	Der junge Herr Jani	126
XII	Wilde Nacht	142
XIII	Liebe	157
XIV	Etwas sehr Bitteres	168
XV	Winter	180
XVI	Materie, Geist und Seele	193
XVII	Fasching	207
XVIII	Grauen	221
XIX	Warum…	247
XX	Gespräch vor einem grünen Zaun	275
	Dossier	281

Oremus pro fidelibus defunctis. Requiem aeternam dona eis
Domine et lux perpetua luceat eis.
Circumdederunt me gemitus mortis: Dolores inferni
circumdederunt me.
Absolve Domine. Benedictus Dominus Deus Israel.
Et ne nos inducas in tentationem. Sed libera nos a malo. A porta
inferi erue Domine animam eius.
Ne tradas bestiis animas confidentes tibi. Et animas pauperorum
tuorum ne obliviscaris in finem.
Domine Jesu Christe miserere ei. Christe parce ei.
Domine exaudi orationem meam. Et clamor meus ad te
veniat.
Miserere mei Deus. Non intres in judicium cum famula tua
Domine.
In paradisum deducant te Angeli: et cum Lasaro quondam
paupere vitam habeas sempiternam.
Oremus. Anima eius et animae omnium fidelium defunctorum
per misericordiam Dei requiescant in pace.

Rituale Romanum

I
BÉLA KUN FLIEGT DAVON

Béla Kun floh mit dem Flugzeug aus Ungarn. An einem schönen Nachmittag – so gegen fünf Uhr – stieg vom Hungaria-Hotel, in dem die Sowjets untergebracht waren, ein Flugzeug auf. Es flog über die Donau, über den Festungsberg und mit einer kühnen Wendung weiter zur Generalswiese.

Der Volkskommissar steuerte das Flugzeug selbst.

Er flog niedrig, kaum zwanzig Meter hoch, so daß man sein Gesicht sehen konnte.

Er war bleich und unrasiert wie gewöhnlich. Er grinste zu den Bürgern hinunter und winkte ihnen höhnisch und voll ausgesuchter Bosheit zum Abschied zu.

Seine Taschen waren vollgestopft mit Törtchen von Gerbeaud, mit Schmuckstücken und Edelsteinen, die er den Gräfinnen, Baroninnen und anderen gutherzigen, mildtätigen Damen abgenommen hatte, mit Altarkelchen und ähnlichen Kostbarkeiten.

Um die Arme hatte er dicke Goldketten geschlungen.

Als das Flugzeug an Höhe gewann und in der Weite des Himmels verschwand, fiel eine von diesen Ketten mitten auf die Generalswiese, wo sie von einem ältlichen Herrn, dem Christinenstädter Bürger und städtischen Steuerbeamten Patz – Karl Josef Patz –, gefunden wurde.

So erzählte man sich jedenfalls in der Christinenstadt.

II

DER GNÄDIGE HERR, DER GENOSSE
UND DIE GNÄDIGE FRAU

Als diese Nachricht am 31. Juli 1919 die Christinenstadt
durcheilte, rief Herr Kornél von Vizy durch die Tür:
»Katica!«
In der Küche stand ein Mädchen, rund und prall wie eine
gefüllte Taube.
Sie schien gerade ausgehen zu wollen.
Angezogen war sie jedenfalls schon: rosa Hemdbluse,
schwarzer Rock mit schwarzem Wachstuchgürtel und
neue Lackschuhe. Sie betrachtete sich in einem Handspiegel, streute Reispuder auf ihr Taschentuch und rieb sich
damit das runde, weiche Gesicht ein.
Sie hörte, daß sie gerufen wurde, rührte sich aber nicht.
Die Klingel war schon lange kaputt, schon seit der Károlyi-
Zeit, seitdem wurde einfach nach dem Mädchen gerufen
oder an die dünne Wand des Herrenzimmers geklopft, das
gleich neben der Küche lag.
»Katica!« rief Herr von Vizy wütend.
Daraufhin ging Katica langsam durch den Flur, betrachtete sich im Spiegel der Garderobe, strich sich übers Haar
und betrat mit wiegenden Hüften das Eßzimmer.
Auf der Chaiselongue lag ein Mann von etwa vierzig Jahren. Er sah heruntergekommen aus wie ein Landstreicher,
trug keine Krawatte, hatte ein zerknülltes, ungestärktes
Hemd an, eine Flanellhose mit ausgebeulten Knien und
abgetretene Schuhe. Aber die Adlernase und der gepflegte
schwarze Backenbart verrieten, daß er durchaus kein
Landstreicher war.

In der Hand hielt er die letzte Nummer der »Roten Zeitung«. Er hielt sie weit ab, bis an die Knie, denn er war stark weitsichtig. Er war so in die Lektüre vertieft, daß er das Dienstmädchen nicht sofort bemerkte. Der Artikel kündete bereits den beginnenden Zusammenbruch an, er trug den Titel »Das proletarische Vaterland in Gefahr!«

Katica machte einen Schritt auf die Chaiselongue zu.

»Wird's bald?« knurrte Herr von Vizy schlechtgelaunt. »Wie oft soll ich Sie noch rufen?« Dann zuckte er, wie um seiner Strenge das Gewicht zu nehmen, im Liegen mit den Schultern.

Katica besah sich gelangweilt die Spitzen ihrer Lackschuhe.

»Nun gut.« Vizy sprach gleichsam mit sich selbst, geduldig aber streng. »Schließen Sie alle Fenster.«

Katica drehte sich um und wollte gehen.

»Warten Sie. Auch die Jalousien. Und die Fensterläden. Haben Sie verstanden?« Dann fügte er hinzu:

»Jemand hat von der Straße heraufgeschrien.«

Er warf die Zeitung auf den Boden. Das schäbige Strohpapier raschelte. Es sah bräunlich und verräuchert aus, wie versengt von dem großen Weltenbrand. Vizy erhob sich von der Chaiselongue und trat ans offene Fenster des Eßzimmers. Er ging aber nicht ganz heran, man sollte ihn von unten nicht sehen. Mit den Händen in den Hosentaschen stand er da und sah auf die Straße.

Unten ging der Rotarmist auf und ab, der vorhin heraufgerufen hatte. Er sah so klein und verlassen aus, daß er keinen Haß erweckte. Ein winziger und kümmerlicher Prolet. Kein richtiger Mensch, eher ein sehr kleines Kind, dem man ein Gewehr mit aufgepflanztem Bajonett über die Schulter gehängt hatte.

Die Dämmerung senkte sich über die Generalswiese mit dem zertretenen Rasen. Es war wie immer: sie legte einen goldenen Schimmer über den Gottesberg und den Johannesberg, und irgendwo in der Ferne leuchtete bedeutungsvoll das Kreuz eines Kirchturms auf. Nur etwas war anders als früher. Neben der Granittreppe standen die Menschen in kleinen Gruppen herum, verwirrt und hilflos wie eine Herde, der der Hirt davongelaufen ist. Sie hatten in den letzten Monaten gelernt, wie Taubstumme durch Zeichen zu sprechen, und nun flüsterten sie miteinander, lasen sich die Worte vom Munde ab.

Am Himmel war keine Wolke zu sehen. Die Luft war schwer und drückend, wie vor dem Ausbruch eines Sommergewitters, wenn der Wind den Atem anhält und die Natur leblos wie ein riesiges Zimmer ist, die Bäume wie unbewegliches Spielzeug und die Menschen wie Wachspuppen aussehen.

In dieser lähmenden Stille gab es keine Bewegung, keinen Ton. Nur ein Bild, ein Plakat schien sich von der Mauer loszureißen und zu schreien: Zu den Waffen, zu den Waffen! Der wilde, ungestüme Matrose riß mit ungeheurem Schwung eine rote Fahne empor, er schien mit ihr zu verschmelzen, eins zu werden. Sein eckiger, harter Mund stand weit offen, als wolle er die ganze Welt verschlingen.

Herr von Vizy war oft an diesem Plakat vorbeigegangen, aber er hatte nie gewagt, es richtig anzusehen. Jetzt betrachtete er es zum erstenmal, gelassen und ohne geblendet zu werden, wie wir die sinkende Sonne betrachten, die dem Auge nicht mehr weh tut.

In der Ferne raste schnell wie ein Feuerwehrwagen ein Lastauto den Christinenring entlang. Es war mit einer bunten Schar von Kindern beladen, die aus dem Wald heimkehrten, von einem Ausflug, Zweige in den Händen hielten, winkten und lachten.

Vom Berg drang Gesang herüber, hohe, dünne Stimmen, unisono:

Wacht auf, Verdammte dieser Erde,
Die stets man noch zum Hungern zwingt...

Jungarbeiter, Lehrlinge, zehn bis fünfzehn, sangen mit
wahrhaft uneigennütziger Ahnungslosigkeit, was man sie
gelehrt hatte: die Internationale.
Katica war mit den anderen Zimmern fertig, nun schloß sie
auch die Fenster im Eßzimmer.
Als alle Fenster der Wohnung geschlossen waren, trat Herr
von Vizy auf Katica zu und flüsterte mit einem unheim-
lichen, süßlichen Lächeln:
»Sie sind gestürzt!«
Das Mädchen interessierte sich nicht für die Nachricht,
oder sie tat zumindest so. Aber das kümmerte Herrn von
Vizy nicht. Seine Frau war noch nicht nach Hause gekom-
men, und er brauchte jemanden, dem er sein Herz aus-
schütten konnte.
»Katica«, wiederholte er, »die Roten sind gestürzt.«
Das Mädchen antwortete nur mit einem erstaunten Blick.
Sie wunderte sich über den vertraulichen Ton des gnädigen Herrn.
»Die Banditen«, fügte Herr von Vizy hinzu, mit geweiteten
Nüstern und voll vom süßen Rausch der Rache.
Er hatte noch nicht ausgesprochen, als es an die Woh-
nungstür klopfte.
Vizy wurde bleich. Er sah in die Luft, als suche er das Wort,
das ihm eben entfallen war. Und er verwischte seine Spur
mit einer Handbewegung, wie wenn man Zigarettenrauch
verscheucht.
»Ich gehe!« sagte er und ging mit einem plötzlichen Ent-
schluß durch den Flur, um die Tür zu öffnen. Es sah aus,
als schritte er einer großen Gefahr mutig entgegen.
Herr von Vizy war auf alles gefaßt.
Entsetzliche Dinge fielen ihm ein: Verhaftung von Gei-

seln, Haussuchung, Standgericht. Und alles, was er zu seiner Verteidigung anführen würde: zwanzig Jahre Wirken im öffentlichen Dienst, soziales Bewußtsein und der Marxismus, mit dem er im Prinzip einverstanden war – bis auf die extremen Auswüchse.

Herr von Vizy war plötzlich ein anderer Mensch. Nicht mehr der Märtyrer des Bolschewismus, jetzt war er ein Opfer der alten Ordnung, die ihn oft genug schmählich gekränkt hatte. Er tastete nach dem Gewerkschaftsausweis in seiner Jackettasche. Zum Glück hatte er ihn am Nachmittag doch nicht zerrissen.

Draußen im Treppenhaus stand ein dürres Männlein in der blauen Uniform der Postbeamten mit den roten Aufschlägen. Der Kragen stand nachlässig offen.

»Gnädiger Herr!« trompetete das Männlein so laut, daß man es im ganzen Haus hören konnte, »gnädiger Herr…!«

»Ach, Sie sind's, Genosse«, begrüßte ihn Vizy.

»Ergebenster Diener, Herr Ministerialrat…«

»Kommen Sie nur herein, Genosse Ficsor.«

So unterhielten sie sich mit wahrhaft weltgeschichtlicher Höflichkeit, beide unsicher und beide bereit, dem anderen entgegenzukommen.

Herr Ministerialrat Kornél von Vizy war jetzt zum erstenmal seit vier Monaten mit seinem alten Titel angeredet worden. Er empfand darüber Freude und Genugtuung, aber auch eine leise Enttäuschung, daß nicht die gekommen waren, auf die er sich vorbereitet hatte. Ficsor dagegen, der Hausmeister des Hauses Attilastraße Nr. 238, stand da wie ein begossener Pudel. Der Hausbesitzer hatte ihn auch jetzt noch mit »Genosse« angeredet.

Der Hausmeister trat in den Flur und reichte dem Ministerialrat die Hand. Vizy drückte sie.

Das Handgeben hatte Vizy zu Beginn der Diktatur des Proletariats eingeführt, dann hatte es Ficsor immer zuerst angeboten, aus Zuvorkommenheit.

»Sie sind gestürzt!« schrie Ficsor begeistert und noch immer laut, »sie sind gestürzt, die Räuber, sie schnüren schon ihr Bündel!«

»Hm, hm«, brummte Vizy, als höre er eine Neuigkeit.

»Jawohl, gnädiger Herr, und auf der Burg weht unsere Fahne. Mein Schwager hat sie gehißt.«

»Das Wichtigste ist«, antwortete Herr von Vizy ausweichend, »daß wieder Ruhe und Ordnung einkehren.«

»Unsere schöne rot-weiß-grüne Fahne«, spann Ficsor seine patriotische Träumerei weiter und schielte von der Seite her in Vizys regloses Gesicht. »Das wird einen Tanz geben, gnädiger Herr, einen Tanz wird das geben...«

Vizy beobachtete, wie sich dieser Unglücksmensch wand, aber er blieb verschlossen und antwortete nicht.

Ficsor wurde verwirrt.

»Nämlich«, stammelte er, »die Klingel. Gerade habe ich ein bißchen Zeit. Da dachte ich, bringst den Herrschaften schnell die Klingel in Ordnung.«

»Dort ist die Batterie.« Herr von Vizy zeigte den Weg zur Küche.

»Ich weiß, Herr Ministerialrat«, lächelte Ficsor betrübt. Es war eine schmerzliche Beleidigung, daß er, der Hausmeister, nicht wissen sollte, wo sich die Batterie des Hausbesitzers befand. »Nur um die Leiter möchte ich gebeten haben.«

Katica kam in ihrem schönen Sonntagsstaat und holte mürrisch die Leiter. Mit Mühe und Not brachten sie sie in der engen und unfreundlichen Küche zum Stehen, die nur ein Fenster zum Lichtschacht hatte und auch bei Tage dunkel war. Ficsor wollte das elektrische Licht anknipsen, aber die Birne war schon lange kaputt. Er bat um eine Kerze, mit der er auf die Leiter kletterte. Oben erklärte er dem Hausbesitzer, was an der Klingel nicht in Ordnung war. Er machte sich wichtig, übertrieb Wert und Verdienst seiner Arbeit, aber er sprach mit unterwürfiger Ehrerbietung, als wollte er dadurch die Peinlichkeit der Situation ausgleichen, denn er, der Hausmeister, stand – wenn auch nur für einen Augenblick – hoch über dem gnädigen Herrn.

Auf der Spitze der schwankenden Leiter, die Katica nachlässig hielt, machte er sich eifrig an die Arbeit. Alles, was er versäumt hatte, schien er nun mit einem Male nachholen zu wollen. Er bastelte an den Elementen herum, brachte sie einzeln herunter und breitete sie auf dem Küchentisch aus. Mit dem Taschenmesser kratzte er an den verrosteten Drähten. Dann schüttete er Kochsalz in die Glasbehälter und füllte sie mit Wasser auf.

Da klopfte es wieder an die Wohnungstür.

Eine vornehm wirkende, große und schlanke Dame in einem lila Hauskleid trat ein. Sie war ohne Hut.

»Küß die Hand, gnädige Frau«, dienerte Ficsor aus der Küche. Als er keine Antwort bekam, rief er noch einmal: »Küß die Hand!«

Die Frau erwiderte den Gruß auch jetzt nicht, sie wandte sich ab und ging in das Eßzimmer.

Herr von Vizy folgte ihr.

Er umarmte seine Frau, die unbändige Freude ging mit ihm durch. Er seufzte vor Glück.

»Hast du es schon gehört?«

»Alles. Heute nacht soll schon die Besatzung kommen. Rumänen.«

»Unmöglich! Das erlauben die Großmächte nicht. Die Besatzung wird international sein: Italiener, Franzosen, Engländer. Gábor Tatár hat es mir erzählt.«

Die Frau strich sich über das schöne bernsteinfarbene Haar und ließ sich in den Schaukelstuhl sinken.

Sie sah mit einem leeren Blick um sich, wie es ihre Gewohnheit war. Sie schien durch die Dinge und Menschen hindurch zu blicken, als sähe sie nicht sie, sondern etwas ganz anderes.

»Wo warst du so lange? Ich habe mir Sorgen gemacht.«

»Ich bin umhergelaufen. Danach.« Sie schaukelte langsam hin und her und warf mit einer lässigen Gebärde ihrer in Zwirnhandschuhen steckenden Hand ein kleines Päckchen auf den Tisch, das in Zeitungspapier eingewickelt war.

»Was ist das?«

»Butter«, antwortete die Frau mit einem spöttischen Lächeln. »Für drei Taschentücher.«

Ficsor klapperte in der Küche herum, er kletterte auf die Leiter, um die Batterie wieder zu befestigen.

Frau von Vizy lauschte. Sie machte mit dem Kopf eine Bewegung zur Küche hin und fragte:

»Was will der Ficsor?«

»Er repariert die Klingel.«

»Jetzt hat er plötzlich Zeit. Vier Monate sind wir ihm hinterhergelaufen.«

»Er hat sich angeboten.«

»Warum hast du ihn nicht hinausgeworfen?«

»Unsinn.«

»Doch, man sollte ihn hinausbefördern, den Kommunisten.«

»Sprich leiser, er kann uns hören.«

»Wenn schon. Ist er vielleicht kein Kommunist? Ein Bolschewist ist er. Er soll mir nur kommen ...«

Aber Herr von Vizy hielt die Zeit noch nicht für reif.

Die Frau hatte keine Geduld. Mit einer Energie, die man ihr nicht zugetraut hätte, sprang sie auf und lief auf den Flur, um den Hausmeister hinauszuwerfen.

In diesem Augenblick schrillte die Klingel durch die verlassene Wohnung, die so lange ohne Laut gewesen war. Triumphierend und feierlich, hart und scharf schrillte sie, Hoffnung und Lebensfreude erweckend. Der frische, heitere Klang gab der Wohnung wieder eine Seele, er drang durch alle Wände und weckte sie zu neuem Leben.

Herr von Vizy hörte es im Eßzimmer voll Vergnügen. Seine Frau suchte nach Katica, aber die hatte sich wieder einmal ohne Erlaubnis davongemacht.

»Fertig«, verkündete Ficsor. Er bückte sich, faßte nach der Hand der Dame, und es gelang ihm sogar, sie zu küssen.

Dann stellte er die Leiter wieder an ihren Platz. Er ahnte, daß die Klingel und der Handkuß noch nicht genug waren. So trat er mit kühner Vertraulichkeit, als habe er ihr ein Geheimnis mitzuteilen, auf Frau von Vizy zu und flüsterte ihr beinahe ins Ohr:

»Gnädige Frau«, und er sah vor sich auf den Boden, »ich habe ein Mädchen.«

»Was?«

»Ein Mädchen für Sie.«

Frau von Vizy glaubte nicht recht verstanden zu haben. Sie sah den Hausmeister an, mit tiefem, nicht zu verhehlendem Interesse. Ihre Augen glänzten auf. Mehr hätte sie sich auch nicht gefreut, hätte man ihr eine Kette mit Brillanten versprochen.

»Aus Budapest?«

»Aber nein. Vom Plattensee. Ein Bauernmädchen. Eine Verwandte von mir.«

Frau von Vizy war ganz aufgeregt. Schon immer hatte sie von so einem Mädchen geträumt, einem Mädchen, das man unter der Hand bekam, aber noch niemand hatte ihr eins angeboten.

Es wäre eine Sünde gewesen, eine so wichtige Frage zwischen Tür und Angel zu besprechen. Also rief sie den Hausmeister in die Küche, ließ ihn am Tisch Platz nehmen und verhandelte beim flackernden Kerzenlicht lange mit ihm. Ihren Mann hatte sie vollständig vergessen. Dann begleitete sie Ficsor bis zur Tür.

Als sie in die Küche zurückkam, nahm sie mit spitzen Fingern Katicas Taschentuch vom Tisch, roch daran und schleuderte es angeekelt auf den Boden. Sie schob den Handspiegel des Mädchens beiseite, schloß das Fenster zum Lichthof und begann das Abendessen vorzubereiten, sie stellte Teewasser auf und röstete Brot.

III

DAS ABENDESSEN

Da Frau von Vizy an der Wohnungstür niemanden sah, ging sie ins Eßzimmer.

»Was machst du denn da?«

»Ich probiere die Klingel aus«, antwortete Vizy. »Sie geht.«

»Das merke ich.«

»Hat er sie in Ordnung gebracht?«

»Das hörst du doch.«

»Ich hoffe, du hast nichts zu ihm gesagt.«

»Nein. Laß das«, herrschte ihn die Frau an, denn Herr von Vizy drückte schon wieder auf den Klingelknopf. »Was spielst du da herum? Du benimmst dich wie ein Kind.«

»Ich habe Hunger. Ich möchte zu Abend essen.«

»Und wem klingelst du?«

»Katica.«

»Das gnädige Fräulein ist ausgegangen.«

»Wohin?«

»Wohin? Wohin sie gewöhnlich geht. Sie treibt sich herum.«

»Jetzt?«

»Ja, jetzt.«

»Aber heute darf doch niemand auf der Straße sein.«

»Das ist ihr egal. Der Ludwig ist gekommen.«

»Der Ludwig Hack?«

»Der Hack. Mit dem Schleppkahn.«

»Und wann kommt sie nach Hause?«

»Das hat sie mir nicht auf die Nase gebunden. Vielleicht um Mitternacht«, fuhr ihn die Frau an. Und um sich noch mehr ärgern zu können, übertrieb sie: »Vielleicht auch erst gegen Morgen.«

»Hat sie denn einen Schlüssel?«

»Ich glaube schon.«

»Das ist ja angenehm, ich muß sagen, das ist wirklich angenehm. Wir schlafen wie bei offener Tür. Sie kann mitbringen, wen sie will.«

»Natürlich. Du tust, als ob es das erstemal wäre. Lächerlich.« Aufgebracht drehte sich Frau von Vizy um und schlug die Tür hinter sich zu, wie es Katica zu tun pflegte.

In der Küche klapperte sie mit dem Geschirr. Manchmal mußte sie sich Luft machen. Wenn sie genug davon hatte, die große, immerwährende Sorge ihres Daseins gemeinsam mit ihrem Mann und als seine Verbündete zu besprechen, mündete ihr Ärger in Auflehnung, und für einen Augenblick tat sie so – wenigstens sich selbst gegenüber –, als sei ihr Mann an allem schuld.

Auf einem Holztablett trug sie das Abendessen ins Zimmer: eine Tasse Tee, einige Schnitten geröstetes Brot und die Butter, die sie am Nachmittag bekommen hatte.

Herr von Vizy, der zum Mittagessen nur Kürbisgemüse und ein Stückchen Rindsleber gegessen hatte, betrachtete den dünnen, grasgrünen Tee und das verdächtige, gelbschwarze Maisbrot, das auch durch das Rösten nicht appetitlicher geworden war. Verdrießlich fragte er:

»Weiter gibt es nichts?«

»Was sollte es denn noch geben?«

»Du deckst den Tisch nicht?«

»Das tun wir doch abends nie.«

»Gut«, Vizy ergab sich. »Es geht auch so.«

Er stützte den Kopf in die Hand. Das tat er immer, wenn irgend etwas im Haushalt nicht in Ordnung war. Lange

Zeit sagte er nichts. Er träumte von dem weißen Tischtuch, den schimmernden Porzellantellern, dem Silberbesteck und den geschliffenen Weingläsern, die auf diesem Tisch geglänzt hatten, wenn er Freunden vom Ministerium ein Abendessen gab.

»Du ißt nichts?« fragte er seine Frau.

Frau von Vizy aß nur selten zu Abend. Seit Jahren litt sie an einem nervösen Magenleiden, das durch die vielen Aufregungen während der Räteherrschaft nur schlimmer geworden war. Sie hatte ein saures Gefühl im Magen.

Sie holte eine kleine Schachtel, entnahm ihr drei dunkelgrüne Pillen, die sie auf ihre blutarme Zunge legte, spülte sie mit einem Glas Wasser hinunter und schüttelte sich.

Um so tüchtiger griff ihr Mann zu. Er zerbiß die ausgedörrten, bitterlich-süßen Maisbrotscheiben, auf die er sich die fünfzig Gramm Butter geschmiert hatte, mit der Gier des gesunden Menschen. Viel zu schnell waren sie alle. Er sah mit Stielaugen um sich, rührte in seinem Tee, warf Sacharin hinein. Wenn es keinen Zucker gab, nahm er eben Sacharin. Es machte den Tee wenigstens süß.

Während Herr von Vizy geräuschvoll seinen Tee schlürfte, berichtete er von der Begegnung mit seinem Kollegen Gábor Tatár, den er in der Herrenstraße getroffen hatte. Tatár hatte erzählt, daß alles vorbei war, endlich und endgültig vorbei. Aus war es mit der sozialistischen Produktion und dem revolutionären Bewußtsein, aus mit dem Schikanieren der ehrbaren und arbeitsamen Bürger.

Herr von Vizy haßte die Roten von ganzem Herzen. Und er hatte auch allen Grund dazu. Unter dem Bolschewismus hatte er hungern müssen. Als die Kommune ausgebrochen war, hatten sie ihn im Ministerium vorläufig nach Hause geschickt. Sie hatten zwar in dem allgemeinen Durcheinander vergessen, ihm das Gehalt zu sperren, aber was konnte er sich schon dafür kaufen? Der Krieg hatte ihn zugrunde gerichtet. Gleich am Anfang hatte er sein ganzes Vermögen – zweihundertfünfzigtausend Goldkronen – in Kriegsanleihe angelegt, denn er hatte fest an den Sieg der deutschen Waffen geglaubt. Jetzt war ihm nichts als das zweistöckige Haus geblieben, und das brachte nichts ein. Im ersten Stock, in den vier Zimmern, wohnte er selbst, die beiden Wohnungen im zweiten Stock waren an Miklós Moviszter, seinen Hausarzt, und an einen jungen Rechtsanwalt namens Szilárd Druma vermietet. Dann hatten die Kommunisten das Haus sozialisiert. Es lag in der nächsten Nachbarschaft der Lokomotivenstraße und hatte überhaupt der Lenin-Garde in die Augen gestochen. Szilárd Druma war als Geisel mitgenommen und für zwei Monate ins Sammelgefängnis gesperrt worden, auch den alten Moviszter, den klerikalen Arzt, hatten sie dauernd belästigt. Zu ihm selbst waren sie zum erstenmal gekommen, als seine Frau verhaftet worden war. Sie hatte ein Tischtuch auf dem Balkon ausgeschüttelt und sollte so den Konterrevolutionären Zeichen gegeben haben. Man hatte sie ins Parlament geschleppt und erst gegen Mitternacht – gebrochen an Leib und Seele – wieder nach Hause gelassen. Am nächsten Tag, am frühen Morgen, war ein junger Politkommissar gekommen. Er hatte einen Rohrstock aus seinen Ledergamaschen gezogen und damit unverfroren in der Wohnung herumgefuchtelt. Zwei Zimmer hatte er beschlagnahmt, das Eßzimmer, in dem sie jetzt saßen, und den danebenliegenden Salon. Zum Glück waren die Roten am Ende, ehe sie ihnen die Einquartierung hätten schikken können.

Aber noch mehr schmerzte ihn, daß man ihn im Ministerium zur Untätigkeit verurteilt hatte. Herr von Vizy war von einem maßlosen politischen Ehrgeiz erfüllt, der ohne Nahrung vor sich hinklapperte wie eine leerlaufende Mühle. In diesen unglückseligen Monaten hatte Vizy nur so dahinvegetiert. Er war ein mürrischer, mißtrauischer Beamter gewesen, der seiner Frau früher nie etwas erzählt hatte. Doch jetzt wurde er mitteilsam. Auf den langen Spaziergängen durch die Budaer Berge oder hier, in Erwartung der schrecklichen Gäste, hielt er ihr lange Vorträge über seine politischen »Plattformen« und die Grünschnäbel, die jetzt das Ministerium ruinierten.

Angesichts dieser Tatsachen konnte man nicht so leicht zur Tagesordnung übergehen. Als Vizy seinen Tee ausgetrunken hatte, begann er im Zimmer auf und ab zu gehen und von den großen Ereignissen zu sprechen, die mit einem Male eine beruhigende historische Patina bekommen hatten.

»Erinnerst du dich«, fragte er immer wieder, »erinnerst du dich?« Er sprach von seinen Bekannten, die sie aufgehängt hatten, von dem Beamten, der in den Kirchen Flugblätter verteilt hatte und deshalb auf dem Platz vor dem Parlament hingerichtet worden war, und von den Schülern der Militärakademie, den heldenhaften Ludowikanern, die diese hergelaufenen Roten als »konterrevolutionäre Rotznasen« verhöhnt hatten.

»Und dann die Panzerschiffe. Als sie mit ihren dunklen Rauchwolken auf der Donau angebraust kamen. Ich rasierte mich gerade. Und wir dachten, die Kommunisten schossen. Wir rannten zu Tatárs hinauf und sahen durchs Bodenfenster. Auf dem Donaukai liefen die Menschen durcheinander wie die Ameisen. Damals wurde der arme Berend erschossen, der berühmte Kinderarzt.«

Nach einer Weile fuhr er fort:

»Da war die Fronleichnamsprozession schon anders. Irgend so ein Bolschewist mit Brille fuhr auf seinem Fahrrad in das Allerheiligste hinein und fluchte lästerlich. Er soll sogar darauf gespuckt haben. Aber im nächsten Augenblick lag er schon auf dem Boden. Unter einen Torbogen schleppten sie ihn und traten und prügelten ihn, bis er verreckte. Ein Kellner soll ihn vollends totgeschlagen haben.«

Aber das aufregendste Ereignis, das alle anderen erst in Gang gebracht hatte, war doch die Revolution in der Christinenstadt gewesen. Und beide hatten sie aus nächster Nähe miterlebt.

»Du kamst erst, als die schwarzen, kraushaarigen Terroristen schon vom Auto heruntergeklettert waren und auf die Kirche schossen. Die Menschen flohen hinüber zur Schule, wo gerade Rotarmisten ausgehoben wurden. Du hast den Anfang nicht gesehen, aber ich war dabei. Es fing damit an, daß alle mit ihren Taschentüchern winkten. Der ganze Christinenplatz war weiß. Die Straßenbahnen mußten halten, alle nahmen den Hut ab und sangen die Nationalhymne. Das werde ich nie vergessen. Die rote Fahne wurde heruntergerissen und verbrannt. Eine blonde Schauspielerin hat sie vor der Marien-Apotheke angezündet. Dann liefen wir zusammen nach Hause. Es war ein grauer, windiger Tag im Sommer. Vor uns rannte ein kleines Mädchen, in der Hand ein Gebetbuch mit einem Elfenbeindeckel. Gerade vor unserem Haus brach sie zusammen, das arme Ding. Die Aufregung war zuviel für sie gewesen. Starr und steif wie ein Stück Holz lag sie auf dem Bürgersteig. Sie war besinnungslos. Dann hast du ihr ein Glas Wasser gebracht. Erinnerst du dich?«

Es war wundervoll, daß man so offen, so laut über alle diese Dinge sprechen konnte. Aber Herr von Vizy bekam keine Antwort. Seine Frau sah ins Nichts, mit ihren weitgeöffneten, beunruhigend grauen Augen.

Nach einer langen Pause sprach sie dann:

»Morgen wird sie wieder müde sein.«

»Wer?«

»Katica. Vor neun steht sie nicht auf.«

»Ach so«, sagte Herr von Vizy. Er war noch immer draußen unter der Menge, wo Geschichte gemacht wird und die eisernen Würfel des Schicksals fallen.

»Warum hast du sie gehen lassen? Warum bist du nicht strenger zu ihr?«

»Ich traue mich nicht. Sie läßt mich glatt sitzen.« Eifrig nahm Frau von Vizy den Gedanken auf. »Du hättest nur die mörderischen Augen sehen sollen, die sie neulich machte, als ich die Bemerkung wagte, sie müsse vielleicht doch nicht jeden Abend ausgehen.«

Frau von Vizy sprang vom Stuhl auf und keifte, indem sie Katicas Stimme nachmachte:

»»Wenns Ihnen nicht paßt, kann ich ja gleich gehen...‹, hat das unverschämte Frauenzimmer gesagt. Und dann ist sie zur Tür hinausgewackelt.« Frau von Vizy ahmte auch Katicas Gang nach.

Vizy betrachtete einen Augenblick erschüttert seine Frau, die durch das Zimmer tänzelte und wütend Theater spielte, eine sonderbare Schauspielerin auf einer sonderbaren Bühne.

Sie tat ihm leid, und er wollte irgend etwas sagen.

»Und was hast du getan?«

»Was ich immer tue. Ich habe meinen Ärger hinuntergeschluckt. Am liebsten hätte ich ihr einen Tritt in ihren dikken...«

»Diese Mädchen sind nun einmal so.«

»Sie können nichts weiter als fressen«, jammerte die Frau.

»Für zwei. Und sich mit Soldaten herumtreiben. Aber Katica«, sie beugte sich zu ihrem Mann und flüsterte, »Katica ist auch noch krank.«

»Was hat sie denn?«

»Das Übliche«, sagte Frau von Vizy bedeutungsvoll. Und sie sah ihren Mann entsetzt an.

»Man sieht es aber noch nicht.«

»Ich habe es an der Wäsche gemerkt.«

»Sie ist ja sowieso dick.«

»Aufgedunsen ist sie. Die geschwollenen Beine kommen davon. Und die dicken Knöchel. Scheußlich. Und ihren Bruder bringt sie auch ins Haus, diesen wilden Lokomotivführer. Wie in einer Kaschemme geht es bei uns zu. Man fürchtet sich in der eigenen Wohnung. Ein Feind, den man auch noch bezahlt. Wenn ich nur das eklige blonde Gesicht nicht mehr sehen müßte. Es wäre eine Erlösung.«

»Aber die anderen?« fragte Herr von Vizy zerstreut. »Mach dir nichts draus, die anderen sind auch nicht besser.«

Frau von Vizy holte tief Luft, sie wollte protestieren, schluckte aber ihre Entrüstung hinunter.

Noch niemals, solange sie sich erinnern konnte, hatte sie ein solches Biest gehabt. Katica war stinkfaul, dazu unverschämt, liederlich und gleichgültig. Vor allem gleichgültig. Sie ging durch die Wohnung, als sei es ihre eigene und als gingen die, die hier lebten, sie einen Dreck an. Wenn sie Katica am Morgen fragte, was gekocht werden solle, verzog sie frech den Mund und sagte: ›Mir ist's egal.‹ Wer hatte so etwas schon erlebt? Anstellen wollte sie sich auch nicht. Bei Viatorisz, dem Kaufmann, mußte sie, die gnädige Frau, zusammen mit den verlausten Dienstmädchen Schlange stehen, eine Stunde für ein viertel Pfund Schmalz, bis sie sich vor Erschöpfung nicht mehr auf den Beinen halten konnte. Und Katica amüsierte sich unterdessen mit ihrem Schatz, dem tätowierten Matrosen, diesem Ludwig Hack, der soviel Geld für sie ausgab. Wo er es nur her hatte. Natürlich hatte sie auch im guten mit Katica gesprochen, ihr ins Gewissen geredet. Dann hatte sie getadelt, gescholten, befohlen. Aber alles war umsonst gewesen. Zu einem Ohr hinein, zum anderen hinaus. Katica war es gleichgültig, daß es ihrer Gnädigen schlecht ging, daß sie zwanzig Pfund abgenommen hatte von der Schlepperei,

sie sah ruhig zu, während Frau von Vizy arbeitete, umher-
rannte und den Fußboden bohnerte.

Und die anderen?

Frau von Vizy ließ die Hände in den Schoß sinken und
sann mit einem Märtyrergesicht vor sich hin, wie sonst,
wenn sie sich einsam grämte. Sie überlegte, ob die anderen
wirklich besser gewesen waren.

Die, die sie vor Katica gehabt hatte, bestimmt nicht. Luise
Hering hatte gestohlen wie eine Elster. Sie hatte alles mitgenommen, aber am liebsten Taschentücher. Die hatte sie
sofort hinausgeworfen, und danach hatte sie zwei Monate
lang kein Mädchen gehabt. Die Budapester Handwerker-
töchter stahlen alle. Eine ließ die goldene Uhr verschwinden, die Frau Vizy von ihrer seligen Mutter geerbt hatte,
die andere trennte das Deckbett auf und nahm sechs Pfund
Federn heraus. Die Bauernmädchen wie zum Beispiel die
Örzsi Varga, die arbeiteten zwar, aber schickten dafür Ein-
gemachtes und Gewürze nach Hause. Und sie aßen. Gott
im Himmel, was die zusammenaßen! Am liebsten hätten
sie das ganze Haus aufgefressen. Sogar beim Saubermä-
chen legten sie das Brot nicht aus der Hand. Manchmal
gab es natürlich auch eine erträgliche, aber die ließ dann
meistens die Mutter nicht weiter dienen, oder die Schwester verdrehte ihr den Kopf und lockte sie nach ein paar
Tagen weg. Die Schwabenmädchen? Sauber waren sie,
aber unzuverlässig. Und die Slowakinnen waren zwar fleißig, aber zu sinnlich. Die Karoline hatte sich zwei Liebhaber gleichzeitig gehalten, einen Wachtmeister von der
Infanterie und einen nicht mehr ganz jungen bekannten
Novellendichter. Der hatte eines Tages auf dem Sofa im
Salon gelegen, als sie von der Sommerfrische nach Hause
gekommen waren.

Man konnte nie wissen, was in ihnen steckte. Da war zum
Beispiel die Lidi gewesen, die häßliche Lidi, das kleine

Ding mit dem albernen zerzausten Haarschopf. Sie war häßlich wie die Nacht. Aber eines Morgens lag sie doch in der Küche auf der blutverschmierten Matratze, aschgrau im Gesicht und ohnmächtig vom Blutverlust. Sie konnte kaum mehr atmen, als sie vom Rettungsdienst abgeholt wurde. Eine Abtreibung hatte sie sich machen lassen. Sie hatte mit jedem angebändelt. Schickte man sie abends ins Gasthaus, Bier oder Wein zu holen, machte sie es im Torweg. Sie war der Dämon der Christinenstädter Krämerlehrlinge.

Trieb sich einmal eine nicht herum, dann schlug sie bestimmt alles kaputt. Zerbrach das Waschbecken, versengte die Hemden beim Bügeln, plärrte vom Morgen bis zum Abend irgendwelche Schlager, bummelte im Horváth-Park herum, las Theaterzeitungen, wandelte verträumt umher und entbrannte schließlich in platonischer Liebe zum ersten Tenor des Budaer Sommertheaters. Die eine tratschte, die andere war mäklig und aß kein Gemüse, sie verlangte Kuchen und Fleisch wie die Herrschaft und redete dauernd von ihrer alten Stellung, in der sie schon zum Frühstück durchwachsenen Speck bekommen hatte. Oder die Margit Mennyei, die war erst eine! Die faßte alles nur mit den Fingerspitzen an, als habe sie Angst, sich schmutzig zu machen. Dabei war sie so dreckig wie möglich, der Staub lag fingerdick auf den Möbeln, die Gläser waren klebrig, und die Messer und Gabeln warf sie fettig und unabgewaschen in den Besteckkasten. Gott sei Dank hatte sie sich nicht lange mit ihr zu ärgern brauchen. Aber auch die anderen waren bald gegangen, sie waren gar nicht erst warm geworden. Länger als ein halbes Jahr war keine geblieben. Die Ökrös sogar nur zwei Stunden. Lieber hatte sie das Handgeld doppelt zurückgegeben. Dabei hatte sie wirklich alles versucht. Ein Mädchen aus dem Waisenhaus hatte sie genommen, um es anzulernen. Aber das war un-

glaublich unverschämt gewesen. Länger als drei Monate
hatte sie es einfach nicht ausgehalten. Sie hatte Gott auf
den Knien gedankt, als sie das Waisenkind nach skandalö-
sen Szenen endlich losgeworden war. Und die Marie und
die Ilona, die Ilona Tulipán, die Emma, Emma Zakariás
und die Böske. Böske Rózsás...
Frau von Vizy zerbrach sich den Kopf, welche nun eigentlich die Böske Rózsás gewesen war. Sie sah alle die Mädchen vor sich, blonde und braune, magere und dicke, die
ihr während ihrer zwanzigjährigen Ehe ins Haus gekommen waren. Sie verwechselte sie miteinander; sah sie ein
Gesicht vor sich, konnte sie sich nicht mehr an den Körper
erinnern, und war der Körper da, dann fehlte wieder das
Gesicht. Sie suchte in dieser sonderbaren Rumpelkammer
umher, brachte aber alles nur noch mehr durcheinander.
Vergebens bemühte sie sich, da war nicht viel Tröstliches
zu finden, sie konnte sich an kein einziges Mädchen erinnern, das etwas getaugt hätte. Alle hatten sie betrogen, sie
ausgenutzt und ihr Vertrauen mißbraucht, und sie konnte
wieder auf die Suche gehen, auf die Jagd nach einem
neuen Mädchen, als wäre sie dazu verdammt. Im Grunde
genommen hatte ihr Mann recht. Eine war so viel wert wie
die andere.
Schließlich blieben ihre Gedanken bei der letzten hängen,
bei Katica. Am abscheulichsten war immer die, die gerade
da war und deren Gegenwart ihr das heulende Elend ihres
Daseins ständig zu Bewußtsein brachte.
Herr von Vizy ging noch immer im Zimmer auf und ab und
ließ sich über die morgige Sitzung der Beamten aus, auf
der sie zu der politischen Situation würden Stellung nehmen müssen.
Frau von Vizy war weit weg. Ihr Gesicht war finster. Aber
plötzlich glätteten sich ihre Züge, ein inneres Licht schien
in ihnen aufzuleuchten.

Sie sagte:

»Ich könnte ein neues Mädchen haben.«

»Großartig«, warf Vizy hin.

»Ja, großartig«, spottete seine Frau. »Du hörst ja gar nicht zu.«

»Doch, doch. Wer hat sie dir denn empfohlen?«

»Ficsor.«

»Und wann kommt sie?«

»Vorläufig ist sie in Stellung.«

»Wo?«

»Hier, nicht weit. In der Grabenstraße.«

»Bei wem?«

»Bei irgendeinem Bartos.«

»Bei was für einem Bartos?« staunte Herr von Vizy. »Bartos, Bartos, warte einen Augenblick.« Und verwundert erklärte er: »Ich kenne keinen Bartos.«

»Woher solltest du ihn auch kennen«, antwortete Frau von Vizy gereizt. Sie haßte die Manie ihres Mannes, alle Menschen kennen zu wollen.

»Warum willst du alle Leute kennen? Du bist sonderbar.«

»Und was ist dieser Bartek von Beruf?«

»Er heißt Bartos«, verbesserte ihn seine Frau. »Inspizient ist er. Ich habe keine Ahnung, was er inspiziert.«

»Der ist bei der Finanzkontrolle. Leitet sicher so eine Abteilung, wird in die Provinz geschickt.«

»Ja, er soll dauernd unterwegs sein. Er ist Witwer. Hat zwei Kinder.«

»Und das Mädchen? Ist es tüchtig, anständig, fleißig?«

»Woher soll ich das wissen? Ich weiß nicht mehr als du. Ficsor sagt, sie ist eine Perle.«

»Dann kannst du ja Katica kündigen.«

»Daß ich dann überhaupt niemanden habe? Danke schön.«

»Dann kündige Katica eben nicht.«

»Ficsor«, sprach die Frau entschieden, »hat nur gesagt, daß er mir das Mädchen eventuell besorgen kann. Eventuell«, betonte sie. »Man muß sie aus ihrer alten Stellung weglocken. Das ist heutzutage nicht so leicht. Wer weiß, vielleicht bin ich mit ihr noch schlechter dran.«

Herr von Vizy hatte genug von der Diskussion, die sich ständig im Kreise drehte, aber er wußte nicht, wie er sie beenden sollte.

»Dann nimm ein anderes Mädchen. Es sind dir doch eine ganze Menge empfohlen worden.«

»Empfohlen? Von wem?«

»Von Frau Moviszter.«

»Frau Moviszter nimmt nur den Mund voll: ›Wie du mir leid tust, du Arme, daß du dich mit diesen Mädchen ärgern mußt. Ich werde dir eine schicken.‹ Das erzählt sie mir seit zwei Jahren. Dabei denkt sie nur an ihr Theater. An die Generalproben und die Ady-Matineen.«

»Und Frau Druma?«

»Die ist bloß neidisch. Sie freut sich, wenn ich Pech habe. Sie kommt nur, um sich über Katica zu amüsieren. Dabei hat sie gut reden. Ihre Stefi hat zwar auch Mucken, aber sie macht alles, kümmert sich sogar um das Kind. Moviszters haben die Etel zwanzig Jahre. Bei dem kranken Mann. Dabei hilft sie noch in der Sprechstunde. Die Frau ist nie zu Hause. Sie bekommt halb soviel Lohn wie Katica. Und das Essen ist auch nicht besser als bei uns. Aber sie bleibt. Gott weiß, warum. Man muß eben Glück haben. Wie überall. Manche Leute haben Glück. Nur wir nicht. Ich weiß nicht, was wir verbrochen haben. Ach«, seufzte sie und zog langsam die Schildpattnadeln aus ihrem Haar, »man schluckt seine Wut hinunter, zahlt den sündhaft hohen Lohn und ärgert sich zu Tode. Es lohnt sich nicht zu leben.«

Auch Herr von Vizys Miene hatte sich verdüstert. Er schlug

vor, schlafen zu gehen. Es ging auf zehn. Das elektrische Licht schimmerte durch die herabgelassenen Jalousien des Eßzimmers. Man mußte es ausmachen, denn der Rotarmist konnte es sehen. Im Juli hatte er einmal in die Fenster geschossen.

»Warum kommst du nicht?« drängte der Mann, der sich schon im Schlafzimmer auszog.

Aber die Frau blieb starr und unbeweglich an der Schwelle stehen.

»Nun«, redete Vizy begütigend auf sie ein. »Was ist los? Du bist ein bißchen nervös.« Er fand ihr Betragen übertrieben.

»Du bist wie ein Kind. Immer und ewig die Dienstboten. Immer dieser kleinliche Kram. Sag, lohnt sich das? Wegen eines Dienstmädchens? Schämst du dich denn nicht?«

Frau von Vizy kam ins Schlafzimmer und deckte die Betten ab. Ihr Mann sah, daß sie weinte.

»Angela«, redete er ihr zu. Er setzte sich auf einen Stuhl und betrachtete sie, während sie die Kissen ordnete. Über die Wangen liefen ihr große runde Tränen wie bei Asta Nielsen im Kino. »Diese schreckliche Zeit hat deine Nerven angegriffen, das geht allen so, es ist kein Wunder. Du mußt dich ausruhen. Aber jetzt ist es zu Ende. Eine neue Zeit beginnt, eine vollkommen neue, glückliche Zeit. Das Leben wird anders. Wir leben, wir leben wieder. Heute ist kein gewöhnlicher Tag. Der 31. Juli 1919. Ein historisches Datum.«

Frau von Vizy band zur Nacht einen Schleier über ihr Haar.

Und beide legten sich in die breiten Ehebetten, die seit langem nur noch zum Schlafen da waren.

Herr von Vizy knipste das Licht aus.

Die Dunkelheit stürzte über sie, Schatten bewegten sich,

und die Umrisse der Möbel verschwanden mit den Wänden.

Erschrocken setzte sich Vizy im Bett auf.

»Kanonen«, flüsterte er.

»Nein«, sagte Frau von Vizy, die sich ebenfalls aufgerichtet hatte.

»Doch, von der Generalswiese her.«

Jetzt zitterte nur noch die Stille.

Autos sausten die Straße zur Burg entlang, die in den Zeiten politischer Veränderungen wie ein Puls die Nervosität Budapests und des ganzen Landes anzeigte. Hunde bellten.

»Vielleicht ein Autoreifen«, meinte Frau von Vizy. »Schlafe.«

In den letzten Monaten hatten sie nachts oft Kanonendonner gehört, sie konnten dabei schlafen wie die Soldaten an der Front.

Ein paar Minuten später sagte die Frau:

»Ich glaube, ich sollte es doch mit dem Mädchen versuchen.«

»Versuche es«, gähnte Vizy. »Tue, was du für richtig hältst. Versuche es. Gute Nacht.«

Eine Weile lagen sie waagerecht, entkleidet nebeneinander unter den dünnen Sommerdecken.

Dann entzündete sich ein seltsames Licht hinter ihren geschlossenen Lidern. Sie standen plötzlich auf, trennten sich voneinander, gingen durch die Mauern der Häuser und die Ferne der Jahre, wanderten in verschiedenen Richtungen, auf Pfaden, die ihnen selbst unbekannt waren, bekleidet mit zauberhaften Bühnengewändern.

Das tägliche Wunder hatte seinen Anfang genommen: Sie träumten.

IV
ALLERLEI AUFREGUNG

Kornél von Vizy schlief vorsichtig.

Er rollte sich zusammen wie ein Igel, um so wenig Platz wie möglich einzunehmen. Er verkroch sich hinter die weiße Bastion der Kissen, machte zweideutige Äußerungen und lächelte seine Todfeinde, die Roten, an. Sogar im Schlaf war er ein Taktiker.

Als er am Morgen die Augen öffnete, erging es ihm wie allen Menschen, deren elendes und aussichtsloses Leben am Tage vorher durch eine glückliche Wendung verändert worden war. Mechanisch grübelte er weiter über seinen vergangenen Kummer nach, denn im Schlaf hatte er vergessen, was gestern geschehen war. An seiner Daunendecke erkannte er dann die Wirklichkeit, traf die schon vertraute Freude wieder, die sich inzwischen gefestigt hatte und ihm jetzt noch neuer, noch interessanter erschien.

Vizy streckte sich zu seiner ganzen Länge und sprang aus dem Bett. Auf dem Nachttisch glänzte das Glas Wasser wie flüssiges Silber. Ohne erst zu frühstücken ging er auf die Straße. Diejenigen, die ihn in den letzten Tagen gesehen hatten, drehten sich nach ihm um. Eine Figur aus einem alten Modejournal schien zum Leben erweckt. Kornél von Vizy trug einen taubengrauen Anzug, ein blütenweißes Hemd und eine tadellose Krawatte. Von rechts und links grüßten ihn Bekannte und Unbekannte.

Auf seinen knarrenden Knöpfschuhen funkelte die Sonne

und verbreitete ein Licht um ihn, als wäre eine Handgranate zu seinen Füßen explodiert und hätte seine ganze Gestalt mit einem fröhlichen Goldfeuer besprüht.

Seine Frau schlief noch, ohne zu atmen, mit wachsbleichem Gesicht. Sie erwachte nicht so glücklich. Eine schreckliche Überraschung wartete auf sie.

Als sie gestern abend gesagt hatte, daß Katica erst gegen Morgen heimkommen würde, hatte sie selbst nicht ernstlich daran geglaubt. Aber als sie jetzt um neun Uhr aufstand, sah sie, daß der Tisch nicht abgedeckt war, die Tassen von gestern standen noch da und der schmutzige Teller. Frau von Vizy lief in die Küche. Das Feldbett stand zusammengeklappt in der Ecke, mit einer Pferdedecke zugehängt.

Ruhelos irrte sie von Zimmer zu Zimmer. Bitterkeit schnürte ihr die Kehle zusammen. Sie betrachtete ihren Salon. Das Klavier war in eine Ecke geschoben, Spiegel lagen darauf. Sie waren mit Tüchern zugedeckt, als wäre ein Toter im Haus. Unter dem Klavier standen Wäschekörbe. Im Eßzimmer stand der Mülleimer, vor der Tür noch immer der wacklige Schrank vom Flur, mit dem sie sich im Notfall hatten verbarrikadieren wollen. Ihr ganzes Heim hatten sie wegen dieser Proleten auf den Kopf gestellt. Jetzt, im Morgenlicht, fühlte Frau von Vizy in der Wohnung, die wie ein Trödlerladen aussah, noch einmal alle Schrecken der Belagerung.

Nirgends ein Vorhang, ein Bild. An den kahlen Wänden nur das Kruzifix, das sie gegen den Willen ihres Mannes nicht abgenommen hatte, und neben dem Büfett die Fotografie von Piroska, ihrer einzigen kleinen Tochter, die zwischen Blumen und Kerzen auf der Bahre lag.

Piroska war damals schon in die erste Volksschulklasse gegangen. An einem Vormittag im April war sie nach Hause gekommen und hatte über Kopfschmerzen geklagt. Man hatte sie sofort ins Bett gebracht. Als der Abend kam, lag das Kind schon aufgebahrt. Der Scharlach hatte Piroska in sechs Stunden getötet.

Ihr Mann war ausgegangen. Er lief nun wieder in der Welt umher, seinen Angelegenheiten und Abenteuern nach. Sie wußte, daß er sie betrog. Nach dem Tode ihrer Tochter war sie in ein Sanatorium gebracht worden, in dem sie jahrelang geblieben war. Damals hatte ihr Mann sich ihr entfremdet. Seitdem betrog er sie, höflich und unauffällig, aber andauernd.

Und auch Katica, das Biest, war nicht nach Hause gekommen. In diesen Gedanken schüttete Frau von Vizy alle Traurigkeit. Sie nahm den Staubwedel und begann Staub zu wischen, um im Eifer der Arbeit ihren Ärger zu vergessen. Dabei überlegte sie sich, wie sie das Mädchen empfangen wollte.

Katica hatte sich diese Nacht in der »Schönen Triesterin« amüsiert, mit ihrem Matrosen. Erst gegen zehn Uhr kam sie nach Hause, zerzaust, schläfrig, mit verschmiertem Rouge. Sie verbreitete einen schwachen Weindunst.

Frau von Vizy beherrschte sich, aber erklärte ihr vor Aufregung zitternd, daß sie ihr kündige, am Fünfzehnten könne sie gehen.

Katica erging es wie den meisten unverschämten Menschen, die unerwartet eine mächtige Ohrfeige bekommen: Sie nahm die Kündigung stumm entgegen, griff nach dem Besen, den die Frau in der Hand hielt und räumte weiter auf. Sie wollte die Beleidigung ihres Selbstbewußtseins ausgleichen, indem sie wenigstens arbeitete.

Frau von Vizy erschrak jetzt erst wirklich; sie hatte ihr Dienstmädchen entlassen, und nun stand sie in völliger Ungewißheit da. Die Würfel waren gefallen. Sie hatte das Gefühl, in einem luftleeren Raum zu schweben. Sie lief zu Ficsor hinunter.

Ficsor holte gerade die rote Fahne von der Fassade ein. Er war damit beschäftigt, den Papierstoff auf die Stange zu rollen. Frau von Vizy faßte ihn beim Arm und führte ihn in die Wohnung. Der Hausmeister klopfte, obwohl er mit der gnädigen Frau kam, an der Tür und scharrte einige Male mit den Füßen über die Matte, ehe er eintrat. Er, der noch vor kurzem in dem prachtvollen Magnaten-Casino gegessen hatte – hier hatten die Roten eine Volksküche eingerichtet –, fühlte sich plötzlich befangen in der Wohnung, in der er vor einigen Tagen so ungeniert umhergelaufen war.

Ficsor hatte viel auf dem Kerbholz, und er wußte es. Er gehörte zu denen, die sich während der Rätezeit als »alte Marxisten« bezeichnet hatten. Er hatte sich damit gebrüstet, daß er seit zwanzig Jahren Parteibeiträge zahle, und sich zur roten Aristokratie gezählt. Darauf war er so stolz gewesen wie ein Graf auf seinen jahrhundertealten Stammbaum. Selbstverständlich war er sofort Hausbeauftragter geworden. Er kassierte die Miete ein, führte die Anordnungen der Sowjetregierung durch, ermahnte die »Bourgeois«, keine Verschwörung anzuzetteln, schlug sich auf die Brust und zeigte jedem seine schlottrigen Beine, die vom vielen Treppensteigen abgenützt waren. Man munkelte, er habe sich zwei Paar gelbe Stiefel anweisen lassen und die Verpflegung erster Klasse, während dem Hauseigentümer als geistigem Arbeiter nur die Verpflegung zweiter Klasse zustand. Sein größtes Verbrechen war jedoch, daß er sich an jenem denkwürdigen Tag, da Frau Vizy ins Parlament verschleppt worden war, absichtlich aus dem Hause geschlichen hatte und erst spät in der Nacht wiedergekommen war, so daß Herr von Vizy, der ihn um Fürsprache hatte bitten wollen, vergebens in der Küche der Hausmeisterwohnung hatte warten müssen. Die Vizys machten kein Geheimnis daraus, daß sie ihm bei der erstbesten Gelegenheit den Hals brechen würden.

Nun faßte sich Ficsor an Hals und Kopf, an seinen verbeulten Kopf, der aussah wie einer von den Falläpfeln, die man nach den Sommergewittern korbweise und fast umsonst auf dem Markt feilbietet, weil es so viele von ihnen gibt.

Frau von Vizy bot ihm liebenswürdig einen Stuhl an und legte ihm die Hand auf den Arm.

»Sehen Sie, Ficsor, jetzt könnten Sie mir helfen. Bringen Sie mir unbedingt das Mädchen. Katica habe ich schon gekündigt. Ich werde Ihnen sehr dankbar sein.«

Der Hausmeister sprang auf und griff nach der Klinke, die für ihn die Freiheit bedeutete. Aber Frau Vizy hielt ihn noch zurück.

»Sie ist also schon seit drei Jahren in Budapest? Wie kommt es dann, daß ich sie noch nie bei Ihnen gesehen habe?«

»Sie ist nun einmal so, Gnädigste. Sie geht nirgends hin. Man sieht sie nicht und hört sie nicht. Sie ist sehr still.«

»Hoffentlich ist sie kräftig. Wird sie mit den vier Zimmern fertig werden?«

»Die? Auch mit acht. Sie ist ja schließlich vom Land.«

»Und ist sie zuverlässig?«

»Die gnädige Frau werden schon sehen. Ich verspreche nicht zuviel. Ich sage der gnädigen Frau nur…« und Ficsor verstummte.

»Was?«

»Daß die gnädige Frau zufrieden sein werden.«

Mittags kam der Hausmeister zurück. Eine gute Nachricht lächelte unter seinem Schnurrbart hervor. Er hatte mit dem Mädchen gesprochen, es war bereit, die Stellung anzutreten, und wollte schon morgen kommen, um alles festzumachen.

Aber am anderen Tag kam das Mädchen nicht.

Dinge ereigneten sich, die alle Pläne umstießen. Budapest wurde besetzt. Aber nicht so, wie es sich Tatár und Vizy gedacht hatten. Die Rumänen marschierten ein. Sie kamen über die Theiß und ergriffen trotz des Protestes der Großmächte Besitz von der Stadt. Sie liefen in ihren funkelnagelneuen Uniformen zwischen den abgerissenen, ausgehungerten Budapestern umher, festlich geschmückt für dieses historische Gastspiel. Ihre Trompeten schmetterten mit ohrenbetäubendem Lärm. Sie taten keinen Schritt ohne diese gewaltigen, zum Himmel gerichteten Musikinstrumente, mit deren Hilfe sie den erschrockenen, gedemütigten Ungarn den Kaiser Trajan und seine welterobernden Kohorten und Legionen ins Gedächtnis zurückrufen wollten.

Das hatten sich weder die Ungarn noch die Rumänen vorzustellen gewagt, auch nicht in ihren wildesten Fieberträumen. Sie sahen einander überrascht an, erstaunt über das, was hier geschah. Es war unerhört.

Die Ungarn sahen von ihren Fenstern aus, wie die rumänischen Autos über die Straßen sausten, aber sie glaubten es nicht. Und die Rumänen wollten es selbst nicht recht glauben.

Die Oberkellner dienerten unterwürfig vor ihnen, Liftboys geleiteten sie zu den Fahrstühlen, sie konnten gehen, wohin es ihnen beliebte. Das machte sie ein wenig verwirrt.

Es kam ihnen vor wie ein Traum, in dem sie sich in ein Märchenland verirrt hatten, wo ihrem Verlangen keinerlei Schranken gesetzt waren. So wußten sie nicht, was sie sich zuerst wünschen sollten, und suchten sich mit kindlicher Gier statt echter nur wertlose, dekorative Dinge aus.

Vor allem montierten sie die Telephone in den Privatwohnungen ab. Zwei Bagagewagen rasselten voll beladen mit Telephonapparaten und abgeschnittenen Drähten über den Christinenring.

Dann erschienen die Rumänen plötzlich in den Kleidermagazinen, den Fabriken und den Krankenhäusern.

Überall wurden sie von einem gebrochenen alten Magyaren empfangen, dem Direktor, der in einem alten Bratenrock und in schlechtem Französisch stammelnd und beinahe weinend seinen einstudierten höflichen Protest vorbrachte und sich auf die Große Entente berief. Aber der Offizier machte nur eine Handbewegung, und alle Türen öffneten sich. Kleider, Maschinen, Mäntel und die Bettlaken der Patienten wurden weggeschleppt, als Kontribution und zur Wiedergutmachung.

Andererseits wachten die Rumänen über das Wohl der Bürger und ahndeten jeden Versuch, der sich gegen den Privatbesitz und gegen die öffentliche Ordnung richtete. Sie gingen von Haus zu Haus und schleppten gefesselte, blasse Rotgardisten mit, die den Kopf gesenkt hielten. Der Tanz begann, der große Tanz, von dem der Hausmeister Ficsor gesprochen hatte.

Auch Kornél von Vizys Haus wurde von der Aufregung dieser historischen Tage ergriffen, und in ihm schwirrte es wie ein Bienenstock. Einmal lief Druma, der stattliche Rechtsanwalt, die Treppe hinauf und verkündete, mit seiner Aktentasche fuchtelnd, daß die sozialdemokratische Regierung gestürzt und die Herrschaft von einer bürgerlichen Regierung übernommen worden sei. Ein andermal kam Frau Druma kreischend mit ihrem kleinen Söhnchen auf dem Arm von der Straße, denn da war eine Schlägerei ausgebrochen. Dann wiederum erzählte Etel, daß soeben ein Kommunist tüchtig verprügelt worden sei. Die Herz- und Lungenkranken, die aus Movizsters Praxisräumen kamen, politisierten laut vor der Wohnungstür der Vizys. Und Stefi, das konterrevolutionäre Dienstmädchen der Drumas, hielt eine Rede. Sie pflegte nach dem Abwaschen zu Volksversammlungen zu gehen. Zu Hause berichtete sie dann mit fiebrig glühendem Gesicht, was sie gehört hatte. Sie beugte sich über das Geländer des zweiten Stockwerkes und verkündete schreiend, daß alle Sozis aufgehängt werden müßten.

Frau von Vizy ging nur hin und wieder in dieses unruhige Treppenhaus hinaus, um mit Ficsor zu reden.

»Sagen Sie, welche Konfession hat das Mädchen?«

»Sie ist katholisch, gnädige Frau, katholisch.« Das war Frau von Vizy recht.

Die katholischen Dienstmädchen waren lieber, bescheidener, nicht so eigensinnig und anspruchsvoll wie die Protestantinnen. Andererseits stimmte es aber, daß die katholischen Mädchen leichtsinnig waren, dauernd sangen und schnell verlotterten. Wenn sie einmal auf die schiefe Ebene gerieten, dann gab es für sie keinen Halt mehr, sie stürzten aus dem Himmel direkt in die Hölle.

Einmal erwischte sie den Hausmeister auf dem Christinen-Platz.

»Und wo ist sie geboren?«

»In Kajár. Sie ist die Tochter meines Schwagers. Und, wie ich schon gesagt habe, vom Plattensee.«

Auch das machte einen angenehmen Eindruck auf Frau von Vizy. Früher, als ihr Töchterchen noch gelebt hatte, war sie einmal einen Sommer lang am Plattensee gewesen. An diesen Sommer voll von Kinderlachen, Wellenplätschern und Zigeunermusik dachte sie gern. Und es schien ihr auch, als hätte einmal jemand die »Mädchen vom Plattensee« gelobt.

In der Markthalle stellte sie Frau Ficsor:

»Sagen Sie, wie heißt sie eigentlich?«

»Was?« staunte die stattliche Frau. »Das wissen gnädige Frau noch nicht? Anna heißt sie.«

»Anna«, wiederholte Frau von Vizy. Der weiche, liebe Frauenname erschien ihr sympathisch, sie hatte noch nie ein Dienstmädchen mit dem Namen Anna gehabt, und auch keine Verwandte; das hätte sie unbedingt gestört.

»Anna«, sagte sie noch einmal, und das Wort beruhigte sie, es berührte sie wie etwas Helles, sehr Zartes.

Ficsor ließ nichts unversucht, um seine Verwandte aus ihrer alten Stellung wegzulocken. Zusammen mit seiner Frau ging er unverzüglich an die Arbeit. Die beiden liefen abwechselnd in die Grabengasse. Er wußte, was für ihn auf dem Spiele stand. Jeden Vormittag sah er Kommunisten, die man ohne alle Umstände aus ihren Arbeitsstellen hinausgeworfen hatte. Ein junger Mann ging am Haus vorbei. Über seine Schläfe lief Blut wie ein dünnes, lebendiges Bändchen. Er trocknete es mit dem Taschentuch. Solche Erlebnisse verdoppelten den Eifer des Hausmeisters. Aber das nützte ihm nicht viel. Bisher hatte er nur mit Frau Cifka sprechen können, der Schwägerin des Bartos, die bei ihm wohnte. Bartos wollte das Mädchen nicht fortlassen, wenn ihm Ficsor kein anderes, ebenso anstelliges besorgte. Auch Anna lag er vergebens in den Ohren. Sie stammelte, stotterte und verstand nicht recht, wovon die Rede war. Außerdem taten ihr die Kinder leid, Bandi und Pisti, die sie sehr gern hatte. Sie versprach trotzdem zu kommen. Aber sie hielt nicht Wort und sagte später, sie habe es sich anders »überlegt«.

Frau von Vizy machte Ficsor Vorwürfe.

»Weshalb bringen Sie sie nicht endlich einmal mit? Ich möchte sie doch wenigstens kennenlernen.«

»Sie hat heute große Wäsche.«

»Die große Wäsche macht sie auch?«

»Natürlich. Sie wäscht und plättet auch. Und wie!« Das nächste Mal hatte er eine andere Ausrede: »Sie muß mit dem Kind spazieren gehen.«

»Mit Bandi?« – fragte Frau von Vizy, die die Familienverhältnisse unterdessen einigermaßen kennengelernt hatte.

»Ja, mit dem vierjährigen Jungen.«

»Hören Sie, Ficsor, halten Sie mich nicht hin. Seien Sie offen zu mir. Ich muß genau wissen, ob ich mit Anna rechnen kann.«

»Sie können mit ihr rechnen, gnädige Frau. Ich bin offen zu Ihnen.«

Dann verschwand der Hausmeister. Er machte bei der Post Überstunden, tauchte zu Hause nur für Minuten auf – inkognito –, er machte sich unsichtbar. Frau Ficsor erklärte immer, er sei gerade zu dem Mädchen gegangen.

Der Fünfzehnte nahte mit bedrohlicher Geschwindigkeit. Frau von Vizy hatte sich schon mit dem Gedanken beschäftigt, Katica zu behalten, denn nachdem sie ihr gekündigt hatte und wußte, daß sie nicht länger an sie gebunden war, erschien sie ihr nicht mehr so widerlich wie vorher. Aber Katica hatte eine Stellung bei einem Drogisten angenommen und mußte am Fünfzehnten dort antreten. Es war anzunehmen, daß sie kein Mädchen finden würde, jetzt vor dem Winter, in dieser wahnsinnig gewordenen Welt. Ihr Mann würde noch mürrischer sein, sie würden wieder keine Gäste empfangen und nirgends hingehen können, wie damals, als die Luise Hering gegangen war, in den zwei bitteren Monaten, die in ihrer Erinnerung auch jetzt noch wie ein Alpdruck auf ihr lasteten.

Auf Anna schien sie nun also verzichten zu müssen. Aber Frau von Vizy beschloß, sich nicht unterkriegen zu lassen. Schließlich war ihr seliger Vater Husarenmajor gewesen, und auch ihre beiden Großväter waren Soldaten – in ihr steckte überhaupt Soldatenenergie, ihre Vorfahren gaben ihr über die Entfernung von Jahrhunderten hinweg die Kraft zum Sturm auf die Festung. Sie klapperte die Stadt ab. Den ganzen Tag war sie auf den Beinen. Sie suchte lange vernachlässigte Bekannte auf und fragte, ob sie nicht ein Mädchen wüßten. Meistens bekam sie nur ein mitleidiges Lächeln zur Antwort. Da trat sie den Leidensweg an, von dem sie jede einzelne Station schon bis zum Überdruß kannte.

Zuerst ging sie zur Polizei. Aber die hatte jetzt andere Sorgen. Die Polizeiwagen fuhren ein und aus, voll beladen mit Menschen. Auf dem Hof, auf den rohen Holzbänken, saßen dicht zusammengedrängt die Verdächtigen, die Kommunisten, Kinder und Greise, Männer und Frauen, in Lumpen und in Seide, mit verweinten Augen saßen sie da und harrten ihres Schicksals. Frau von Vizy schickte dem Polizeihauptmann, der die Dienstbotenangelegenheiten unter sich hatte, ihre Karte hinein. Er wußte schon, was sie wollte, und empfing sie außer der Reihe. Er sah sie mit einer gewissen abgestumpften Teilnahme an, so wie ein Nervenarzt einen unheilbar kranken Patienten ansieht. Dann tröstete er sie ein wenig und schickte sie zu einem Stellenvermittler.

Ohne viel Hoffnung machte sie sich auf den Weg. Sie tat es hauptsächlich, um sich einigermaßen zu informieren. Die Blechschilder – blaue, rote und grüne Quadrate – erzählten von Köchinnen, Stubenmädchen, Ammen, Dienstmädchen jeder Art. Sie prahlten mit einem längst vergangenen üppigen Reichtum, wie die leeren Restaurants, die den Gästen mit goldenen Buchstaben auf Glastafeln versprachen »Zu jeder Tages- und Nachtzeit warme Speisen«, oder die Tabakläden, die »In- und ausländische Tabakwaren« anpriesen, aber nur Zigarettenspitzen und Steine für Feuerzeuge hatten.

In Buda gab es überhaupt kein Mädchen. Frau von Vizy wanderte von Bezirk zu Bezirk, bis sie endlich in der Franzstadt etwas fand.

Der Stellenvermittler, den sie schon lange kannte, wie jeden Stellenvermittler in Budapest, kam ihr mit Verbeugungen entgegen. Er war ein blasser und gewiegter Ganove mit einer silbernen Uhrkette auf der Weste. Er schmeichelte jeder Hausfrau und nannte jedes Dienstmädchen aus Geschäftsinteresse »meine Dame«.

Die stellenlosen Frauenzimmer saßen auf Strohstühlen an der Wand und klatschten wie ältliche Mauerblümchen auf einem schauerlichen Ball. Als Frau von Vizy eintrat, verstummten sie. Sie bemühten sich, ihren Zügen den Ausdruck von Unbefangenheit und Gleichgültigkeit zu geben, weil sie daran dachten, daß bei dem Handel ja schließlich beide Teile mitzureden hatten. Aber sie konnten den Blick trotzdem nicht von der unbekannten Frau wenden, die vielleicht ihr Schicksal werden konnte. Sie bewunderten sie und zeigten ihr zugleich Geringschätzung.

Frau von Vizy warf nur einen Blick auf die Mädchen. Das war beiseitegestellte Ausschußware, die nach dem Ausverkauf im geplünderten Laden zurückgeblieben war und die niemand mehr wollte. Wer gab seine Tochter auch jetzt in Stellung, jetzt, wo das Geld keinerlei Wert hatte und die Bauern im Fett erstickten und ihre Kinder Klavier spielen lernen ließen?

Aus Neugier machte sie ein, zwei Proben. Die eine blieb sitzen, als sie sie ansprach, und antwortete so, die Beine übereinandergeschlagen. Die zweite Magd stand zwar auf, aber sie legte sofort eine höhnische Maske über ihr gedemütigtes Gesicht und verlangte ihr Buch selbst zurück, unter dem frechen Grinsen der anderen, die einander mit den Ellenbogen anstießen und sich instinktiv von Frau von Vizy zurückzogen.

Eine einzige hätte die Stellung gern angenommen, eine weißhaarige, sechzigjährige Köchin mit einem Gesicht wie eine Giftmischerin. Sie hatte – so sagte wenigstens der Stellenvermittler – in den besten Provinzgasthäusern gekocht und wollte auch das Bohnern übernehmen. Aber sie war schon schwach und müde und hatte ihre Kraft in den Spülichteimern der Wirtshäuser von Kecskemét und Cegléd gelassen. Was hätte sie mit der anfangen sollen? Verzagt betrachtete Frau von Vizy den Tisch, auf dem zur Hebung der Stimmung in einer billigen Vase von Fliegen verschmutzte Papierrosen blühten. Die Luft im Raum war schwer von den Ausdünstungen der Mädchen.

Abends bekam sie Kopfschmerzen.

Die heftigen einseitigen Kopfschmerzen waren wieder da, die sie schon lange nicht mehr gespürt hatte. Sie legte sich ein Handtuch über den Kopf und dachte im dunklen Zimmer darüber nach, warum sie sich eigentlich so aufgeregt hatte.

Es war nicht der Mißerfolg, der sie verstimmt hatte, mit dem hatte sie gerechnet.

Eine Art Selbstanklage bohrte in ihr: Sie war Anna untreu geworden, hatte sie verraten und für eine andere aufgeben wollen. Und jetzt beschloß Frau von Vizy, sich das Mädchen unbedingt – koste es, was es wolle – zu verschaffen.

V

MINISTERIUM UND MYSTERIUM

Diesen heldenhaften Kampf kämpfte Frau von Vizy allein aus. Ihrem Mann sagte sie nicht einmal, daß sie Katica gekündigt hatte.

Heimlich ging sie zu Druma, dessen Büro voll war von den Angehörigen der in die Patsche geratenen Kommunisten. Es hatte sich herumgesprochen, daß er ein großer Gegenrevolutionär gewesen war, und nun wollte ihn jeder für seine Verteidigung gewinnen.

Das auch sonst rötliche Gesicht des jungen Rechtsanwaltes glühte vor historischem Eifer. Er hätte Ficsor mit dem größten Vergnügen einsperren lassen und stellte ihm mindestens fünf Jahre Zuchthaus in Aussicht. Die Dienstbotenangelegenheit aber hielt er für ziemlich verworren. Auf alle Fälle diktierte er einen Brief, der eingeschrieben an Bartos geschickt werden sollte. Bartos wurde aufgefordert, das Mädchen gemäß den entsprechenden Rechtsvorschriften unverzüglich zu entlassen.

Vizy kam nur nach Hause, um das Mittagessen und das Abendbrot zu verschlingen. Er aß mit finsterem Gesicht, war nervös und sprach kein Wort. Frau von Vizy hätte nicht gewagt, ihn mit einer so belanglosen Angelegenheit zu belästigen. Fragte sie ihn, wo er herkomme und wohin er gehe, antwortete er nur: Ministerium. Das klang so geheimnisvoll, als sagte er: Mysterium.

Und wirklich war für Herrn von Vizy das Ministerium das Geheimnisvolle, die große Perspektive des öffentlichen

Lebens, der Politik. Außerhalb des Ministeriums gab es nur Nichtigkeiten, und es lohnte nicht, sich mit ihnen zu beschäftigen.

Das alte gelbe Gebäude des Ministeriums war wieder erfüllt von dem vertrauten Summen. Jedesmal, wenn Herr von Vizy über die Schwelle trat, empfand er ein angenehmes Prickeln, und schon auf der Treppe zeigte sein Gesicht das salbungsvolle, selbstbewußte Lächeln, welches ausdrücken sollte, daß hier zwar alles der Allgemeinheit, aber im Grunde genommen doch nur ihm, Herrn von Vizy, gehöre, daß er hier zu Hause sei, weit mehr als in seiner Wohnung. Der Portier grüßte wieder. Im Vorzimmer empfing ihn sein sorgfältig gescheitelter Sekretär, der die Besucher schon klassifiziert und sortiert hatte, ehe er sie nach einer weiteren sorgfältigen Musterung vorließ. Herr von Vizy forderte sie dann auf, Platz zu nehmen und bat sie um Entschuldigung, daß er ihnen nicht habe sogleich zur Verfügung stehen können. Er klagte über seine viele Arbeit und betonte mit Vorliebe, daß er nicht einmal Zeit zum Sterben habe. Er ließ die Finger wie ein Pianist über die Klingeltastatur auf seinem Schreibtisch gleiten. Er führte Ferngespräche mit Provinzstädten, ließ seinen Referenten kommen, bat ihn um Akten, die er kopfschüttelnd überflog, und unterhielt sich mit ihm, freundschaftlich, aber überlegen, um den Besuchern seine Macht zu zeigen. Dann wandte er sich an seine Gäste und fragte, ob sie zu rauchen wünschten. Bekam er eine bejahende Antwort, suchte er die Schlüssel aus seiner hinteren Hosentasche hervor und öffnete eine Schublade. Er ließ sich Zeit, wie um den Augenblick der Erfüllung hinauszuschieben. Endlich hielt er ihnen, nachdem er den vergoldeten Deckel der Tabatiere aufgeklappt hatte, die Importe mit den Bauchbinden hin. Sie gehörten zu den Repräsentationszigarren und sollten ihm helfen, Karriere zu machen. Während er dem Besucher Feuer anbot, fand er sich damit ab, daß er eine Zigarre weniger hatte, klappte den vergoldeten Deckel zu und schloß den Kasten wieder ein.

Herr von Vizy liebte dieses Zeremoniell, und er liebte auch den Geist des Büros. Gegen Mittag ertönte eine Glocke, das Zeichen dafür, daß der Minister eingetroffen war. Das Ministerium verwandelte sich in eine Kirche. Selbst die ernsten, staatlichen Bäume standen feierlich hinter den hübschen schmiedeeisernen Gittern des Hofes. Hast du, bitte sehr, Seine Exzellenz gesehen? Ist Seine Exzellenz guter Laune? Ich will ein bißchen Geld für die unglückselige Handelskammer erbetteln. Servus, Exzellenz, servus, Hofrat, dein ergebenster Diener. Freunde umgaben Herrn von Vizy, die wieder aus der Wiener Emigration oder ihren Schlössern auf dem Lande hervorgekommen waren; alle Gentlemen an Leib und Seele, alle gut gewaschen und wohlriechend, verbreiteten sie den Duft von Eau de Cologne und feinem Tabak. Sie umarmten ihn, denn sie hatten munkeln hören, daß ihn die Kommunisten ins Parlament geschleppt hätten. Auch sie klagten, sie hatten viel gelitten, und die Verbrecher hatten ihnen alles mögliche gestohlen. Aber sie lebten noch und waren beisammen, sie duzten einander, alt und jung, die zweite Gehaltsklasse und die achte, sie waren die Kinder einer großen Familie. In einem zauberhaften Gefühl der Verwandtschaftlichkeit gaben sich hier alle unbefangen, stets waren sie dienstbereit, im Amt und außerhalb des Amtes, sie ließen jedem seinen Titel und den ihm gebührenden Respekt zukommen, mit militärischer Disziplin und auch einer gewissen Selbstdisziplin, denn sie wußten, daß alles auf Gegenseitigkeit beruhte und daß schließlich jeder von ihnen die höchste Sprosse auf der Rangleiter erreichen konnte.

Das war Kornél von Vizys Welt, war mehr als sein Zuhause, war sein ein und alles.

Vizy war ein ausgezeichneter Beamter, fleißig und auch gewissenhaft. Das erkannten sowohl seine Vorgesetzten als auch seine Untergebenen an. Und er war auch nicht ohne soziales Gefühl. Wenn sich Leute mit einem Anliegen an ihn wandten, schrieb er sofort eine Anweisung an irgendeine amtliche Stelle. Mitunter spendete er auch selbst – seinen Verhältnissen entsprechend – für die Errichtung eines Waisenhauses oder eines Sanatoriums. Aber er duldete nicht, daß man ihn persönlich belästigte – wozu waren schließlich die amtlichen Institutionen da? Aber man konnte ihm auch nicht vorwerfen, daß er jemals Mißbrauch trieb; unter seinen Händen war noch kein Heller von öffentlichen Geldern verschwunden. Weil er furchtbar gern Gefälligkeiten erwies – in der Hoffnung, daß seine Freundlichkeit erwidert werden würde –, besorgte er seinen alten Bekannten, Handwerkern und Kaufleuten, Bestellungen und Konzessionen, und diese Leute dankten ihm, indem sie ihn für das, was er bei ihnen kaufte, nicht zahlen ließen. Darüber beschwerte er sich zwar jedesmal, er hielt es auch nicht für richtig, aber es hätte ihm weh getan, wenn die erwartete Überraschung ausgeblieben wäre. Zu seinem Namenstag, dem Korneliustage, schickten ihm die Vertreter der verschiedenen Industriezweige und Handelsfirmen kleinere und größere Geschenke, Braten, Torten, Liköre, so daß mehr als genug für das Festessen da war. Hin und wieder bekam er auch einen Ring oder eine silberne Uhr, die er jedoch wegen seiner strengen Grundsätze niemals trug, sondern im Glasschrank verschloß und nur in seinen traurigen Augenblicken betrachtete. Diese Geschenke wogen die Gefälligkeiten, die er erwiesen hatte, bei weitem nicht auf, aber sie taten Herrn von Vizy wohl, sie steigerten sein Selbstbewußtsein und streuten ein wenig poetischen Glanz über sein Leben.

Auch jetzt pflegte er eifrig diese Freundschaften und knüpfte die Fäden vorteilhafter Verbindungen, er tat es bei Tag und Nacht: im Bürgerklub, in den Komiteesitzungen, bei Parteidiners. Er wollte in diesen bewegten Zeiten von der Rangleiter, auf deren höchster Stufe er schon seit zehn Jahren stand, auf eine andere überwechseln.

Eines Abends war er bei seinem Staatssekretär eingeladen. Bei solchen Anlässen verwandelte sich Herr von Vizy in einen liebenswürdigen Salonmenschen, er plauderte sogar mit seiner Frau. Und diese Gelegenheit benutzte Frau von Vizy, ihn in ihre Sorgen einzuweihen. Als sie weggingen, lockte sie ihn in die Hausmeisterwohnung.

Vizy verhandelte ganz anders.

Er kannte die tausend Schwierigkeiten der Angelegenheit nicht und trat so überlegen auf wie im Ministerium, wenn er sich einen nachlässigen Referenten wegen unerledigter Akten vornahm. Seine Frau sah stolz zu ihm auf. Es war doch etwas anderes, wenn ein Mann sprach.

Die Unterredung war nicht lang.

»Was ist nun mit dem Mädchen?«

»Sie hat es mir versprochen, gnädiger Herr.«

»Wenn sie es versprochen hat, dann soll sie kommen und ihre Pflicht tun.«

»Sie will ja auch kommen, aber ihr Herr will sie nicht weglassen.«

»Was? Das Mädchen hat gekündigt, und er hat die Kündigung angenommen? Dann hat er kein Recht dazu! Das wird eindeutig durch das Rechtsverhältnis zwischen Arbeitgeber und Dienstboten bestimmt, und das hat er zu respektieren.«

»Jawohl«, sprach Ficsor und lauschte andächtig auf das lateinische Wort.

»Kurz und gut, wir lassen uns nicht zum Narren halten. Tritt sie ihre Stellung bei uns nicht an, lasse ich sie von der

Polizei holen. Das können Sie ihm sagen. Von der Polizei.«

Das hatte Ficsor und seiner Frau gerade noch gefehlt. Wie vom Blitz getroffen standen sie da und sahen einander an. Der Schatten des Gefängnisses fiel auf ihre Wohnung, sie streckten die Hände aus, um gegen die Beschuldigung zu protestieren, daß sie irgend etwas unterlassen hätten, zugleich aber auch, um sich vor dem drohenden Schlag zu schützen.

Vizy hatte nichts mehr zu sagen. Er schämte sich, daß er sich in dieser Küchenangelegenheit so auf sein Prestige berufen hatte. Er ließ seinen Blick durch die Kellerwohnung schweifen.

In der Küche zog sich die Nässe vom Boden anderthalb Meter hoch an den Wänden hinauf, die wie mit handtellergroßen schwarzen Rosen geschmückt aussahen. Schimmelgeruch lastete im Raum, abgestanden und feucht, und vermischte sich mit dem Geruch der Zwiebeln, die auf dem Herd brieten. Das Fenster war so niedrig, daß man nur die Beine der Vorübergehenden sehen konnte. Hier hatte Herr von Vizy gewartet, als sie seine Frau ins Parlament geschleppt hatten. Hier hatte er auf Ficsor gewartet, lange, lange Stunden auf dem niedrigen Küchenhocker gesessen, von dem sie jetzt jedes Stäubchen abwischten, damit er sich setzen möge, wenn auch nur auf einen Augenblick, nur um ihnen nicht die Ruhe mitzunehmen. Er setzte sich aber nicht. Der Hocker sah ihm schmutzig aus, und er hatte Angst, seinen Smoking zu beschmutzen.

Übrigens schien es ihm, daß die Einrichtung der Küche damals etwas freundlicher gewesen war. Und die Ruhe, die biblische Schlichtheit hatten ihm beinahe wohlgetan. Irgendwo hatte damals eine Chaiselongue gestanden, auf die er sich gern gelegt hätte. Sicher war es nicht die da gewesen, die durchgelegene, ausgediente, aus der in Büscheln das Seegras heraushing. In einer Ecke stand ein häßlicher Topf. Auch eine Markttasche hing da, aus dem malvenfarbenen Plüsch, mit dem einst die Sitze in den Kupees erster Klasse überzogen waren. Während der Revolution war dieser Stoff hier und da aufgetaucht, Proletariermütter hatten Hosen für ihre Jungen daraus genäht. Der Anblick der Kahlheit verblüffte Herrn von Vizy. Er hielt sich das Taschentuch an die Nase und drängte seine Frau, indem er sie nervös ansah, zum Aufbruch.

Sie verhandelte noch, weitschweifig und mit weiblicher Planlosigkeit.

»Also sprechen Sie mit ihr, lieber Ficsor, und sagen Sie ihr, sie soll sich endlich entschließen. Schauen Sie, versprechen Sie ihr einfach etwas mehr Lohn.«

»Darauf legt sie keinen Wert. Sie macht sich nichts aus Geld.«

»Nein?« Frau von Vizys Augen leuchteten.

»Woraus macht sie sich dann etwas? Hat sie vielleicht einen Liebhaber?«

»Die Anna?« Ficsor vergaß den schuldigen Respekt, stieß seine dicke Frau mit dem Ellenbogen an und grölte: »Hast du gehört! Die Anna und einen Liebhaber!«

Frau Ficsor verzog die Lippen, zeigte ihre gelben Pferdezähne und kicherte bei dem bloßen Gedanken, daß die Anna, ausgerechnet die Anna, einen Liebhaber haben sollte.

Frau von Vizy wurde neugierig.

»Ißt sie vielleicht viel?«

»Sie ißt wie ein Vögelchen.«

»Ja, aber was hat oder tut sie denn dann gern?«

»Arbeiten, gnädige Frau«, erklärte Ficsor, »arbeiten.«

»Die Anna, das ist ein Mädchen«, fügte die Hausmeisterin hinzu, »dem man die Hände vergolden müßte«, und sie lächelte still vor sich hin.

Frau von Vizy hätte nicht sagen können, welche dieser beiden Aussagen mehr Eindruck auf sie gemacht hatte: die offene, direkte Ermutigung des Hausmeisters oder die poetisch schlichte Schilderung der Hausmeisterfrau. Beides waren Verallgemeinerungen. Aber oft haben gerade Verallgemeinerungen den meisten Inhalt, weil sie unsere Phantasie nicht fesseln, sondern frei schweifen lassen.

Katica war noch da, aber nur halb und halb. Sie konnte tun und lassen, was sie wollte. Sie mußte nicht einmal die Wohnung aufräumen. Und Frau von Vizy sah ruhig und beinahe freudig zu, wie sich Schmutz und Staub im Haus von Tag zu Tag häuften. Wenn Katica gähnend und träge in der Küche herumlungerte, dann sah Frau von Vizy eine andere an ihrer Stelle, die Neue, die alles wiedergutmachte, die sich flink und wunderbar leicht bewegte wie eine Fee. Eine, die nur arbeiten wollte, nichts als arbeiten. Und manche schwerere Arbeit hob sie absichtlich für sie auf, wie man ein wertvolles Geschenk für einen geliebten Menschen aufhebt, den man besonders auszeichnen will. Von Anna erwartete Frau von Vizy alles. Schloß sie die Augen, dann sah sie sie vor sich, sie, von der sie nur wußte, daß man ihr die Hände vergolden müßte; sie sah eine Magd mit goldenen Händen vor sich; und eine Hand, die wie aus schwerem gelbem Gold war, glänzte in der Dunkelheit auf und führte sie, weiter und weiter.

Aber inzwischen geschah wieder etwas.

Die Rumänen richteten sich in unmittelbarer Nähe in der Christinenstadt ein. Die fremden Soldaten, auf die Frau von Vizy in den ersten Tagen mit ohnmächtigem Erstaunen geblickt hatte, gingen nun am Haus vorbei, als wären sie hier geboren. Und sie hatte sich bald so an sie gewöhnt, daß sie sie gar nicht mehr sah. Sonntags flanierten die geschnürten, schlanken, dunkelhaarigen und stark nach Parfüm riechenden Offiziere mit irgendwelchen Orpheumsternen zusammen auf der Basteipromenade. Sie machten Ausflüge auf den Gottesberg, veranstalteten mit ihren Gelegenheitsfreundinnen Picknicks auf der Wiese und fotografierten sie mit ihren Kodaks. Im Café Philadelphia ließen sie ihnen die ungarischen Lieder ins Ohr geigen, die sie einst in ihrer Siebenbürger Studentenzeit ihrer ersten Liebe schmachtend vorgesungen hatten.

Die Mannschaften schlugen auf der Generalswiese ihr Lager auf. Wenn der Abend kam, wurde in Kesseln Essen gekocht, Lagerfeuer leuchteten auf, und die Budaer Dienstmädchen, die schon lange keine richtigen Soldaten mehr gesehen hatten, sondern nur kränkliche Drückeberger und hektische Rotgardisten, umringten sie. Katicas Ludwig war von der Polizei als vorbestrafter Einbrecher eingesperrt worden. Nun schnappte sie sich einen Rumänen, einen knapp zwanzigjährigen Hirten aus den Siebenbürger Bergen. Der Soldat mit dem Eisenhelm hatte noch nie in seinem Leben ein so schönes Frauenzimmer gesehen. Den Arm um Katicas Taille, spazierte er Hand in Hand mit ihr um die Generalswiese herum und bewunderte ihre rotgefärbten Lippen und ihr engelblondes Haar. Er schwor ihr in seiner Zeichensprache, daß er sie heiraten und mit nach Rumänien nehmen wolle. Jeden Abend wartete er mit einem Blumenstrauß vor dem Tor. Manchmal kam er auch ins Treppenhaus.

Das empörte alle. Etel redete nicht mehr mit Katica, der Vaterlandsverräterin, und Stefi erzählte überall, Katica sei eine rumänische Spionin.

Frau von Vizy schlug die Hände zusammen wegen des Skandals, wegen der Schmach, die ihrem Hause angetan worden war, aber sie wagte nichts zu unternehmen. Sie hatte Angst vor der Rache der Okkupationsarmee. Auf Drumas Einschreibebrief kam keine Antwort. Die Situation wurde allmählich unerträglich.

Frau von Vizy nahm ihren Sonnenschirm und machte sich mutterseelenallein auf den Weg.

Der Abend dämmerte grau und staubig und erinnerte mitten im Sommer an den Herbst, in dem es früh dunkel wird und der Wind durch den Schornstein pfeift. Sie stolperte über die unebenen, mit Katzenköpfen gepflasterten Budaer Straßen. Die Christinenstadt erschien ihr fremd mit den vielen Patrouillen, sie machte den Eindruck einer merkwürdigen Kolonie.

Frau von Vizy wußte ungefähr, wo sich das Haus befinden mußte. Der Hausmeister hatte ihr in den vielen Gesprächen wiederholt erklärt, daß auch eine Hebamme dort wohne, Erzsébet Karvaly. Auf ihrem Schild sei ein Säugling in einer Badewanne gemalt. Das Haus habe eine Toreinfahrt mit Balkendecke, und die Glastür der Bartos' gehe auf den Hof. An der Wand sei ein heiliger Florian und darunter ein rotes Lämpchen.

Die Grabengasse besteht aus lauter verfallenden, halb in der Erde versunkenen Häusern. Eins sieht aus wie das andere. Zwischen diesen Häusern verirrte sich Frau von Vizy. Vor einer baufälligen Hütte saß ein uraltes vertrotteltes Mütterchen, dem sie mit vieler Mühe verständlich machen konnte, wo sie hin wollte. Sie war zu weit gegangen und mußte umkehren. Frau von Vizy lief hastig, als ginge sie auf verbotenen Wegen. Die Leute sahen ihr mißtrauisch nach, und sie begann sich zu fürchten. Von einem mit Gras bewachsenen Hügel aus sah sie das Aushängeschild der Hebamme mit dem badenden Säugling und schlich in die Toreinfahrt. Der heilige Florian und das flackernde Lämpchen winkten ihr ermutigend zu.

Sie hatte die Absicht, das Mädchen herausrufen zu lassen, mit ihm zu sprechen, es wegzulocken, und zwar möglichst sofort. Auf jeden Fall wollte sie sich davon überzeugen, wie es aussah.

Frau von Vizy suchte Geld aus ihrer Handtasche, sie wollte jemanden mit dem Auftrag ins Haus schicken. Aber in der Grabengasse war keine Menschenseele zu sehen. Der enge schmutzige Hof unter dem bleifarbenen Himmel lag einsam und verlassen.

Aus der Wohnung hörte sie Stimmen, abgerissene Frauen- und Kinderstimmen. Der Wind schlug ein Fenster zu. Frau von Vizy preßte sich an die Wand und wartete.

Plötzlich öffnete sich die Glastür, ein barfüßiger Junge lief über den Hof, sicher der kleine Bandi. Dann kam ein Mädchen. *Das* Mädchen.

Frau von Vizys Herz schlug heftig.

Das Mädchen war ungefähr so groß wie sie, aber kräftig und muskulös, es hatte ein gelblich-bräunliches Gesicht, starkes, zerzaustes Haar und dichte, kohlschwarze Augenbrauen. Es trug ein viel zu weites, verschossenes weinrotes Kleid und lief hinter dem Jungen her, der am Brunnenrand herumkletterte. Das Mädchen faßte ihn an der Hand, schimpfte ihn aus, nahm ihn liebevoll in die Arme und küßte ihn ab. Dann trug es ihn ins Haus.

Einige Minuten später kam das Mädchen wieder heraus, mit einer Waschschüssel aus Blech. Es pumpte sie voll Wasser und ging zur Wohnung zurück. Dabei blickte es zur Seite und sah Frau von Vizy.

Die Blicke der beiden Frauen begegneten sich.

Frau von Vizy hob ihren Sonnenschirm und winkte dem Mädchen. Dann winkte sie noch mit der linken Hand. Aber das Mädchen bemerkte es nicht, verstand es vielleicht auch nicht, es eilte ins Haus und zeigte sich nicht mehr.

Es wurde schon dunkel. Später kam ein Mann, offenbar der Finanzbeamte, der sich darüber wunderte, daß hier eine Dame herumstand.

Frau von Vizy hielt es für besser zu gehen.

Es war nicht alles so gegangen, wie sie es sich ausgemalt hatte. Aber sie bereute ihr Abenteuer nicht, denn sie hatte nun mit eigenen Augen gesehen, daß Anna ein kräftiges, fleißiges und tüchtiges Mädchen war. Besonders hatte ihr gefallen, daß sie so freundlich zu dem Jungen gewesen war. Von nun an hatten ihre Vorstellungen wenigstens ein festumrissenes Bild.

Zu Hause erzählte sie Ficsor stolz:

»Ich habe sie gesehen.«

»Hat sie der gnädigen Frau gefallen?«

»Sie macht keinen schlechten Eindruck.«

»Sie ist ein gesegnetes Geschöpf. Gnädige Frau werden sich schon noch davon überzeugen können.«

»Aber wann?«

»Dieser Tage. Wir haben für die Stelle dort ein anderes Mädchen gefunden. Heute wurde mir gesagt, daß sie gehen kann. Sie brauchen sich keine Sorgen zu machen.«

Etel und Stefi saßen im zweiten Stockwerk an den Türen der beiden gegenüberliegenden Wohnungen und quirlten Eier mit Zucker für die Torte. Sie plauderten miteinander.

»Anna heißt sie.«

»Wirklich?«

Frau Druma, die eine Spürnase für Klatsch besaß, hatte die Nachricht verbreitet.

Diese unansehnliche, farblose und phantastisch ungebildete kleine Frau war im Krieg Krankenschwester gewesen, eine gewöhnliche Krankenschwester. Sie hatte sich von ihrem prächtigen Mann heiraten lassen, als er mit einem Kopfschuß im Lazarett von Marosvásárhely gelegen hatte. Sie schlich im Treppenhaus umher wie ein Mäuschen und hatte auch so eine piepsende Stimme.

Einmal erwischte sie Frau von Vizy und fiel in ihrer taktlosvertrauensseligen Art über sie her.

»Wir haben schon davon gehört, wir haben schon davon gehört. Und was zahlst du ihr?«

Auch Frau Moviszter hatte die Neuigkeit von Frau Druma erfahren.

Die schöne Frau des Doktors ging in ihrem rosengeschmückten Hut zur Generalprobe, zu der sie von einem ihrer Schauspielerbekannten eingeladen worden war. Sie wurde von einem neu aufgetauchten literaturbeflissenen Jüngling begleitet. Als sie auf dem Schlangenplatz Frau von Vizy traf, hielt sie sie an und sprach sofort von dem Dienstmädchen.

»Was du nicht sagst, meine Liebe. Sie ist also noch gar nicht da? Ich habe gehört, daß sie schon gestern angefangen hat.«

Frau von Vizy schüttelte den Kopf.

Und während die Tage vergingen, stand Annas wundertätige Gestalt wie ein Nebelbild vor ihr, das immer weiter und weiter entschwand. Manchmal glaubte sie schon, alles sei nur ein Traum gewesen und das Mädchen, das sie gesehen hatte, existiere gar nicht.

VI

ANNA

Es war der 14. August, ein wundervoller Sommertag, heiß
und strahlend.

Herr von Vizy war in den Bürgerklub gegangen, um dort
seinen Kaffee zu trinken. Seine Frau saß einsam nachdenklich über den Resten des Reisauflaufes.

Als sie den Teller beiseite schob, bemerkte sie erstaunt, daß
einige Reiskörner darunter lagen. Frau von Vizy zählte die
Körner mit der Gabelspitze. Es waren sieben. Sie zählte
noch einmal. Es blieben genau sieben Reiskörner.

Wie waren die Körner unter den Teller gekommen? Sie
wußte keine Erklärung dafür. Sie konnte sie nicht verstreut
haben, denn sie hatte ihren Teller überhaupt nicht von der
Stelle gerückt.

Die Zahl stimmte Frau von Vizy nachdenklich. Warum
waren es gerade sieben Reiskörner?

Alles in der Welt hat seinen Sinn. Auch die kleinsten Zeichen sind Botschaften, Botschaften aus dem Jenseits, die
uns große Dinge zu berichten haben. Frau von Vizy, die bei
den spiritistischen Sitzungen so oft den Geist ihrer kleinen
Tochter gesehen und ihre Stimme gehört hatte – ganz klar
und deutlich –, zweifelte nicht an dieser Tatsache.

Sie legte ihre drei Pillen auf die Zunge und trank ein Glas
stark verdünnten Wein. Sie dachte noch darüber nach,
welche gute Nachricht die sieben Reiskörner wohl bringen
würden, als es leise an die Tür klopfte. Noch ehe sie »Herein« sagen konnte, hatte Ficsor den Kopf durch die Tür
gesteckt.

61

»Gestatten? Wir sind hier, gnädige Frau.«

»Wer ist hier?«

»Die Anna. Dürfen wir hereinkommen?«

»Sofort. Warten Sie.«

Frau von Vizy hielt sich an der Tischkante fest. Der schnelle und plötzliche Wechsel der Ereignisse machte sie schwindelig.

Sie trug keine Strümpfe, hatte nur Pantoffeln an und das alte lila Hauskleid, in dem sie während der Rätezeit auf die Straße gegangen war, weil sie wie eine Proletarierfrau aussehen wollte.

Vor dem Schrank schlüpfte sie hastig in einen weißen Morgenrock, zog champagnerfarbene Strümpfe an und braune Halbschuhe. Sie hatte die Kleidungsstücke schnell bei der Hand, wie eine Schauspielerin kurz vor dem Auftritt. Sie betrachtete sich rasch noch im Spiegel. Ihr Gesicht sah müde aus und abgehärmt. Sie lächelte ihr Spiegelbild an, aber das Lächeln kam ihr erzwungen, unecht vor, darauf wurde sie ernst, und schließlich suchte sie den Mittelweg zwischen den beiden Mienen. Sie fuhr sich leicht mit der Puderquaste über das Gesicht. Im letzten Augenblick legte sie noch ein goldenes Armband an.

Auf Zehenspitzen schlich sie in das Eßzimmer zurück.

Auf der Chaiselongue lag der Hausrock ihres Mannes, mit umgestülpten Ärmeln. Sie legte ihn sorgfältig zusammen. Es störte sie noch dies und das, das Tischtuch bedeckte nur drei Viertel des Tisches, die fettigen Teller standen in der Mitte neben dem Reisauflauf, um die Zuckerdose schwirrten die Fliegen. Frau von Vizy hätte gern ein bißchen Ordnung gemacht, aber dazu war keine Zeit mehr. Sie fürchtete, daß Katica das Mädchen, wenn sie es noch lange warten ließ, verscheuchen würde.

Sie zog noch den Zipfel des Tischtuchs herunter, verschloß die Weinflasche mit dem aluminiumüberzogenen Korken und setzte sich wieder an ihren Platz gegenüber der Tür. Sie stützte die Ellenbogen auf, als säße sie schon lange hier und dächte über die Dinge nach, über die Damen nach dem Mittagessen nachzudenken pflegen.

Dann sagte sie mit gedämpfter Stimme:

»Herein.«

Ficsor trat ein.

Hinter ihm kam – zwei Sekunden, drei Sekunden, vier Sekunden lang – nichts.

»Nun?« fragte Frau von Vizy und dachte schon, sie sei wieder zum Narren gehalten worden.

»Sie ist hier«, beruhigte sie der Hausmeister, »sie ist hier.«

Und da trat das Mädchen ein.

Es lief auf die Frau zu, bückte sich und küßte ihr die Hand. Es tat dies so geschickt und so natürlich, als sei es das seit Jahren gewöhnt.

Frau von Vizy zog die Hand nicht gleich zurück, sie liebte es, wenn man ihr die Hand küßte. Sie genoß die Berührung der feuchten Menschenlippen auf ihrer Haut.

Ficsor sagte irgend etwas zu dem Mädchen; was es war, hörte Frau von Vizy aber nicht.

Sie hörte es nicht, sie konnte es nicht hören, denn das Blut drang ihr mit starken Schlägen zu Kopf, es rauschte ihr in den Ohren, und sie konzentrierte ihr ganzes Wesen auf das Mädchen, das inzwischen wieder zur Tür gegangen und dort stehengeblieben war, in der Hand das in ein sauberes Taschentuch eingeschlagene Dienstbuch, barhaupt, mit gesenkten Augen.

Frau von Vizy richtete ihr Lorgnon auf das Mädchen. In ihrem Gesicht spiegelten sich Enttäuschung und Verblüffung.

»Das ist sie?« sprach sie, indem sie auf das Mädchen zeigte.

63

»Jawohl, gnädige Frau«, bestätigte Ficsor, der die Frage nicht verstand. »Das ist die Anna. Gefällt sie Ihnen nicht?« Er legte den Kopf schief und schielte zu der Frau hinüber.

»Doch«, antwortete Frau von Vizy, zögernd und noch immer staunend. »Also, das ist…«

Nein, sie war es nicht.

Zumindest hatte sie in der Grabengasse, an jenem Abend, eine andere gesehen. Das Mädchen, das dem Jungen nachgelaufen war, war viel größer gewesen und viel kräftiger, mit gelblich-braunem Gesicht und schwarzem Haar, und auch die Augenbrauen waren schwarz gewesen, kohlschwarz. Daran erinnerte sie sich genau.

Es mochte sich um ein einfaches Mißverständnis handeln. Sicher hatte sie Anna mit jemandem verwechselt, vielleicht mit der Schwägerin von Bartos, von der Ficsor hin und wieder gesprochen hatte.

Obwohl ihr der Sachverhalt sofort klar war, dauerte es doch Minuten, bis sie das Mädchen im weinroten Kleid, das sie in Gedanken schon in Dienst genommen, untergebracht und in Katicas Bett gelegt hatte, von dem sie alle Zimmer hatte aufräumen lassen und das ihr schon ganz gehörte, all der ihm zuerkannten Tugenden beraubt hatte. Jetzt mußte sie ihm die Auszeichnungen von der Brust reißen und sie der anderen überreichen, der sie zustanden, dieser noch ganz fremden, linkischen Magd, die nun zitternd vor Lampenfieber dastand.

In Frau von Vizys Gesicht schwanden langsam die Enttäuschung und das Staunen. Sie betrachtete das Mädchen noch immer. Es sah nicht aus wie ein Bauernmädchen, war nicht so derb und so rotbäckig wie die Erzsi Varga, eher schlank und zerbrechlich. Es hatte ein ovales Gesicht, feine und regelmäßige Knochen. Unter dem dünnen Pepitakleidchen schlummerten weich und unbewußt die Kinderbrüste, verspielt wie zwei kleine Gummibälle. Es gab etwas im Wesen des Mädchens, für das Frau von Vizy keinen Ausdruck fand, das sie anzog, aber auch ein wenig zurückschrecken ließ, das sie aber jedenfalls außerordentlich interessierte.

Sie legte das Lorgnon auf den Tisch.

Und als Frau von Vizy das Mädchen nicht mehr prüfend ansah, sondern den Eindruck, den sie von ihm gewonnen hatte, auf sich wirken ließ, fühlte sie plötzlich, daß Anna das Dienstmädchen war, das sie jahrelang und vergebens gesucht hatte. Sie hörte eine innere Stimme, wie stets an den entscheidenden Wendungen ihres Lebens, eine hilfreiche, ermutigende Stimme, die ihr die Weisung gab, nicht viel Umstände zu machen und das Mädchen zu nehmen. Frau von Vizy wurde plötzlich von dem Verlangen erfaßt, das Mädchen gleich hierzubehalten, Besitz von ihm zu ergreifen. Sie streckte die Hand aus, als wolle sie es packen und nie wieder fortlassen.

»Sie möchten das Buch sehen?« fragte Ficsor.

»Ja«, antwortete Frau von Vizy, die sich beherrschen und ihre Gebärde glücklicherweise in eine niedrigere Sphäre hinüberspielen konnte. »Ich möchte das Buch haben.«

Sie zog die Augenbrauen hoch.

»Édes?« fragte sie. »Édes?«

»So heißt sie. Anna Édes.«

Sie las laut aus dem Dienstbuch vor.

Anna Édes, geboren in Balatonfőkajár,

Kreis Enying, Komitat Veszprém, Ungarn.

Personalbeschreibung:

Geburtsjahr: 1900 (neunzehnhundert).

Konfession: römisch-katholisch.

Größe: mittelgroß.

Gesicht: rund.

Augen: blau.

Haar: blond.

Zähne: gesund.

Bart: keinen.

Geimpft: ja.

Besondere Kennzeichen: keine.

Eigenhändige Unterschrift: Anna Édes.

»Ja«, sagte Frau von Vizy und lächelte geheimnisvoll, vielleicht darüber, daß das Mädchen geimpft war und keinen Bart hatte.

Dann kontrollierte sie, den Blick bald auf das Mädchen und bald in das Dienstbuch gerichtet, die amtlichen Angaben, die sich mit der unerfaßbaren Wirklichkeit nicht einmal annähernd deckten. Das Haar, das dünne Haar, das Anna ohne jede Pomade, nur trocken aus der gewölbten Stirn zurückgekämmt trug, war nicht blond, sondern bräunlich, es hatte irgendeine Schattierung zwischen kastanienbraun und blond. Und auch die Nase war nicht »normal«, sondern entschieden interessant, die atmenden Nasenflügel wirkten seltsam pikant. Das Mädchen war etwas über mittelgroß, aber schwächlich und unentwickelt, vielleicht auch ein wenig knabenhaft. Die Lippen waren blaß und gesprungen, die Hände – die üblichen Dienstbotenhände – rauh, mit kurzen und abgebrochenen Nägeln.

»Wie alt sind Sie?«

»Neunzehn«, antwortete noch immer Ficsor, »nicht wahr, so alt bist du doch, Anna?«

»Weshalb antworten Sie nicht selbst, Kind?«

»Sie schämt sich. Sie ist sehr schüchtern.«

Frau von Vizy hatte Annas Augen noch nicht gesehen. Deshalb fragte sie: »Weshalb sehen Sie mich nicht an?«

»Sie hat Angst.«

»Vor wem hat sie Angst? Vor mir? Vor mir braucht man keine Angst zu haben.«

Das Mädchen ließ seine langen Wimpern aufflattern, senkte den Blick aber gleich wieder, noch ehe die Frau seine Augen hatte sehen können.

Frau von Vizy betrachtete sich Annas Unterschrift, die ungelenken, langbeinigen Buchstaben, die sie bedächtig und sorgfältig, über einen Tisch im Polizeirevier gebeugt, hingemalt haben mochte, und die Zeugnisse der früheren Arbeitgeber.

Bisher hatte Anna in zwei Häusern gedient. 1916, als sie nach Budapest gekommen war, hatte sie bei dem Lagerverwalter Wild angefangen, dann war sie zu dem Finanzaufseher Bartos gekommen. In beiden Stellungen war sie ungefähr anderthalb Jahre gewesen.

»Als was waren Sie da?«

»Als Kinderfrau«, antwortete Ficsor.

»Sie meinen, als Kindermädchen«, berichtigte ihn Frau von Vizy.

Die Zeugnisse waren annehmbar.

Die Herrschaften bescheinigten, daß Anna »treu«, daß ihr sittliches Benehmen »tadellos« und sie »gesund entlassen« worden war. Frau Wild hatte noch zur Orientierung der übrigen Bürger gewissenhaft vermerkt, daß Anna in ihrer Arbeit »nicht immer zuverlässig« und auch »noch nicht ganz perfekt« gewesen sei.

»Noch nicht ganz perfekt«, las Frau von Vizy vor, »natürlich.«

»Sie wird sich schon einarbeiten.«

»Das ist nicht so wichtig. Die Hauptsache ist, daß sie sich Mühe gibt.«

»Fleißig ist sie.«

»Können Sie kochen?«

»Etwas«, antwortete Ficsor bescheiden.

»Etwas. Mir ist lieber, Sie sagen nein. Das kenne ich schon. Alle sagen das, wenn sie anfangen. Nehmen sie dann aber

67

einen Kochlöffel in die Hand, merkt man, daß sie keine
Ahnung vom Kochen haben. Erinnern Sie sich an die Margit Mennyei, Ficsor? Die hatte auch gesagt, daß sie kochen
kann. Und die Lidi auch.«
Ficsor erinnerte sich an beide und nickte finster.
»Ich werde es ihr schon beibringen. Aber Saubermachen
können Sie doch? Und waschen? Und die Fußböden bohnern?«
»Selbstverständlich«, erklärte Ficsor.
»Also«, und was nun kam, sagte Frau von Vizy sehr schnell
herunter, »Sie machen alle Arbeiten, die es im Haushalt
gibt, Sie kaufen ein, holen Kohlen aus dem Keller, in Ihrer
freien Zeit stopfen Sie Strümpfe, bessern Wäsche aus und
so weiter, und so weiter.«
»Sie ist nicht wählerisch, nicht wahr, Anna?«
»Das ist richtig. Bei mir wird gearbeitet. Ein feines Fräulein kann ich nicht brauchen. Die Wohnung muß glän-
zen.«
Anna sah die Sprechende nicht, sie starrte ununterbrochen
auf den Fußboden und hörte nur die Stimme, körperlos
wie eine Proklamation. Verwirrt trat sie von einem Fuß auf
den anderen.
Als Anna die Wohnung der Vizys betreten hatte, hatte sich
ihr fast der Magen umgedreht. Ihr war so übel geworden,
daß sie geglaubt hatte, sie würde auf der Stelle zusammen-
brechen. Es war ein unbeschreiblicher Geruch in dieser
Wohnung, ein scharfer, kalter Geruch wie in einer Apo-
theke, der ihre Geruchsnerven peinigte und ihre Eingeweide aufwühlte. Frau von Vizy hatte das Klavier einge-
kampfert, um den Filz auf den Hämmern vor den Motten
zu schützen. Anna wußte nicht, woher dieser Arzneigeruch
kam, sie wußte nur, daß sie ihn nicht ertragen konnte, daß
sie am liebsten schon in der ersten Minute davongelaufen
wäre. Und hätte sie auf ihren gesunden Instinkt gehört,

dann wäre sie auch davongestürzt, ohne Gruß und Adieu, weggelaufen, geflohen, die Treppe hinunter, kreuz und quer durch die Straßen, soweit sie ihre Beine trugen, bis nach Hause, bis zu den Stoppelfeldern von Balatonfőkajár.

Aber neben ihr stand der Onkel, und sie wagte nicht, sich zu rühren.

Trotzdem hob sie den Blick so weit, daß sie die Schuhe und Strümpfe der Frau sehen konnte und die Uhr an der Wand, die ein Ebenholzgehäuse hatte und mit ihrem Ticken dem Raum eine matt-vornehme Stille gab. Hin und wieder warf sie auch einen Blick in den Salon. Im Spiegel drehte sich ein buntes Knäuel von Bildern. Eine lange, niedrige Couch streckte sich in den Raum, mit einer roten Decke, auf der der Nachmittag in lodernden Flammen brannte.

So etwas hatte Anna weder bei den Wilds noch bei Bartos' gesehen. Ab und zu hob sie die Lider und betrachtete geblendet und beinahe schwindlig dieses märchenhafte Farbenwunder. Ihr war, als wäre sie in ein verwunschenes Schloß geraten.

»Die Frage ist nun«, begann die Frau zu sprechen, »ob Sie die Stellung annehmen wollen. Nun?« fragte sie drängend, als das Mädchen nicht antwortete.

Anna zuckte beinahe unmerklich, leicht und traurig die Achseln.

Vor Frau von Vizy verdunkelte sich die Welt. Diese stille Dienstbotengebärde der Auflehnung, die sie so gut kannte, zertrümmerte in einem Augenblick all ihre Hoffnungen, all das, was sie sich so mühevoll aufgebaut hatte. Sie beschloß, jetzt streng zu sein, auf Biegen oder Brechen.

»Bitte?« fragte sie spöttisch. »Bei mir pflegt man nicht auf diese Art zu antworten, mein liebes Kind. Wenn Sie keine

Lust zu der Stellung haben, können Sie in Gottes Namen wieder gehen. Hier haben Sie Ihr Buch.« Frau von Vizy warf das Dienstbuch auf den Tisch, daß es nur so knallte.

»Die Anna hat es nicht so gemeint«, sagte Ficsor entschuldigend. »Nicht wahr, Anna, du hast es nicht so gemeint?«

»Wie hat sie es dann gemeint?«

Stille trat ein.

Frau von Vizy und Ficsor warteten auf Antwort.

»Ja«, stammelte Anna tonlos. Sie hatte gemeint, daß es ihr gleichgültig sei, arbeiten müsse man überall.

»Das ist etwas anderes. Reden Sie verständlich und anständig, wie es sich bei Herrschaften gehört. Wenn Sie sich ordentlich führen, werden Sie es gut haben.«

»Du wirst es gut haben«, kam Ficsor Frau von Vizy zu Hilfe, um mit vereinten Kräften das Mädchen zum Entschluß zu bringen.

»Wir sind nur zwei Personen, ich und mein Mann. Kinder haben wir nicht«, und sie blickte unwillkürlich auf die Fotografie an der Wand und strich sich mit der gewohnten irren Gebärde über das bernsteingelbe Haar, als ob der Haarknoten zu schwer sei und ihr Kopf darunter bersten müsse. »Bei mir ist es nicht wie bei anderen Leuten. Das Brot ist frei, Sie können essen, soviel Sie wollen. Ich habe gehört, daß Sie in Ihrer alten Stellung zum Frühstück nur Mehlsuppe bekommen haben. Bei mir gibt es jeden Morgen Kaffee. Heißen Kaffee. Und sonntags Kuchen, zweimal in der Woche Fleisch. Wenn Sie sich gut führen, schenke ich Ihnen auch einmal ein Paar Schuhe. Oder ein Kleid.«

»Ein Kleid, Anna, ein Kleid«, ermutigte sie der Hausmeister mit süßlichem Lächeln.

»Und später werden wir schon sehen. Vielleicht« – das war stets ihr letzter Trumpf – »lasse ich Sie auch Nähen lernen.«

»Hast du gehört, Anna? Hast du gehört? Nähen. Die gnädige Frau läßt dich Nähen lernen. Sei nur anständig und fleißig. Du kommst zu guten Herrschaften. Es ist ein vornehmes Haus.« Und nun wollte er etwas ganz Großes sagen: »In der ganzen Christinenstadt gibt es das nicht noch einmal.«

»Wann treten Sie die Stellung an?«

»Sofort«, antwortete Ficsor.

Damit hatte Frau von Vizy nicht gerechnet, sie hatte das Mädchen erst für den nächsten Tag erwartet.

»Dann ist die Sache also erledigt«, lobte sich der Hausmeister. »Ich sagte der gnädigen Frau ja, was ich einmal verspreche…«

»Wo haben Sie Ihre Sachen?«

»Unten bei mir.«

»Bringen Sie sie herauf«, befahl Frau von Vizy.

Sie wartete, bis der Hausmeister draußen war. Dann trat sie auf Anna zu, so dicht, daß ihr Gesicht an das des Mädchens streifte.

Anna öffnete erschrocken die großen, matten Augen. Sie waren blau, aber nicht glänzend, eher milchblau, violett wie das Wasser des Plattensees an dunstigen Sommermorgen.

Zum erstenmal sah sie jetzt ihre Herrin. Eine bleiche, sehr große und eiskalte Frau ragte vor ihr empor, die – Anna wußte nicht recht, weshalb – einem unbekannten Vogel mit glänzendem, aber zerzaustem Gefieder ähnlich sah. Anna wich zur Tür zurück.

Frau von Vizy wollte den kleinen Zusammenstoß von vorhin verwischen und hauptsächlich endlich einmal die Stimme des Mädchens hören – denn bis jetzt hatte es nichts als das eine ›Ja‹ gesagt. – Sie fragte betont menschlich in freundlichem Ton:

»Was ist Ihr Vater?«

»Er dient.«

»Er dient? Und wo?«

»Bei der Herrschaft. Er ist Knecht.«

»Ach so, Landarbeiter. Und hat er was? Ein Haus, Felder, ein Schwein?«

»Nichts.«

»Aber Weizen bekommt er doch? Ihr lebt jetzt besser als wir hier. Und Ihre Mutter?«

»Die Mutter...«

Das Mädchen stockte.

»Was ist denn?«

»Sie ist tot. Ich habe eine Stiefmutter«, sagte Anna gepreßt.

»Und Geschwister?«

»Einen Bruder.«

»Auch Landarbeiter?«

»Er ist gerade nach Hause gekommen.«

»Aus dem Krieg?«

»Nein, aus der Gefangenschaft, aus Frankreich« – und Anna zuckte wieder die Achseln.

»Schon wieder. Das liebe ich nicht. Bei uns antwortet man mit ›Ja‹ und ›Nein‹. Sie werden es schon noch lernen.«

Aber dazu war noch Zeit. Frau von Vizy dressierte das Mädchen nicht weiter, sondern ging zum Wesentlichen über.

Vertraulich, wie eine Frau die andere fragt, fragte sie mit gedämpfter Stimme:

»Haben Sie einen Liebhaber?«

Anna schüttelte den Kopf.

Sie errötete nicht, aber über ihre schöne, gewölbte Stirn flog ein rosiger Schimmer.

»Ist das wahr? Lügen Sie nicht, ich merke es doch. Das ist ein anständiges Haus. Hier kommt kein Mann herein, weder bei Tag noch bei Nacht. Außerdem habe ich den Schlüssel. Haben Sie irgendwelche Bekannte?«

»Nein.«

»Sie müssen doch jemanden kennen!«

»Ficsors.« Pause. »Und die gnädige Frau Wild.« Pause. »Und Frau Cifka, die Schwägerin von Herrn Bartos.«

»Seine Schwägerin? Die große, kräftige Frau, die bei ihm wohnt?«

»Ja.«

»Sonst kennen Sie niemanden?«

»Nein.«

»Das ist gut so. Sie werden sonst nur verdorben. Ich habe übrigens nichts dagegen, wenn jemand von Ihren Angehörigen kommt. Ihr Vater oder Ihr Bruder. Dann bitten Sie mich um Erlaubnis, und Sie können sich mit ihnen treffen. Jeden zweiten Sonntag haben sie frei. Nachmittags von drei bis sieben. Aber um sieben müssen Sie wieder zu Hause sein.«

Ficsor brachte das ärmliche Bündel herauf, das in ein kariertes Tuch eingeschlagen war.

Frau von Vizy machte von dem Recht der Herrin Gebrauch und öffnete es. Das tat sie immer. So überzeugte sie sich, ob das neue Mädchen stahl oder nicht.

Da waren keine Reichtümer.

Einige zerrissene Baumwolltaschentücher, die kein Monogramm hatten, also wahrscheinlich nicht gestohlen waren, ein abgetragenes blaues Kattunkleid, einige Kopftücher, ein Paar abgelegte Männerschuhe, die Anna sicher als Geschenk bekommen hatte, ein runder Reklamespiegel mit Firmenaufdruck, ein Eisenkamm, noch voll ausgekämmter Haare.

Und dann eine verbeulte gelbe Messingtrompete, an der eine rote Quaste hing.

Frau von Vizy nahm sie in die Hand und betrachtete sie. Sie konnte sich nicht vorstellen, wozu ein Dienstmädchen eine Trompete brauchte.

Katica trat ein, um den Mittagstisch abzudecken, hocherhobenen Hauptes und mit dem Lächeln einer beleidigten Herzogin. Aber die Frau ließ sie nichts mehr anfassen. Sie schickte sie hinaus und folgte ihr dann.

Ihre Abwesenheit wollte Ficsor benutzen, um seine Nichte zu einer Erklärung zu bewegen.

»Nun, was ist?«

Anna schwieg.

»Eine gute Stellung ist das«, sagte der Hausmeister. »Reiche Leute. Das Haus gehört ihnen. Das ganze Haus. Und der Herr ist Ministerialrat. Adlige Herrschaften.«

Mehr sprachen sie nicht.

Sie waren miteinander durch die ungemütliche Verwandtschaft armer Leute verbunden, bei denen die Bande des Blutes wenig bedeuten, weil es ihnen an gemeinsamen lieben Erinnerungen fehlt; sie leben nebeneinander, immerfort arbeitend, in sich selbst verschlossen, unbegreiflich füreinander und sehr weit entfernt.

Frau von Vizy wollte Katica aus der Wohnung entfernen, wie man die Leiche eines Cholerakranken aus einem öffentlichen Krankenhaus entfernt, damit sie die noch Gesunden nicht ansteckt.

Sie schob ihr den Lohn hin und befahl ihr, sofort ihre Sachen zu packen.

Während Katica packte, sah sie ihr auf die Finger, damit sie nichts mitgehen ließ.

Katica hatte auch kein größeres Bündel als Anna, dafür aber Selbstbewußtsein. Ehe sie ging, gab sie mit vornehmer Geste den gestrickten Seelenwärmer zurück, den sie als Geschenk erhalten hatte.

Auch sie empfand alles als verseucht, was sie an dieses Haus erinnern könnte, in dem sie so sehr gekränkt worden war.

Die Frau nahm den Seelenwärmer und schlug die Tür hinter Katica zu.

Als sie zu Anna zurückkam, sprach sie in einem ganz anderen Ton zu dem Mädchen, in dem Ton, den sie ihr gegenüber von nun an immer anschlagen würde:

»Kommen Sie, ich zeige Ihnen die Wohnung.«

Sie führte Anna von Zimmer zu Zimmer.

»Das ist das Arbeitszimmer. Die Bücher müssen täglich abgestaubt werden, aber auf dem Schreibtisch dürfen Sie nichts anfassen, da versteht mein Mann keinen Spaß. Haben Sie mich verstanden? Und auch hier müssen Sie besonders achtgeben!«

Eine ausgestopfte Eule starrte das Mädchen mit gelben Glasaugen an.

Anna ging einige Schritte hinter Frau von Vizy und Ficsor her und schlenkerte ihr Bündel.

»Das Eßzimmer haben Sie schon gesehen. Hier ist der Mülleimer. Der Schrank bleibt selbstverständlich hier nicht stehen.«

Im Salon sprach sie:

»Hier muß auch aufgeräumt werden. Wir werden die Möbel umstellen. Das Klavier kommt etwas weiter nach vorn. Arbeit wird es genug geben.«

Anna stand neben der roten Couch, der Kampfergeruch aus dem Klavier war ihr so entsetzlich, daß sie leichenblaß wurde. Frau von Vizy und Ficsor waren schon ins Schlafzimmer gegangen. Sie hörte, wie die Frau drängte:

»Wo bleiben Sie denn? Ein seltsames Mädchen«, sagte sie zu Ficsor. »Ich werde am Anfang meine liebe Not mit ihr haben.«

Aus dem Schlafzimmer führte eine kleine, mit Heckenrosen verzierte Tapetentür in das dunkle, feuchte Badezimmer, in dem die Wasserhähne schwermütig vor sich hin tropften.

»Machen Sie das Licht aus«, befahl Frau von Vizy Anna. »Schnell, schnell, mein Kind. Wenn Sie ein Zimmer verlassen, knipsen Sie immer das Licht aus. Man darf nichts vergeuden in diesen teuren Zeiten. Und machen Sie auch gleich die Tür zu. Es zieht sonst.«

Sie kamen in die Küche.

Die Küche war so leer und verlassen, als wäre sie niemals von der gewissen Katica bewohnt gewesen.

»Und das hier ist Ihr…« begann Frau von Vizy. Aber sie fand den richtigen Ausdruck nicht. »Es ist nicht groß, aber bisher hat jede darin Platz gehabt. Nicht dorthin«, rief sie, als Anna ihr Bündel auf den Tisch legen wollte.

»Auf den Fußboden. Sie bringen mir sonst noch Wanzen in die Wohnung. Haben Sie auch keine Läuse? Morgen werden Sie baden.«

Dann zeigte sie Anna die Vorratskammer.

»Ich schließe immer zu. Jeden Morgen gebe ich Ihnen Schmalz, Mehl und Zucker. Aber es darf nichts fehlen, das sage ich Ihnen gleich.«

Ficsor verabschiedete sich. Er stand schon an der Tür, als der Frau einfiel:

»Ach ja, der Lohn?«

»Aber gnädige Frau«, protestierte der Hausmeister empört. »Sie werden ihr geben, was sie verdient. Sie müssen sich ja schließlich vorher überzeugen.«

»Gut. Wir werden sehen.«

Zuerst rief sie Anna in das Eßzimmer. Sie mußte unter der Aufsicht Frau von Vizys den Mittagstisch abräumen. Frau von Vizy belehrte das Mädchen und zeigte ihm, wie das Geschirr hinausgetragen und gespült wurde, wie die Messer und Gabeln im Küchenschrank untergebracht waren.

Am Abend mußte Anna den Tisch decken. Die Teller, Messer und Gabeln, die sie mittags in die Küche getragen hatte, wurden wieder aufgelegt. Auch ein Weißbrot kam auf den Tisch, denn die Vizys aßen schon wieder weißes Brot.

Nachdem das Mädchen noch beim Bettenaufdecken hatte helfen müssen, gab ihm Frau Vizy ein unaufgeschnittenes Maisbrot.

»Das ist Ihr Brot, und hier haben Sie auch Ihr Abendessen.« Es war ein Stück Käse. »Das ist Ihr Bezug«, sie drückte Anna einen rotgestreiften Kissenbezug in die Hand. »Überziehen Sie das Kissen und essen Sie, dann können Sie schlafen gehen.«

Anna war entlassen.

»Küß die Hand.«

»Lassen Sie nur«, sagte Frau von Vizy, aber Anna küßte ihr die Hand.

VII

NEUE BESEN KEHREN GUT?

Anna sah sich in der fremden Küche um.

Essen und dann schlafen gehen.

Sie schnitt sich ein Stück Brot ab. Aber sie konnte nicht hineinbeißen. Das Brot und auch der Käse hatten den gleichen Geruch wie die ganze Wohnung.

Mühsam klappte sie das Feldbett auseinander, dessen Mechanismus sie noch nicht kannte, überzog das einzige Kissen, hüllte sich in die nicht bezogene Decke, mit der sich noch gestern Katica zugedeckt hatte, blies die Kerze aus und legte sich schlafen.

»Müde bin ich, geh' zur Ruh, schließe beide Augen zu — Vater, laß die Augen dein, über meinem Bette sein...«

Auch Bandi hatte so gebetet und Pisti, und auch der Sohn des Lagerverwalters Wild. Und alle hatten das Gebet von ihr gelernt.

»Alle, die mir sind verwandt, Herr, laß ruhn in deiner Hand...«

Bandi, der neben ihrem Bett auf einer Chaiselongue geschlafen hatte, wollte dann immer das Märchen vom Vogelmesser erzählt haben.

Das Vogelmesser war ein wunderbares Messer; wenn man seine Klinge aufklappte, flogen Vögel auf, viele, viele, kleine bunte Vögel. Dann schlief das Kind ein, und am Morgen erzählte es lachend, daß es von dem Vogelmesser geträumt hatte.

Anna sagte das Kindergebet auf. Die gereimten Worte, die

sie auch jetzt noch nicht ganz verstand, versetzten sie in eine sanfte Betäubung. Aber sie konnte nicht einschlafen, obwohl sie am Abend vorher noch lange mit Bartos' aufgeblieben war.

Wie spät es wohl sein mochte?

Hier lag sie gerade umgekehrt, an der Wand, gegenüber vom Fenster. Und so hoch. Sie hatte bisher immer zu ebener Erde geschlafen.

Vor sich sah sie die kahle Brandmauer eines Mietshauses.

Feurige Vierecke glühten auf und verdunkelten sich wieder. Die Bewohner, die drüben in die Nebenräume des Hauses gingen – in die Abstellkammern, in die Toiletten –, machten das elektrische Licht an und aus.

Irgendwo wurde Klavier gespielt.

Eine Frau sang wunderschön dazu. Sie begann immer wieder von vorn. Die Fenster tönten, die Wände, das ganze Haus schwebte auf den Wellen der Musik. Einmal schien es Anna, daß unten, unmittelbar unter ihrem Bett, etwas summte. Dann merkte sie, daß oben, über ihrem Kopf, Klavier gespielt wurde.

Gesang und Klavier verstummten.

Stille umgab das Mädchen, Stille und Dunkelheit. Auch die hellen Rechtecke in der Brandmauer strahlten nicht mehr. Es wurde ihr schwindlig, sie verlor die Orientierung. Sie suchte die alte Chaiselongue, fand aber nur die Wand. Sie schwamm durch die leere Nacht, glaubte, die Küche habe sich umgedreht und sie müsse in einen unendlichen Abgrund stürzen.

Oben, hoch oben auf der Mauer brannte noch ein Licht. Das verlösche nicht und wachte zusammen mit ihr.

Anfangs dachte sie, es sei ein Stern. Aber es war nur eine Lampe, eine gewöhnliche Petroleumlampe, die heller war als ein Stern.

Jede Lampe ist heller als ein Stern.

Nach Mitternacht knarrte der Schlüssel im Schloß der Flurtür. Herr von Vizy kam nach Hause. Er hatte sich von den Rumänen einen Ausweis für die Nacht besorgt. Flüsternd sprach er mit seiner Frau.

Kurze Zeit darauf betrat jemand die Küche. Barfuß, in einem langen weißen Hemd wie ein Gespenst kam die Frau an Annas Bett. Sie wollte nachsehen, ob das Mädchen schon schlief. Nach einer Viertelstunde erschien sie noch einmal, aber jetzt sah Anna sie nicht mehr, sie schlief schon, den Kopf ins Kissen vergraben.

Für Frau von Vizy war das ein großes Ereignis.

Wieder war ein fremder Atem in der Luft der Wohnung, die auch sie einatmete, ein fremdes Herz schlug hier, ein fremder Mensch lebte mit ihnen unter einem Dach, der Nächste und der Fremdeste, Freund und Feind zugleich, ein geheimnisvoller Gast, jedes Hauses geheimnisvoller Gast.

Katica, mochte sie auch noch so unsympathisch gewesen sein, hatte Frau von Vizy wenigstens gekannt. Dieses Mädchen aber kannte sie nicht.

Und Frau von Vizy tat etwas, was sie noch nie getan hatte. Sie verschloß die Tür zum Badezimmer und die zum Salon.

»Hast du Angst?« fragte Vizy.

»Nein, das nicht. Aber es ist die erste Nacht.«

Es war noch dämmrig, da stand die Frau schon auf, getrieben von ihrer Neugier.

Was sie sah, verschlug ihr den Atem. Das Mädchen hatte die Zimmer gelüftet und schon den Fußboden gewischt.

Frau von Vizy verstand nicht, wie das möglich war. Das Mädchen mußte schon um vier aufgestanden und so leise gewesen sein, daß sie nichts gehört hatte.

Anna hockte im Arbeitszimmer unter dem Schreibtisch.

Sie trug das blaue Kattunkleid aus dem Bündel und die abgelegten Männerschuhe.

Frau von Vizy nickte ihr nur zu. Sie wußte, daß man Dienstmädchen nicht gleich loben darf, weil man sie sonst verwöhnt. Sie ließ das Mädchen Kaffee mahlen, Milch kochen, den Frühstückstisch decken, schickte es zum Bäcker und nachher ins Badezimmer, um den gnädigen Herrn zu rufen.

Herr von Vizy rasierte sich vor dem Spiegel, das Gesicht voll Seifenschaum und weiß wie das eines Schneemanns. Anna glitt geräuschlos hinein und faßte nach seiner Hand.

»Nehmen Sie sich in acht«, rief der strenge Herr, »ich schneide Sie sonst.« Er hielt das blitzende Messer hoch. »Sie sind das neue Mädchen? Wie heißen Sie? Ihr Familienname? Der Name Ihres Vaters? Sie sind also Ungarin«, stellte er dann fest, denn er liebte die weiten politischen Perspektiven. »Ihr Vater ist Landmann. Das ist recht. Kleinbauer.«

Das Frühstück war behaglich.

Das Mädchen, das die Gepflogenheiten des Hauses noch nicht kannte, hatte ein sauberes gelbes Tischtuch aufgelegt, das sonst nur an Feiertagen benutzt wurde. Die Löffel klirrten mit dem alten, idyllischen Silberklang.

Als Anna den Milchkrug hinausbrachte, folgte ihr Frau von Vizy aufmerksam mit den Blicken und sagte dann: »Sie scheint ein tüchtiges Mädchen zu sein.«

Vizy runzelte mürrisch die Brauen.

Er mißbilligte dieses leichtfertig gewährte Vertrauen, das später eine um so bitterere Enttäuschung bringen würde. Angefangen hatte es ja immer so. Seine Frau, die sich etwas auf ihre Menschenkenntnis zugute tat und aus den kleinsten Anzeichen die umfassendsten Schlußfolgerungen zu ziehen pflegte, bezeichnete in den ersten vierundzwanzig Stunden jede als »tüchtiges Mädchen«. Sie sagte, »die ist nicht so wie die anderen«, sprach in Attributen, wie sie nur die Phantasie der Dichter schaffen kann. Dann folgten die Enttäuschungen. Am nächsten Tag schwieg sie in der Regel über das »tüchtige Mädchen«. Am vierten Tag sagte sie ganz nebenbei, daß das Mädchen »etwas langsam« oder »bequem« sei. Am fünften Tage fand sie die Manieren schlecht, und dann näherte sich mit dramatischer Geschwindigkeit der Höhepunkt: Am Ende der Woche nahm sie ihren Mann mit einer bedeutungsvollen Gebärde beiseite, rundete den Mund zu einem kleinen erstaunten »oh« und stammelte beinahe tonlos, daß das Mädchen stehle, – »Stell dir vor, sie stiehlt!« Und schließlich fällte sie das Urteil: »Die ist um keinen Deut besser als die anderen.«

Weshalb sollte man sich etwas vormachen? Das beste war, die Angelegenheit zu überschlafen. Neue Besen kehren gut.

Aber dieser neue Besen kehrte tatsächlich gut.

Anna nahm die strohgeflochtene Einkaufstasche und ging in ihren unverschnürten Männerschuhen auf den Markt. Sie ließ nicht auf sich warten, klatschte nicht, kam gleich zurück. Der Tisch war gedeckt und wieder abgedeckt, ohne daß man es bemerkt hätte. Es war wie beim Tischleindeckdich aus dem Märchenbuch. Ordnung war im Haus, Ordnung und Ruhe.

Sie kannte Viatorisz, die Geschäfte und Marktstände. Sie verlief sich nicht in der Stadt, auch dann nicht, wenn sie auf den Zollhausring oder zum Boráros-Platz geschickt wurde. Sie war nicht das Dorfgänschen, nach dem sie anfangs ausgesehen hatte. Die drei Jahre in Budapest hatten ihre Manieren abgeschliffen. Sie lief geräuschlos, putzte sich die Nase leise, gebrauchte nur selten ein Dialektwort und nannte nur hin und wieder – ein verzeihlicher Irrtum –

Frau von Vizy nicht »gnädige Frau«, sondern einfach »Sie«.

Eines aber war sonderbar an ihr; sie aß nichts.

Den Käse und das Maisbrot, das sie am ersten Tag stehengelassen hatte, bekam sie auch tags darauf zum Abendessen. Aber sie rührte wieder nichts an. Den Frühstückskaffee rührte sie nur ein-, zweimal um und schob ihn dann beiseite. Nicht einen einzigen Bissen brachte sie hinunter. Am dritten Tag aß sie schließlich bei den Ficsors einen Apfel. Der hatte nicht den Geruch an sich.

Sie gab sich alle Mühe, aber sie konnte sich nicht an die Stellung gewöhnen. Ihr Geruchssinn, der entwickelt war wie der eines jungen Hundes, protestierte dagegen.

Wenn sie das Haus Attilastraße Nr. 238 nur aus der Ferne sah, schauderte es sie. Dabei war Kornél von Vizys Haus ein sehr schönes Haus. Wie ein kleines Palais. Die Fassade war mit grauen Gipsrosen geschmückt, Balkone sprangen vor, leicht hingeklebt wie Schwalbennester. Oben, bei Drumas und Moviszters, waren die beiden Balkone offen, ihr eigener aber war geschlossen, verandaartig, man konnte dort zu Abend essen, und von der Decke hing eine Lampe mit Schirm. Das Haus war nur von den drei herrschaftlichen Familien bewohnt. An der Wand hingen zwei Schilder: »Dr. Szilárd Druma, Rechtsanwalt und Notar.« »Dr. med. univ. Miklós Moviszter, prakt. Arzt. Sprechst.: 11 bis 12, 3 bis 7.«

Einmal wurde Anna zu den Moviszters geschickt, sie sollte ein Ei borgen. Da erfuhr sie, woher das herrliche Klavierspiel kam.

Die schöne Frau Doktor saß in einem ausgeschnittenen Kleid am Klavier, ließ die ringgeschmückten weißen Finger über die Tasten gleiten und sang, sang sehr laut.

Dann lernte Anna auch die anderen Dienstmädchen kennen.

Etel thronte in ihrer geräumigen hellen Küche in einem breiten Rohrsessel, am Schürzenband die Schlüssel, gleichsam die Patronin der Familie. Hier führte sie das Regiment. Sie bestimmte, was gekocht wurde, was es zum Mittagessen gab, sie zankte bisweilen mit ihren Herrschaften, und die hatten Angst vor ihr wie vor dem Fegefeuer. Nachmittags von drei bis halb fünf pflegte sie zu schlafen. Die Moviszters gingen dann auf den Zehenspitzen, um sie nicht zu stören, und der Doktor machte seinen Patienten selbst die Tür auf. Zum Mittag- und zum Abendessen trank sie eine Flasche dunkles Bier. Sie ging schwerfällig, mit der Zeit war sie dick geworden vom vielen Strudelessen. Auch Anna bot sie ein Stück Strudel an.

Das Mädchen von Drumas wollte sich nicht gleich zu Anna herablassen. Stefi war von einer gräflichen Familie auf der Burg zu dem Rechtsanwalt gekommen. Sie hatte das Leben im großen Stil satt gehabt und sich nach Ruhe, nach einem kleinen selbständigen Wirkungskreis gesehnt, den sie nun auch gefunden hatte. Von den Drumas sprach sie mit wohlwollender Geringschätzung, weil sie jung waren und noch so arm, daß sie sich nicht einmal vollständig einrichten konnten. Stefi hatte ihnen einige vornehme Gewohnheiten beigebracht, sie meldete die Gäste sehr formell an und brachte die Butter in kleinen gerippten Kügelchen auf den Tisch. Auch bei Drumas trug sie ein schwarzes Kleid und ein weißes Schürzchen. Sie nannte sich Personal, las christliche Zeitungen und verkehrte mit Büromädchen, hauptsächlich mit Drumas Schreibkraft. Ab und zu ging sie ostentativ Arm in Arm mit ihr spazieren, weil sie auch für ein Mädchen aus dem Büro gehalten werden wollte.

Die beiden Dienstmädchen nahmen Anna in ihren Bund auf. Sie fragten, was bei ihnen gekocht wurde, und gingen zu ihr telephonieren, wenn ihr eigener Apparat gestört war.

Nachmittags luden sie Anna zum Kartenspielen ein, um Bohnen und Nüsse.

Über ihre Herrin hörte sie nicht viel Gutes. Die Mädchen bezeichneten sie als geizig und halb verrückt, weil sie mit den Seelen der Toten sprach. Sie fragten Anna aus, wie sie mit ihrer Stellung zufrieden sei. Anna sagte, sie sei zufrieden.

Was hätte sie auch sagen sollen? Sie wußte doch selbst nicht, wovor ihr hier von Tag zu Tag mehr graute.

Sie konnte sich einfach nicht eingewöhnen.

An das elektrische Licht gewöhnte sie sich schnell. Frau von Vizy zeigte ihr, wie es an- und ausgemacht werden mußte. Anna ging damit um wie die Herrschaften selbst, und sie wußte es auch genausowenig wie sie, was Elektrizität ist. Wenn sie am Schalter geknipst hatte, wandte sie sich noch einmal um. Sie hatte zwar gesehen, daß es hell im Zimmer geworden war, aber sie wollte sich auch davon überzeugen, daß die Lampe brannte. Ähnlich erging es ihr mit dem Telephon. Einige Tage sprach sie mit Grabesstimme in die Muschel und verwechselte sie mit dem Hörer, aber dann freundete sie sich mit dem Apparat an. Sie hatte auf der Pußta größere Wunder gesehen, nun nahm sie zur Kenntnis, daß es auch so etwas gab.

Andere Dinge störten sie, die ihr um so befremdlicher wurden, je länger sie hier war. Ganz unbedeutende Dinge.

Als sie zum Beispiel eines Morgens zufällig hörte, daß der Herr Kornél hieß, hatte sie das bestimmte Gefühl, daß sie es in dieser Stellung nicht lange aushalten werde.

Und auch die Möbel erfüllten sie mit einem namenlosen Entsetzen.

Was grün hätte sein müssen, wie zum Beispiel der Ofen, war weiß. Die Salonwände dagegen waren grün und nicht weiß, der Tisch war nicht rund, sondern sechseckig und niedrig, die eine Tür ging nach innen auf, die andere nach

85

außen. Diese geringfügigen, sich ständig wiederholenden Überraschungen wühlten ihr ganzes Wesen auf. Vor einem Makart-Bukett, aus dem Pfauenfedern emporragten, zitterte sie geradezu. Sie glaubte, die vielen Pfauenaugen sähen sie an, und blickte zur Seite, wenn sie an ihnen vorübergehen mußte.

Wenn sie am Morgen die Augen öffnete, kam schon die Frau aus dem Schlafzimmer, zerzaust, als stünde ihr jedes einzelne Haar vor Wut zu Berge und als sei sie auf Anna zornig. Die Frau hörte jeden Schritt, denn das Parkett knarrte. Die Wohnung mußte sorgfältig verschlossen werden, gegen Zugluft, die Zahn- und Ohrenschmerzen verursachte, und gegen das Licht, das nervös machte. Frau von Vizy war ständig hinter ihr her.

Sie belehrte sie mit gereiztem Wohlwollen. »Das macht man so, mein Kind, und das so… Stellen Sie das bitte auf den Tisch, aber doch nicht so an den Rand, da kann es ja herunterfallen…« Von nun an stellte Anna alles in die Mitte des Tisches. Die Frau rückte trotzdem noch an den Gegenständen herum, nur um Recht zu behalten. Sie war mit nichts zufrieden. Schwieg Anna, fragte sie, warum sie nichts sage. Sagte sie, daß man bei den Bartos' das so oder so gemacht habe, wurde sie abgefertigt, hier werde es eben so gemacht, sie solle nicht immer ihren eigenen Kopf haben, sondern lieber auf die hören, die klüger seien als sie.

Am meisten fehlten Anna die Kinder, ihr lebendiges Spielzeug, ihre lieben kleinen Freunde. Bis jetzt hatte sie sich ihr Brot verdient, indem sie mit Kindern gespielt hatte. Sie hätte auch hier gern jemanden bemuttert, ihm Märchen erzählt und kleine Gedichte beigebracht. Aber was sollte sie mit diesen Erwachsenen anfangen, die, mit ihrem eigenen abgeschlossenen Leben beschäftigt, ernst an ihr vorbeigingen?

Sie war noch keine Woche da, als es den ersten Krach gab.

Anna räumte das Schlafzimmer auf und lauschte, von oben klang Frau Moviszters Klavierspiel.

Auf dem Schrank stand eine kleine Puppenstube, weißlackierte Laubsägemöbel, ein vergoldeter Spiegel, ein winziger Waschtisch mit einem noch winzigeren Krug auf der Glasplatte, ein kleines Bett, in dem unter einer roten Seidendecke ein Püppchen lag.

Sie stand auf einem Stuhl und putzte das vergoldete Spiegelchen. Da fiel es ihr aus den Händen und zerbrach in winzige Scherben.

Die Frau kam wie der Blitz ins Zimmer geschossen.

»Was haben Sie zerbrochen? Mein Gott!« kreischte sie, »Sie unglückseliges Wesen!«

Anna sprang vom Stuhl, las die Splitter auf und versuchte, sie wieder zusammenzufügen.

Frau von Vizy schlug ihr die Scherben aus der Hand. »Lassen Sie das. Da ist nichts mehr zu machen«, rief sie und begann zu weinen.

»Ich werde ihn bezahlen«, sprach Anna leise.

»Bezahlen? So etwas kann man nicht bezahlen! Es war ein Andenken. An mein Kind. Holen Sie sofort einen Besen.«

Während Anna die Splitter zusammenkehrte, schalt die Frau hinter ihrem Rücken weiter.

»Sie ungeschicktes Ding. Die Katica hat nie etwas zerbrochen. Ich ziehe es Ihnen vom Lohn ab. Schon damit Sie es sich merken.«

Frau von Vizy grübelte den ganzen Tag darüber, was der zerbrochene Spiegel bedeuten könne. Und welche Bedeutung mochten die sieben Reiskörner haben? Sie konnte diese beiden Zeichen nicht in Übereinstimmung bringen. Frau Wild fiel ihr ein, die geschrieben hatte »in der Arbeit nicht immer zuverlässig« und »noch nicht perfekt«. Sie hat Pech an den Händen, dachte sie, sie schlägt die Sachen kaputt.

Gegen Abend lief Anna zu den Ficsors hinunter und teilte ihnen mit, daß sie nicht hierbleiben wolle. Am Ersten wolle sie kündigen.

Die Hausmeisters drangen in sie, fragten sie, warum. Anna zuckte nur unwillig die Achseln. Sie könne sich nicht eingewöhnen.

Ficsor, der auf der Chaiselongue lag und rauchte, nahm die Pfeife aus dem Mund und schrie das Mädchen an. Er drohte ihr mit der Stiefmutter, er werde sie heimschicken, die Stiefmutter habe sie ja so gern und könne sie kaum erwarten. Dann jagte er sie schleunigst hinauf.

Anna dachte nicht weiter nach.

Nur nachts, wenn sie das einsame Licht auf der Mauer erblickte, preßte sich ihr Herz zusammen. Sie hatte das Gefühl, sie werde sich an diese Stellung nie gewöhnen können.

VIII
DAS PHÄNOMEN

Dann aber gewöhnte sie sich doch.

Die große Wäsche kam. In grau-weißen Hügeln türmten sich vor Anna die schmutzigen Laken, Hemden Unterhosen, an denen noch der Schmutz, der Todesschweiß der Revolution klebte. Der Dampf betäubte sie angenehm.

In einem Kessel kochte sie Wasser und bürstete mit aufgekrempelten Ärmeln die Wäsche im Trog. Tändelnd und verträumt plätscherte sie im lauen Seifenwasser. Sie schleppte Körbe voll Wäsche, hängte sie zum Trocknen auf, mangelte und plättete. Die Tischtücher wurden schneeweiß, und die Kragen der Hemden glänzten wie Glas.

Das Großreinemachen dauerte drei Tage.

Zuerst zogen sie alle Schubladen heraus. Die Dinge kamen plötzlich, als hätten sie Verstecken gespielt, an Orten hervor, an denen man sie nicht erwartet hätte. Als sie eine Dose schüttelten, rollten mit verschmitztem Klingeln neun Dukaten hervor. Spielerisch liefen die Frauen hinter ihnen her. Aber es fanden sich auch andere Sachen: auf dem Boden einer Truhe zwei Klinken aus Messing, in einem Buch Schweizer Franken, die für den Fall einer Flucht beiseite gelegt worden waren, in einer Käseschachtel zwischen altem Zeitungspapier ein Paar Ohrringe, im Schreibtisch des Herrn ein halbes Pfund russischer Tee, in einer Papiertüte zwei Pfund Linsen und zwei Büchsen belgische Ölsardinen.

Frau von Vizy, die ständig von der fixen Idee geplagt wurde, sie werde betteln gehen und verhungern müssen, sah, daß sie reicher war, als sie gedacht hatte. Aber es warteten noch mehr Überraschungen auf sie. Unter einem Schrank entdeckte das Mädchen den hellblauen Rock, den Frau von Vizy seit langem für verloren gehalten hatte, und eine Bluse, die lachsfarbene Seidenbluse, die sie – so hatte sie geglaubt – einmal beim Hamstern einer Schwäbin aus Soroksár verkauft hatte. Es fanden sich Garnrollen, Knöpfe und größere und kleinere Lederabfälle, denn Frau von Vizy hob in ihrer Manie jedes Fetzchen auf.

Das war eigentlich nicht verwunderlich. In den beiden letzten bitteren Jahren hatte sie nach und nach gelernt, daß das Leben nichts und das Material alles war. In der Zeitung hatte sie gelesen, daß in der österreichisch-ungarischen Armee das Leben eines Menschen mit Herz und Hirn insgesamt sechsunddreißig Goldkronen wert war – viel weniger als ein ausgerüstetes Pferd. Wie hätte sie da nicht das Maß dafür verlieren sollen, was wertvoll war und was nicht. Verzückt bewunderte sie das allmächtige Material. Und sie schwor sich, von nun an noch mehr zu sparen.

Im Hof mußte Anna den messingnen Mörser ausgraben, den Frau von Vizy vor den verschiedenen Requirierungen unter einem Holunderbusch versteckt hatte. Dieser Mörser, der ehemalige Stolz der Küche, aus dem beinahe eine Kanonenkugel geworden wäre, auferstand nun, gerettet vor der Unruhe des stürmischen Jahrhunderts, voll Erde und verblichen, aus seinem provisorischen Grab.

In der Wohnung mußte alles wieder so hingestellt werden, wie es früher gestanden hatte. Die Schränke, die wegen der schrecklichen »Einquartierung« vor die Türen geschoben worden waren, kamen wieder an ihren alten Platz. Die Unordnung war jetzt größer als vorher. Die Möbel wanderten.

Ein Lehnstuhl blieb wie verirrt im Korridor stehen und schielte auf die Treppe hinab, als wolle er gern hinunter-laufen, auch wenn er es nicht konnte. Die Uhr lag mit ih-rem stillgelegten Pendel scheintot auf dem Fußboden, mit einem Schaumschläger im Holzgehäuse. Unten auf dem Hof machten die Tische Ausflüge, Rohrsessel und Sofas sonnten sich, und das gleiche tat die Couch, die ihrer roten Decke beraubt war.

Anna stand von früh bis abends in der Glorie des Staubes und des Schmutzes. Sie spuckte Schwarzes und nieste Graues. Sie schlug auf die Matratzen ein, als sei sie wütend auf sie, rannte in die Wohnung hinauf, auf den Hof hinun-ter, an die hundertmal. Von den Fensterscheiben tropfte es, im Eimer plätscherte das schmutzige Wasser, klatschte der Scheuerlappen. Ans Fensterkreuz gebunden putzte Anna die Scheiben. Sie scheuerte den Fußboden, tränkte ihn mit hellem Wachs, tanzte auf den an ihre Füße gebun-denen Bürsten, polierte das Parkett, gleitend, gebückt, kniend wie in der Kirche während eines langen, ewigen Gebetes. An rostigen Klinken kratzte Schmirgelpapier. Die versteckten Teppiche wurden vom Dachboden geholt, aus ihrer Naphtalinhülle befreit, über die Stange gehängt und ausgeklopft. Schnell diesen Sessel hierhin, den Tisch dort-hin, das Klavier etwas weiter nach vorn. Jetzt noch die Kronleuchter aufhängen, vorsichtig, damit es keine Scher-ben gibt, ein, zwei neue Glühbirnen einschrauben, die cre-mefarbenen Vorhänge an den Messingringen festnähen und an den vergoldeten Stangen befestigen, und alles ist fertig.

Am Abend hatten sie es geschafft. Der Flur, der zu einem Ablagerungsplatz für allen möglichen Schmutz geworden war, glänzte nach einer Stunde genauso wie die Zimmer.

Frau von Vizy nahm ihren Gatten am Arm. Feierlich führte sie ihn durch die Wohnung.

»Sieh nur!«

»Sehr schön.«

»Was sagst du dazu?«

»Ja, ja.«

»Nicht wahr?«

»Freundlich ist es, viel freundlicher.«

Tatsächlich, es war etwas ganz anderes.

Die bleiche, kranke Wohnung, über der der Staub von Jahren wie eine historische Patina gelegen hatte, war mit einemmal gesund geworden.

Vizy lief im Arbeitszimmer auf einem Perserteppich hin und her. Er betrachtete neugierig das Muster, kirschrote kleine Vögel auf belaubten Ästen.

»Wo kommt der Teppich her?«

»Siehst du, du erkennst ihn nicht einmal. Er lag vor deinem Bett. Sie hat ihn mit Sauerkraut abgerieben.«

Alles schien Frau von Vizy neu, als habe sie es geschenkt bekommen. Im Salon, in diesem vollgestopften Basar, glänzten die Nippes und Krüge, die Budapester Fabrikwaren und der viele Tand aus der Provinz, den die Pietät von Generation zu Generation aufbewahrt hatte. Der Zigarrenschneider auf dem Schachtisch funkelte. Alle Uhren gingen. Auf dem Kopf von Porzellanhäschen, an der Brust von Bronzerössern tickte leise ein verborgener Mechanismus. Auch die Ahnen waren aus der Verbannung zurückgekehrt, Vizys verstorbener Vater hing in schwarzer Attila und silberfransiger Krawatte an der Wand, ebenso der bischöfliche Verwandte der gnädigen Frau, Camillo von Patikárius, mit lila Schärpe und gelbem Lächeln auf den gnädigen Priesterlippen, und eine Großtante, Theresia von Patikárius, mit einem Ballfächer aus Schwanenfedern.

Vizy rückte ein Bild gerade. Er rieb sich die Hände und ging an diesem Abend nicht aus.

Frau Vizy hob den Zeigefinger:

»Dieses Mädchen ist sauber. Ich mag an ihm, daß es so ausgesprochen sauber und geschickt ist.«

Es ließ sich nicht leugnen, daß die Frau nun in viel größerem Maße gebunden war als bei irgendeinem ihrer anderen Dienstmädchen. Sie konnte sich vorläufig nicht wegrühren. Aber jene anderen konnte man nicht in einem Atem mit Anna nennen. Anna war eine so wertvolle Materie, daß es sich lohnte, sich mit ihr zu plagen. Man brauchte sie nur zu erziehen, ihr den letzten Schliff zu geben. Sie fing nun auch an zu essen. Allmählich verzehrte sie die Ersatznahrungsmittel aus der Kriegszeit, den Kriegskaffee, das Sacharin und die Margarine, sie schlang nicht, aß nicht immerzu Brot, war nicht gefräßig. Um halb fünf Uhr morgens stand sie auf und ging erst schlafen, wenn sie mit allem fertig war. Sie widersprach nicht, schnitt keine Gesichter. Sie ließ nur die getane Arbeit zurück wie ein unsichtbarer guter Geist. Was wollte man mehr?

Und Tag für Tag machte Frau von Vizy neue Entdeckungen, die sie eilends wie ein Kurier, der frohe Botschaft bringt, ihrem Mann mitteilte:

»Komm doch mal! Bitte, komm für einen Augenblick mit in die Küche. Ich will dir etwas zeigen!«

In der Küche hatte der messingene Mörser einen würdigen Platz auf dem Holzklotz gefunden. Beile, Tortenformen, Schüsseln zum Schaumschlagen, Bratpfannen, Kasserollen und Ausstechformen blitzten an den Wänden. Die Regale hatte Anna ganz von selbst mit blauem Papier belegt, in dessen Ränder sie zur Zierde mit der Schere Fransen geschnitten hatte.

Hin und wieder brachte die Frau eine Trophäe angeschleppt und stellte sie wortlos auf den Tisch.

»Pflaumen. Selbst eingemacht. Sieh dir diesen prachtvollen Zuckersaft an. Rot wie Rubin. Sie ist anstellig. Und kann was.«

Es gab Nußstrudel.

»Nun, wie ist er? Ist der Teig nicht wundervoll mürbe? Blatt um Blatt kann man ablösen. Eine perfekte Köchin. Das Mädchen war ein guter Fang.«

Vizy gab nach, aber ganz ließ er sich noch nicht überzeugen. Seltsamerweise, denn früher hatte er die schlechten Dienstmädchen immer entschuldigt, um seine Frau zu beruhigen. Er übernahm die Rolle der Opposition, die eine wohlwollende Kontrolle über die herrschende Regierung ausübt. Er ließ die Lobeshymnen an seinen Ohren vorüberrauschen.

Dies und das hatte er auszusetzen, Geringfügigkeiten, Nebensächlichkeiten. Anna war unfreundlich, beinahe mürrisch, sie hatte nie gute Laune, sagte kein Wort.

Frau von Vizy erklärte ihm, wie sehr er sich irre. Manchmal lächelte Anna sogar. Was sollte sie eigentlich tun? Warum sollte sie lustig sein? Ein Mädchen, das den ganzen Tag so arbeitet, ist nicht unlustig. Anna war nur schüchtern. Oder sollte sie vielleicht ebenso unverschämt werden wie die anderen? Gott bewahre!

Alles war geklärt, nur ein einziger Punkt lag noch im dunkeln, der wichtigste, der heikelste Punkt: War Anna ehrlich?

Stahl dieses tüchtige Mädchen auch nicht?

Ein Diebstahl kommt unerwartet, hinterlistig, wie ein Schlaganfall in der Nacht. Plötzlich fehlt etwas, ein ganz unbedeutender Gegenstand. Wir glauben, daß er unter ein Möbelstück gefallen ist oder wir ihn verlegt haben, daß uns vielleicht das Gedächtnis täuscht oder daß wir ihn vielleicht verloren haben. Aber das alles stimmt nicht. Das Ding ist nicht da, es fehlt. Welch lähmendes Entsetzen bringt diese Entdeckung! Auch die Dinge, die sich noch in unserem Besitz befinden, sind verdächtig. Jeder silberne Löffel, jedes Stück Würfelzucker, jedes Taschentuch ist verdächtig. Wieviel Stück haben wir? Wo sind sie? Hast du sie eingeschlossen? Frau von Vizy schloß alles sorgfältig ein. Sie ergab sich nicht so leicht. Sie experimentierte nach einer bestimmten Methode.

Abends legte sie einen entwerteten Geldschein aus der Rätezeit irgendwohin. Am Morgen lag das Geld an seinem Platz. Sie ließ – wie zufällig – eine blaue Banknote, einen gültigen Hunderter, auf den Fußboden fallen. Am nächsten Tag fand sie ihn auf ihrem Nachttisch. Ein Ring blieb auf der Chaiselongue liegen. Anna fand ihn beim Aufräumen und gab ihn ihr persönlich in die Hand.

Dann ließ Frau von Vizy als Köder den Schrank offen, in dem – sorgfältig gestapelt und gezählt – ihre Taschentücher lagen. Kein einziges verschwand. Es folgten die Lebensmittel, der Kaffee, der Zucker, den Dienstmädchen besonders gern naschen. Sie verschloß die Speisekammer nicht, eine Woche lang warf sie keinen Blick hinein. Als sie dann, mit einer Kerze in der Hand und einem genauen Inventarverzeichnis, zur Kontrolle erschien, sah sie, daß keine einzige Kaffeebohne und kein Stück Zucker fehlten.

Das Mädchen stahl also nicht. Frau von Vizy sagte es, aber sie glaubte es noch nicht. Später sagte sie es nicht mehr, glaubte es aber. Und auch Herr von Vizy glaubte es. Anna wollte weder Geld, noch Schmuck, noch Lebensmittel.

»Weißt du, was die will?« fragte sie ihren Mann und antwortete dann mit Ficsors Erklärung: »Arbeiten will sie, arbeiten. So ein Mädchen hatten wir noch nicht.«

»Du hast recht«, stimmte Vizy zu, »so ein Mädchen hatten wir noch nicht.«

Beide atmeten auf. Vizy führte sein Ministeriumsleben und hatte jetzt zu Hause wenigstens keinen Ärger. Frau von Vizy konnte wieder ausgehen. Jeden Morgen ging sie zum Brunnen an der Elisabethbrücke und trank dort einen Becher lauwarmes Schwefelwasser, denn sie hatte die Erfahrung gemacht, daß das ihrem Magen guttat. Sie ließ sich die Zähne in Ordnung bringen, nahm ihre Tätigkeit im Christinenstädter Wohltätigkeitsverein wieder auf und verteilte Kleidungsstücke an die Kinder der armen Beamten aus dem Stadtviertel.

Und es blieb ihr noch Zeit für dies und jenes. Sie besuchte die Tatárs in der Herrengasse, wo fröhliche und hübsche junge Männer den beiden schönen Töchtern den Hof machten. Hin und wieder konnte sie auch eine Freundin empfangen. Wirkliche Freundinnen hatte sie aber nicht, denn sie verkehrte nur mit den Frauen der Interessenbekanntschaften ihres Mannes. Ihre Verwandtschaft, die weitverzweigte und berühmte Verwandtschaft der Patikárius', wohnte in Eger. In Budapest lebte nur eine einzige Verwandte ihres Mannes, eine geschiedene Frau, die unglückliche Etelka, die von Haus zu Haus ging, unechte ägyptische Zigaretten verkaufte und bettelte. Sie hatte sogar Frau von Vizy belästigt und war ganz verkommen. Mit Etelka verkehrten sie schon seit Jahren nicht mehr. Vizy grüßte sie nicht einmal, wenn er sie auf der Straße traf.

Jetzt merkte Frau von Vizy erst, daß sie allein war und daß ein Tag sehr lang sein konnte. Sie ließ Piroskas Grab auf dem Farkasréter Friedhof in Ordnung bringen und brachte jede Woche einen Chrysanthemenstrauß hin. Mittwochs besuchte sie ihren alten spiritistischen Zirkel, der seine Sitzungen in einer Villa auf dem Rosenhügel abhielt.

Es war eine prächtige düstere Villa mit Schiebetüren, seidenen Wandteppichen, klassischen Bildern und Statuen. Der Hausherr – ein steinreicher Privatier – empfing seine Gäste mit teilnahmsvollem Händedruck. Alle wußten, daß der Sohn des Gastgebers schon seit sechzehn Jahren stumm war und irgendwo in einem abgelegenen, dunklen Zimmer der Villa hauste.

Der geistige Führer des Zirkels war ein General der Infanterie. Er zitierte die Geister von Soldaten, die den Heldentod gestorben waren. Mütter und Väter harrten der Botschaft aus dem Jenseits. Neben Frau von Vizy saßen ein kranker Richter vom Obersten Gerichtshof und ein katholischer Priester in bürgerlicher Kleidung. Das Medium, ein verzücktes Mädchen, warf den Kopf in der Trance zurück und sprach deutsch. Unsichtbare Geisterfäden gingen von hier aus, die alles im Weltall umgaben. Piroskas Geist meldete sich vom Jupiter, beschrieb durch die Hand des Mediums einen ganzen Bogen mit krakligen Buchstaben: »Mutti, Mutti«. Einmal materialisierte er sich auch an der Brust des Mediums, ein verschwommenes Licht, ein milchartiger Nebel.

Wenn Frau von Vizy am Mittwochabend nach Hause ging, empfand sie nicht mehr das Herzklopfen von früher. Sie wurde nicht mehr von der alten Schreckensvorstellung verfolgt, zu Hause eine ausgeraubte Wohnung mit eingeschlagenen Türen und aufgerissenen leeren Schränken vorzufinden. Zu Hause war alles in Ordnung. Sie konnte sogar ihr Geld ungezählt herumliegen lassen. Vorbei waren die Zeiten, in denen sie wie gefesselt mit auf dem Rükken verschlungenen Händen durch die Zimmer gewandert war und darüber nachgedacht hatte, was wohl im Kopf des jeweiligen Mädchens vorgehen mochte.

Anna ging leise durch die Wohnung. Und wenn sie das Zimmer verließ, war gleich von ihr die Rede. Herr und Frau von Vizy waren sich nun einig in der Würdigung, und sie trafen sich in einem gemeinsamen, behaglichen Gefühl. Es bestand aus bedingungsloser Bewunderung, Verhimmelung und kritikloser Vergötterung, mit etwas Stolz darauf, daß die neu erworbene Ware so nützlich war und ihnen, ausschließlich ihnen gehörte. Im Schlafzimmer berichteten sie einander flüsternd von den Ereignissen des

Tages, die alle Annas Pflichtbewußtsein, Opferwilligkeit und Unermüdlichkeit bezeugten. Sie bestärkten einander und halfen sich aus, sie übersteigerten und überboten sich gegenseitig, wenn sie das Mädchen charakterisierten und nachahmten, es bisweilen auch mit einem nachsichtigen Lächeln verspotteten, als sei es belustigend, daß jemand so gütig und einfältig sein konnte, so unaussprechlich brav und beispiellos bescheiden; und sie lachten darüber, erst ängstlich, dann mit zügellosem Übermut. Ein Idyll hatte für sie begonnen, dessen Geschmack sie ständig auf der Zunge spürten. Es war kein Trugbild, das mit ihnen spielte. Das Unmögliche hatte ihre Phantasie überflügelt und war Wirklichkeit geworden: sie hatten das Mädchen gefunden, von dem sie so viel geträumt hatten.

Und manchmal neckte sie ein spöttisches, prickelndes Gefühl, Anna an die Brust zu sinken, ihr zu danken für die Wohltaten, oder vielleicht mit ihr zum Fotografen zu gehen – aber heimlich und in der Nacht – und sich zu dritt aufnehmen zu lassen, so wie eine Familie. Aber vor diesem mutwilligen, ungewöhnlich seltsamen Gedanken, der nur für den Bruchteil einer Sekunde als Scherz in ihrem Gehirn aufblitzte und gleich wieder verschwand, noch ehe sie ihn eigentlich richtig denken und über ihn lachen konnten, bewahrte sie ihre bürgerliche Besonnenheit und das Bewußtsein, daß es sich ja schließlich doch nur um ein Dienstmädchen handelte.

IX

EINE DISKUSSION ÜBER TORTE,
GLEICHHEIT UND BARMHERZIGKEIT

Die Verhältnisse besserten sich.

Aber noch immer gab es viel Unannehmlichkeiten.

Der Kurs der Krone fiel von Tag zu Tag. Die Menschen
beobachteten in gedrückter Stimmung und angriffslustig
ihre Nachbarn. Anonyme Briefe wurden geschrieben. Diejenigen, die sich früher gescheut hätten, ihre Freunde als
»gute Kommunisten« zu bezeichnen, überreichten ihnen
jetzt vor den Behörden rasch und bereitwillig die damals
verweigerte offizielle Anerkennung.

Die Stadt lag verödet und ausgeraubt da wie nach einer
Heuschreckenplage. Im Schaufenster der Barock-Kondi-
torei trauerte auf kostbarem Porzellan eine einzige zähe
Pogatsche. Es gab noch rotangestrichene Straßenbahnen,
die mit ihren aufrührerischen Losungen wie entflohene,
selbstmörderische Irre dahinrasten.

Verschiedene Anzeichen waren aber auch ermutigend. Die
Fahrgäste der Straßenbahnen wagten es zum Beispiel wieder, eine selbstherrliche Schaffnerin zurechtzuweisen,
wenn sie bessere Leute anzuschnauzen wagte, sie rieben
ihr unter die Nase, daß es mit dem Bolschewismus vorbei
sei. Und die Männer boten wie früher ihre Plätze den Damen an. Die schöne Rose des Mittelalters, die Ritterlich-
keit, erblühte von neuem.

Viatorisz stand vor seiner Ladentür und grüßte wieder. Das
war ein untrügliches Zeichen. Der Kaufmann zeigte immer genau an, woher der Wind wehte. Als der Krieg ausgebrochen war, hatte er nur noch mit dem Kopf genickt, und

wenig später begannen die Kunden, ihn zuerst zu grüßen. Anfangs dankte er noch, aber als es dann auf den Bolschewismus zuging, vergaß er auch das über seiner vielen Arbeit. Nun bot er Frau von Vizy an, ihr dies und jenes durch den Lehrling in die Wohnung zu schicken, sie brauche nur anzurufen.

Bei den Vizys fanden sich gelegentlich Gäste ein. Eines Nachmittags kamen Gábor Tatár und seine Frau, die Drumas kamen auf einen Sprung herunter, und auch Frau Moviszter war da.

Das bürgerliche Leben entzündete seine dürftige Festbeleuchtung. Sie ließ noch viel Mangel, viel Schäbigkeit hervortreten, aber es tat trotzdem wohl, sich nach so vielen Leiden wieder im alten Glanz der Gastlichkeit zusammenzufinden.

Der Nachmittagskaffee war recht ungemütlich.

Frau Tatár, mit überquellendem, eingeschnürtem Busen, präsidierte am Tisch. Hin und wieder versuchte jemand, einen von den konterrevolutionären Witzen loszulassen, aber das zog nicht mehr. Druma holte eine Apfelsine aus der Tasche, die einer seiner Klienten über die italienische Grenze geschmuggelt hatte. Die so lange nicht mehr gesehene Frucht wurde von Hand zu Hand gereicht. Man sprach über Lebensmittel, über die verschiedenen Möglichkeiten, billigeres Mehl, billigere Kartoffeln zu bekommen. Magistratsrat Tatár, der als Koch berühmt war, schwärmte von einem Fischgericht in Paprikabrühe, das er noch als Junggeselle an der Theiß auf offenem Feuer gekocht hatte, aus Welsen, Hechten und Karpfen. Er konnte so genau und anregend erzählen, daß allen das Wasser im Mund zusammenlief. Dann schwieg auch er, aß nur noch, kaute und bewegte den schönen roten Mund, der von dem grauen Bart und Schnurrbart wie von einem Stück struppigen Pelzes eingefaßt war.

Das Gespräch stockte, setzte aus.

»Ach ja«, sprach Frau Druma in die allgemeine Stille hinein, »die Anna. Wo ist die Anna? Ich habe sie heute noch nicht gesehen.«

»In der Küche. Sie macht die Platten fertig.«

»Das neue Mädchen?« fragte Frau Tatár. »Hast du ein gutes Mädchen? Ist es geschickt? Deine Wohnung glänzt ja geradezu. Und ist es auch zuverlässig? Sag, meine Liebe, stiehlt es nicht?«

Frau von Vizy würdigte die Freundin keiner Antwort. Sie sah sie nur an.

»Du kennst die Anna noch nicht?« riefen die verwunderten Frauen im Chor.

»Nein, ich hatte noch nicht das Vergnügen. Ich bin ihr noch nicht vorgestellt worden«, scherzte Frau Tatár mit der unerschütterlichen Sicherheit der Matrone.

Alle lachten.

Frau von Vizy sah ihren Mann an und klingelte.

Anna kam herein und brachte auf einer Glasplatte die Mandeltorte. Sie trug ihr blaues Kattunkleid. Sie hatte nicht einmal Zeit gehabt, sich umzuziehen. Ihre Schuhe klafften.

Verwirrt kam sie bis zum Tisch heran, blieb stehen und setzte die Torte ab. Sie wollte jedem Gast einzeln die Hand küssen, aber als sie sah, wie viele es waren, küßte sie sie niemandem.

Ringsum sah sie in lächelnde Gesichter. Auch Tatár hielt im Essen inne und wandte ihr den Kopf auf dem feisten Nacken zu.

Frau von Vizy ergötzte sich eine Weile an der stummen Szene, dann winkte sie das Mädchen zu sich und sprach mit einer humorvollen, aber doch stolzen vorstellenden Handbewegung: »Ja. Das ist die Anna. Meine Anna.«

Kaum hatte sich die Tür hinter dem Mädchen geschlossen,

da schlug Gelächter auf. Es war wie im Theater nach dem Abgang eines berühmten Komikers. Sie wußten selbst nicht, worüber sie lachten, aber sie lachten. Das Ganze war so komisch gewesen, die ungeschickten Bewegungen, die offenstehenden Schuhe, die Vorstellungsszene. Die Stimmung wurde lebhaft.

Zigarren und Zigaretten wurden angesteckt. Herr von Vizy erzählte eine Geschichte über Anna, die schallende Heiterkeit hervorrief.

In diese Heiterkeit hinein kam Moviszter, der alte Arzt, der seine Sprechstunde beendet und den letzten Patienten abgefertigt hatte. Er wollte seine Frau holen.

Moviszter mußte Serienarbeit tun. In seiner Jugend war er Assistent an einer Berliner Klinik gewesen, Facharzt für Herzleiden. In Ungarn hatte er sich dann um eine Dozentur beworben, konnte sich aber an der Universität nicht habilitieren. Seitdem lebte er, wie es eben kam. Er ordinierte täglich zehn Stunden und beschäftigte sich mit dem Menschenmaterial, das er in den öffentlichen Krankenhäusern und bei der Krankenkasse fand; er bearbeitete die kranke Menschheit mechanisch.

Auf einen Stock gestützt, schleppte er seinen müden Körper. Wenn er lächelte, konnte man seine wackligen Zähne und das entzündete Zahnfleisch sehen. Auf seinem Kopf flatterten einige algenartige Haare.

Der Arzt war kränker als irgendeiner seiner Patienten. Seine Zuckerkrankheit befand sich im letzten Stadium. Alle Kollegen, alle Kliniken hatten ihn aufgegeben.

Herr von Vizy lief ihm entgegen und versicherte, daß er viel besser aussehe als das letztemal. Moviszter dankte spöttisch. Er blinzelte und blickte sich im Qualm der Zigarren und Zigaretten unsicher um.

Es kam ihm vor, als sei er, zwischen den Kulissen umherirrend, plötzlich auf die Bühne und in die lärmende Szene eines ihm unbekannten Stückes geraten. Er verstand nicht, was dieses große Gaudium bedeuten sollte.

Man mußte ihm erklären, daß es um Anna, die berühmte Anna ging. Vizy wiederholte auf allgemeinen Wunsch die kleine Geschichte, über die sich alle so vorzüglich amüsiert hatten.

Moviszter aß nichts. Er zog sich mit den Herren ins Arbeitszimmer zurück. Er trank auch nichts, aber er stieß mit den anderen so herzlich an, als hielte er mit.

Später kamen die Herren, Zigarren oder Zigaretten im Mund, die Gesichter vom Wein gerötet, wieder ins Eßzimmer zu den Damen zurück. Tatár lehnte sich an den Türpfosten und lauschte dem Gespräch.

»Noch immer die Dienstbotengeschichten?« tat er entsetzt und schob seinen sanften Bauch vor, über den sich die weiße Seidenweste spannte. »Ja, ja, die Frauen! Sie können über nichts anderes reden!«

Aber auch die Männer hörten mit halbem Ohr zu. Vizy brachte den Wein wieder ins Eßzimmer, Moviszter setzte sich in den Schaukelstuhl und schaukelte mit geschlossenen Augen.

Es wurde wieder über Anna gesprochen.

»Habt Ihr eigentlich schon gemerkt«, sagte Frau Druma, »daß sie auch hübsch ist? Sie hat ein niedliches Gesichtchen und auch eine ganz nette Figur. Schlank, durchaus angenehm.«

»Ja«, philosophierte Frau Tatár, »diese Bauernmädchen machen sich in der Großstadt schnell heraus. Ihr kennt ja meine Bözsi. Voriges Jahr habe ich sie vom Lande mitgebracht. Dürr und zerlumpt war sie, wie eine Vogelscheuche. Ich habe sie aufgefüttert und anständig angezogen. Ein weißes Pikeekleid habe ich ihr gekauft.« Sie räusperte sich, wie immer, wenn sie etwas Wichtiges erzählen wollte. »Sonntag ist der Jour meiner Töchter, Bözsi macht den Gästen die Tür auf. Da kommt Erwin, Erwin Gallovsky, der gerade erst aus der russischen Gefangenschaft gekommen ist. Der Junge«, – Frau Tatár lächelte im voraus über das, was nun kam – »der Junge küßt mir im Vorzimmer die Hand. Dann geht er auf Bözsi zu, stellt sich in aller Form vor und hält ihr auch schon die Hand hin…«

»Dem Dienstmädchen?« fragte Frau von Vizy.

»Ja, dem Dienstmädchen. Hätte ich ihm nicht rechtzeitig ein Zeichen gegeben, hätte er ihr sogar die Hand gedrückt!« Und sie lachte, daß ihre asthmatische Brust vom Husten geschüttelt wurde. »Er dachte«, beendete sie atemlos die Geschichte, »sie sei eine Freundin von Ilonka oder Margitka.«

»Und was tat das Mädchen?«

»Es wurde purpurrot, versteckte die Hand hinterm Rücken, rannte in die Küche und – stellt Euch das vor – es weinte. Es weinte den ganzen Nachmittag und wollte um keinen Preis ins Zimmer kommen und servieren. Erwin wurde von den Mädchen tüchtig aufgezogen.«

Tatár winkte seiner Frau.

»Die Geschichte mit der Katze!«

»Ach ja«, begann Frau Tatár, »die Katze. Als Bözsi bei uns anfing, hatten wir ein zwei Monate altes Kätzchen, Ilonkas Kätzchen, die Mieze. Es war nicht größer als meine Faust. Am Morgen hörte ich, wie Bözsi ihm Milch geben wollte und rief: Kommen Sie bitte, Mieze, hier ist Ihr Frühstück. Sie sagte ›Sie‹ zu der Katze. Lange Zeit wagte sie nicht, die Mieze zu duzen. Ja, so sind sie. Leider gehen ihnen aber bald die Augen auf. Früher, als es angebracht ist. Jetzt will sie dauernd nach Hause. Bald zur Kirmes, bald zur Ernte, bald zu einer Hochzeit. Und ständig hockt mir die ganze Sippschaft in der Küche.«

»Meine Stefi«, sprach Frau Druma, »geht ins Kino und politisiert. Sie ist sehr für die Klerikalen.«

»Unsere Etel, die kommandiert«, erklärte Frau Moviszter.
»Und solange wir ihr gehorchen, kündigt sie uns nicht.«
Frau von Vizy hörte sich voll Schadenfreude die Klagen an.
Dann berichtete sie, während alle sehr aufmerksam zuhörten: »Die Anna geht nicht ins Kino und nicht ins Theater.
Sie singt nicht einmal. Einen Liebhaber hat sie auch nicht.
Ihre Familie habe ich noch nicht zu Gesicht bekommen,
sie ist ein Waisenkind. Sie bleibt immer zu Hause, nicht
einmal an ihrem freien Nachmittag geht sie aus.«
»Ja, die Anna, die Anna, die ist ganz anders.«
Die allgemeine Anerkennung war so groß, daß Frau von
Vizy, als sie nun in den Mittelpunkt des Interesses gerückt
war, bescheiden abwehrte.
»Aber Ihr könnt Euch trotzdem nicht beklagen. Und
schließlich bekommt man ja nichts umsonst. Ich habe mich
sehr mit der Anna abmühen müssen. Und ihre Fehler hat
sie auch.«
»Fehler?« begehrte Herr von Vizy beleidigt auf und hob
den etwas weinduseligen Kopf. »Was hat sie denn für Fehler?«
Frau von Vizy suchte Fehler an Anna. Aber sie konnte
keine finden, denn Anna hatte keine Fehler. Sie wußte
nichts zu antworten.
Zustimmender Lärm erhob sich.
Aber er verstummte im Nu, denn sie, der er galt, war eingetreten.
Anna deckte den Tisch ab. Jetzt wurde sie noch aufmerksamer beobachtet, jede einzelne ihrer Bewegungen wurde
begutachtet. Mit elfenhafter Geschwindigkeit lief sie vom
Tisch zum Büfett. Wie ein geräuschloser Automat bewegte
sie sich hin und her. Wie eine Maschine, dachten alle, wie
eine Maschine.
Als Anna die Mandeltorte auf das Büfett stellte, kam Frau
von Vizy ein freundlicher Gedanke, und sie sprach:

»Anna, bringen Sie mir die Torte her.«

Die Gäste erhoben sich und bildeten einen Kreis um Frau von Vizy. Die Gesellschaft schien für einen Augenblick zu einer Gruppe von leblosen Statuen erstarrt, in deren Mittelpunkt die Hauptperson, das Dienstmädchen, stand. Movizter hielt den Schaukelstuhl an und neigte sich leicht vor.

Frau von Vizy schnitt zwei Stücke von der Mandeltorte ab und hielt sie Anna hin.

»Das ist für Sie, Anna.«

Die Gesichter glänzten auf. Barmherzige, gnadenspendende Gefühle breiteten sich in den Busen aus, das brave Mädchen war belohnt worden.

Aber Anna hatte den Teller mit den beiden Stücken Torte noch nicht richtig in der Hand, als sie ihn auch schon zurückschob.

»Danke.«

»Warum? Mögen Sie keine Torte?«

»Nein. Danke. Ich mag Torte nicht.«

Es entstand peinliches Schweigen. Endlich sagte Frau von Vizy mit entschiedener Stimme:

»Dann geben Sie sie wieder her, liebes Kind. Ich will Sie nicht zwingen, um nichts auf der Welt. Sie können gehen.«

Die Gäste standen noch im Kreis, auf den Gesichtern Heiterkeit, die sich in Verwirrung verwandelte. Die häßliche Ratlosigkeit der Beschämung machte sich unter ihnen breit.

»Sie hat dir einen Korb gegeben?« fragte Frau Tatár verwundert.

»Ach wo«, erklärte Frau von Vizy. »Sie ist so. Sie mag keine feinen Sachen. Sogar die Aprikosenmarmelade läßt sie stehen. Was meinst du, zum Beispiel, was sie am Abend ißt? Du würdest es nie erraten. Nichts. Und morgens trinkt

106

sie nur Kaffee. Zum Mittagessen nimmt sie ein bißchen Gemüse, das ist alles. Torte, scheint es, mag sie überhaupt nicht.«

»Oder ganz besonders«, sprach Moviszter, der noch immer vorgeneigt im Schaukelstuhl saß.

»Wie sagten Sie, Doktor?«

»Ich sagte, daß sie Torte sicher ganz besonders mag.«

»Aber sie hat doch gerade selbst gesagt, daß sie keine will.«

»Gerade deshalb.«

»Verzeihen Sie, das verstehe ich nicht.«

»Die Dienstmädchen haben nicht den Mut, zu wollen, was sie mögen. Deshalb reden sie sich ein, das Gute sei nicht gut. So schützen sie sich. Vielleicht, um nicht allzusehr leiden zu müssen. Wozu etwas wollen, das man doch nicht bekommt? Eigentlich haben sie recht. Sonst könnten sie ihr Leben nicht ertragen.«

»Aber was soll ich da machen?«

»Versuchen Sie es doch einmal. Geben Sie ihr jeden Tag Torte.«

»Torte?«

»Ja. Viel, sehr viel Torte. So viel, daß sie sie nicht aufessen kann. Dann werden Sie sehen, daß sie Torte mag. Daß sie gerade Torte mag.«

»Aber warum das? Sie ist doch nicht krank! Soll ich meinem Dienstmädchen vielleicht Diät geben?«

»Das könnte denen so passen«, brummte Frau Tatár vor sich hin. »Torte. Ausgerechnet Torte.«

»Das sind deine verdrehten Theorien, lieber Miklós«, sagte Druma zu dem Arzt, der wieder mit geschlossenen Augen im Schaukelstuhl lag.

Frau Moviszter zündete sich eine Zigarette an, ging in den Salon hinüber und begann auf dem Klavier einen Foxtrott zu spielen. Die Frauen ließen die Männer allein.

Herr von Vizy füllte die Gläser. Die Herren setzten sich wieder auf ihre Plätze. Sie spülten den bitteren Geschmack mit Wein hinunter.

Tatár trocknete sich mit dem Taschentuch den weinfeuchten Schnurrbart. Dann kehrte er zu der Tortenangelegenheit zurück, die ihm keine Ruhe ließ. Er wandte sich zu Moviszter:

»Aber, lieber Doktor, schließlich sind das doch ganz andere Menschen als wir. Ihr Magen ist anders, ihre Seele ist anders. Sie sind Dienstboten und wollen auch Dienstboten bleiben. Sie verlangen direkt, daß wir sie als Dienstboten betrachten. Neulich zum Beispiel rief ich die Wohnung eines Freundes an. Am Telephon war eine fremde Stimme. ›Die Hausangestellte?‹ fragte ich. ›Nein‹, antwortete die Stimme in unverschämtem Ton. ›Das Dienstmädchen.‹ Das muß man gehört haben. Ich war so verblüfft, daß ich es mir gar nicht erklären konnte. Ich stand da, den Hörer in der Hand, in dem ich noch immer die herausfordernd knarrende Stimme voll Hochmut zu hören glaubte. Es macht denen geradezu Freude, sich als ›Dienstbote‹ zu bezeichnen. Nur um uns zu reizen und zu verletzen.«

Herr Tatár nippte von dem topasgelben Wein und fuhr fort:

»Es ist ja schon vieles versucht worden. Ich hatte einen Freund, den seligen Karl Zeléndy, Gott gebe ihm die ewige Ruhe. Er war ein anständiger Kerl, aber ein bißchen übergeschnappt. Die vielen Theorien waren ihm zu Kopf gestiegen. Er aß kein Fleisch und lief nur in Sandalen herum. Er hatte auch Tolstoi besucht, in Jasnaja Poljana. Als er wieder zurückkam, beschloß er, das Problem gründlich zu lösen. Er nahm eine Hausangestellte auf, eine fünfzigjährige Witwe, und teilte ihr mit, daß sie vollkommen gleichberechtigt sei, bei ihm gebe es weder Herren noch Diener, es hänge bloß vom Zufall ab, wer den anderen bedient. Und

gleich beim ersten Mittagessen setzte er die Hausangestellte mit an den Tisch. Neben seine Frau und die Kinder,
an den Familientisch. Er hat mir selbst erzählt, wie das
Mittagessen verlief. Die unglückliche Frau fühlte sich bei
dieser überwältigenden Ehre höchst unbehaglich. Sie
rutschte in ihrem fleckigen, nach Essen riechenden Rock
auf dem Stuhl hin und her, griff sich ans Gesicht, steckte
die Hände unter den Tisch und sprach während des ganzen
Mittagessens kein einziges Wort. Sie war ja schließlich
auch müde, die arme Seele. Den ganzen Vormittag hatte
sie gebraten und gekocht. Wie auch immer, nach dem Essen zog sie sich an und erklärte, daß sie in einem solchen
Haus keine Minute länger bleiben könne. Und sie ging.«
Während Herr Tatár mit sich selbst sprach, debattierte er
doch eigentlich noch immer mit dem Arzt, gegen den er
seine geschliffenen Argumente richtete.
»Ich frage mich nun, warum ist sie fortgegangen?« Er
preßte den Zeigefinger an seine fleischige Nase, so daß sie
völlig plattgedrückt wurde. »Man konnte sie fragen, soviel
man wollte, sie sagte nichts. Aber ich will es Ihnen sagen.
Sie ist fortgegangen, weil sie mehr Verstand hatte als ihr
Herr. Sie ist fortgegangen, weil sie fühlte, daß das widerna-
türlich und auch nicht aufrichtig war. Aufrichtig wäre
gewesen, wenn mein aufopferungsvoller, großmütiger
Freund ihr stante pede sein Haus, sein Gut bis zum letzten
Stück Rindvieh und zum letzten Nagel angeboten hätte.
Diese einfachen Menschen, die auf der niedrigsten Stufe
der Gesellschaft stehen, leben in Extremen. Sie haben viel
mehr Phantasie, als wir ahnen. Mit halben Entscheidun-
gen sind sie nicht zufrieden. Sie wollen entweder Herren
sein, ganze Herren, oder Diener. Entweder – oder. Alles
andere ist Komödie. Wie bei den Römern. Die hatten solche Komödien. Aber« – und Herr Tatár machte eine Pause
– »nur einmal im Jahr. Bei einem Fest, ich weiß nicht mehr

bei welchem, verkleideten sich die Patrizier als Sklaven, ließen die Sklaven an ihren Tischen auf Ruhebetten liegen und servierten ihnen eigenhändig Honigwein und gebratene Kapaune. Zur Erinnerung an das Goldene Zeitalter, sagten sie, als noch alle Menschen gleich waren. Aber wann war das? Sie wußten es nicht. Mythologie. Und wir? Nicht einmal unsere Hände sind gleich.« Er zeigte seine gepolsterte, weiche Hand, die in der Tat keiner anderen hier glich. »Es gibt keine menschliche Gleichheit. Es gibt nur menschliche Unterschiede, Herr Doktor. Zum Donnerwetter« – und nach der Art von leidenschaftlichen Diskussionsrednern steigerte er sich künstlich in Wut hinein –, »es hat schon immer Herren und Knechte gegeben. Das war so und wird immer so sein. Punktum. Wir können es nicht ändern. Drum ist es besser, wenn sie die Knechte bleiben.«

Er blickte um sich. Der Erfolg war groß. Die Gesellschaft, deren Standpunkt er vertreten hatte, umringte ihn dankbar. Tatár hatte schon einmal den Schlußpunkt gesetzt, aber nun zog er, indem er sich dem Arzt zuwandte, noch eine letzte Schlußfolgerung:

»Eine andere Lösung gibt es nicht.«

»Doch«, sagte Moviszter, der zerstreut mit einer kleinen Marienmedaille an seiner Uhrkette spielte.

»Sie machen mich neugierig. Und worin besteht diese Lösung?« fragte Tatár, den feisten intelligenten Kopf zurückwerfend.

»In der Barmherzigkeit.«

»In der Barmherzigkeit?« wiederholte Tatár und freute sich, daß neuer Diskussionsstoff aufgetaucht war.

»Es gibt ein Reich, in dem jeder Herr und Knecht zugleich ist. Alle Menschen sind gleich, immer, an jedem Tag.«

»Und welches Reich ist das?«

»Das Reich Christi.«

»Das ist irgendwo hoch oben in den Wolken.«

»Nein, es ist in der Seele.«

»Dann versuchen Sie doch, es hier zu verwirklichen. Mit den Bolschewisten, den Genossen.«

»Es braucht nicht verwirklicht zu werden«, erwiderte Moviszter gereizt, denn er war durch seine Krankheit nervös. »Es braucht nicht verwirklicht zu werden. Auch die Kommunisten haben den Fehler gemacht, ein Ideal verwirklichen zu wollen. Ein Ideal darf nicht verwirklicht werden. Dann ist es kein Ideal mehr. Es soll nur oben bleiben, in den Wolken. Nur dort wirkt und lebt es.«

»Verzeihung, Herr Doktor, würden Sie Ihr Dienstmädchen an Ihren Tisch setzen?«

»Nein.«

»Und weshalb nicht?«

»Vielleicht«, sagte Doktor Moviszter nachdenklich, »weil es das nicht will. Und es wäre in der Tat eine Komödie. Wenigstens vorläufig. Hier auf Erden.«

»Dann sitzen wir doch im gleichen Boot.«

»Nicht ganz, Herr Rat. Denn in meiner Seele sitzt mein Dienstmädchen immer mit mir an einem Tisch.«

»Dagegen habe ich nichts«, sagte Tatár und runzelte die gewölbte Stirn. »Weshalb sollte ich auch? Aber ich will Ihnen etwas sagen. Angenommen, Ihr Dienstmädchen wäre plötzlich reich, Herr Doktor. Es würde Ihnen dann sicher keinen Platz an seinem Tisch anbieten, wenn Sie ein Knecht wären. Was werden das für Tyrannen, wenn sie sich ein bißchen Geld zusammengescharrt haben! Sofort nehmen sie sich eine Magd, und wie herzlos sind sie zu ihr, wie grausam! Ich kenne Beispiele. Gott möge verhüten, daß der Räuber zum Gendarmen wird. Es gibt nichts Schlimmeres, als der Knecht eines Knechts zu sein. Die haben wirklich kein Erbarmen.«

»Das geht mich nichts an.«

»Ich bitte um Verzeihung«, sagte Tatár, der nun die Diskussion auf ein anderes Gebiet bringen wollte. »Aber Sie lieben doch die Menschheit, nicht wahr?«

»Ich? Durchaus nicht.«

»Wie bitte?«

»Ich liebe sie nicht, denn ich habe sie noch niemals gesehen, ich kenne sie nicht. Die Menschheit, das ist so ein leerer Begriff. Und beobachten Sie nur einmal, Herr Rat, jeder Gauner liebt die Menschheit! Oh, diese Freunde der Menschheit! Sie sind egoistisch, geben ihrem Bruder keinen Bissen von ihrem Brot ab, sie sind verlogen und hinterlistig, aber sie haben ein Ideal: die Menschheit. Sie morden und knüpfen die Menschen auf, aber sie lieben die Menschheit. Sie besudeln den häuslichen Herd, werfen ihre Frau hinaus, kümmern sich nicht um Vater, Mutter und Kinder, aber sie lieben die Menschheit. Es gibt nichts Bequemeres, nichts, das zu weniger verpflichtet. Denn nie kommt jemand auf mich zu und stellt sich vor: ich bin die Menschheit. Die Menschheit braucht kein Essen, keine Kleidung. Sie bleibt in der richtigen Entfernung im Hintergrund, einen Glorienschein um die erhabene Stirn. Es gibt nur Peter und Paul, nur Menschen. Aber keine Menschheit.«

»Und das Vaterland?«

»Das ist das gleiche«, sagte der kranke Arzt und hielt einen Augenblick inne, denn er suchte nach einem treffenden Ausdruck. »Wissen Sie, das ist auch ein sehr schöner und weiter Begriff. Sehr weit. Wieviel wird doch in seinem Namen gesündigt.«

»Ja, aber was lieben Sie denn dann?«

»Die Pfaffen«, neckte Druma. »Miklós liebt die Pfaffen. Oder die Roten? Ich bin mir jetzt selbst nicht mehr im klaren«, und er drohte scherzhaft mit dem Finger, »du bist ein verkappter Bolschewist, Miklós. Versuche nicht zu leugnen.« Er umarmte Moviszter so heftig, daß seine dünnen Schulterknochen knackten. »Na prosit! Trink, du Kommunist!«

Druma erzählte in den bewegtesten Tönen, was die Roten einer sechzigjährigen alten Dame angetan hatten, die mit ihm zusammen im Sammelgefängnis gewesen war. Sie führten sie Nacht für Nacht Punkt zwölf auf den Hof und gaben vor, sie werde jetzt hingerichtet, sie ließen sie niederknien und beten, legten die Gewehre an und zielten minutenlang auf ihre Stirn. Vizy deutete auf das Eßzimmer und den Salon, die ihm die Roten tatsächlich requiriert hatten.

»Freilich, das ist es, was sie wollen«, wetterte Herr Tatár, »einen Rollenwechsel in der Weltgeschichte wollen sie. Euch wollen sie in die Kellerwohnung und den Hausmeister in eure Wohnung setzen. Ein Ringelspiel. Oder wie die beiden Eimer am Brunnen. Ich bezweifle durchaus nicht, daß aus den Hausmeistern tadellose Gentlemen werden. Aber erst nach drei Jahrhunderten. Erst müßten sie sich einmal überessen, müßten fett und des guten Lebens überdrüssig werden. Ihre Kinder müßten dann reiten und fechten wie unsere Kinder, ihr Rückgrat müßte gerader, ihre Hände müßten schmaler werden. Mittlerweile hätten wir uns an die Kellerwohnung und die Bohnen gewöhnt und wären verkümmert. Aber das würde zu lange dauern. Und welchen Sinn hätte das Ganze? Keinen.«

Die Ratte der Revolution lag tot und krepiert zu ihren Füßen. Aber sie schlugen sie noch einmal tot.

Dann gingen die Herren zu den aktuellen politischen Fragen über. Vizy hatte bisher geschwiegen, er exponierte sich nicht gern und hielt außerdem jede prinzipielle Diskussion für sinnlos. Unvermittelt ergriff er nun das Wort. Er sprach über Sektionen, Komitees und die Reorganisation.

Hier war er in seinem Element. »Jetzt sind wir an der

Reihe«, sagte er und legte Gábor Tatár den Arm um die Schultern, wie um die Gemeinschaft auch körperlich auszudrücken, um einen Waffenbruder zu suchen für den großen Kampf. Aus seinen Augen aber schoß – wie immer in solchen Fällen – ein sonderbarer Blitz, ein tückischer, kurzer Seitenblick, der Raubgier und Auf-dem-Srung-Sein verriet und voll von schmutziger Selbstsucht war. Aber dank seiner Selbstdisziplin konnte Herr von Vizy diesen Ausdruck im gleichen Augenblick überspielen und in ein Schwärmen für das allgemeine Wohl umwandeln.

Das politische Ziel, dem er seit seiner Jugend und unter den verschiedensten Regierungen mit dem gleichen Eifer gedient hatte, bestand, wie er es kurz und bündig zusammenzufassen pflegte, in der »Beseitigung der Korruption«. Herr von Vizy hütete sich jedoch, den lateinischen Ausdruck zu übersetzen, er hatte Angst davor, daß er dann klar und einfach werden und seine katonische Strenge einbüßen könnte. Deshalb ließ er es bei dieser Formulierung, bei diesem dunklen, vagen Begriff. Er gestand sich nicht einmal selbst ein, daß die Politik nichts ist als der Machtkampf hungriger Menschen, daß sie notgedrungen die menschlichen Schwächen an sich trägt und daß jedes System nur deshalb nach Macht strebt, um seinen Anhängern Posten zu verschaffen und seine Gegner zu schwächen und zu vernichten. Korruption war für Herrn von Vizy stets das, was die anderen taten, die in den Dienstwagen zu ihren Freundinnen fuhren. Das verurteilte er um so schärfer, als er sich noch genau erinnern konnte, wie wohl das tat, als er einmal nachts unter den blühenden Bäumen des Stadtwäldchens mit einer Operettensängerin dahingesaust war, in einem Dienstwagen, den ihm ein Freund zu diesem Zweck geliehen hatte. Angenehme Trunkenheit hatte ihn erfüllt, als ihm am Ende der Fahrt der livrierte Chauffeur den Schlag aufgerissen hatte, viel eifriger, als wenn er ein gutes Trinkgeld bekommen hätte.

Moviszter begann sich zu langweilen, er wippte noch eine kleine Weile im Schaukelstuhl auf und nieder, dann ging er in den Salon. Die Damen hatten sich um den Schachtisch gesetzt und steckten die Köpfe zusammen. Sie waren noch immer nicht mit dem Thema fertig, das auch die Diskussion der Männer ausgelöst hatte. Frau von Vizy lamentierte:

»Es ist ja wahr, sie arbeitet genug. Aber was sollte sie auch sonst tun?« fragte sie gereizt. »Sie hat ihr Essen, hat ihre Unterkunft, sie wird auch Kleidung bekommen. Ihren Lohn kann sie sparen. Was will man mehr in diesen schweren Zeiten? Es fehlt ihr doch an nichts. Sie braucht keine Wohnung zu erhalten, braucht sich nicht jeden Tag den Kopf darüber zu zerbrechen, was gekocht werden soll und woher sie das Geld nimmt. Sie lebt, lebt so dahin, ohne Sorgen, frei und unabhängig. Ich sage oft, heutzutage geht es nur den Dienstmädchen gut.«

Die Frauen seufzten, als hätten sie alle ihr Leben verfehlt, als bedauerten sie von ganzem Herzen, daß sie in dieser grausamen Welt unter keinen Umständen Dienstmädchen werden durften.

Der Arzt winkte seiner Frau. Er klagte über Müdigkeit. Sonst ging er immer vor zehn Uhr schlafen, denn er mußte schon um sieben an der Straßenbahn hängen, wenn er rechtzeitig im Krankenhaus sein wollte. Frau Moviszter warf die Zigarette weg. Auch die Tatárs brachen auf, sie wollten noch vor Torschluß zu Hause sein.

Frau Druma preßte im Vorzimmer ihr Ohr an die geschlossene Küchentür.

»Was die Anna wohl macht?«

»Sie arbeitet«, sagte Frau von Vizy gereizt, »laß sie in Ruhe.«

Aber Frau Druma hatte die Tür schon geöffnet.

Das Mädchen stand in der dunklen Küche neben dem Mülleimer, einen schwarzen Männerschuh in der Hand, den sie putzte.

»Gute Nacht, Anna! Gute Nacht! Leben Sie wohl«, rief es durcheinander.

Anna murmelte etwas vor sich hin.

»Was sagt sie?«

»Sie bittet um Entschuldigung«, dolmetschte Frau von Vizy, »daß sie nicht an die Tür kommen kann. Sie hat boxige Hände.«

»Was hat sie? Was heißt boxig?« fragte Druma neugierig.

»Die Budapester Dienstmädchen nennen die Schuhcreme Box.«

»Boxig«, wiederholte Druma. »Das wußte ich noch gar nicht. Boxig.« Und noch im Treppenhaus, während er zu seiner Wohnung emporstieg, belustigte er sich darüber, daß Annas Hände boxig waren. Boxig.

X

DIE LEGENDE

Die Vizys zehrten noch lange von der Erinnerung an diesen
Nachmittag.
»Hast du schon so etwas gehört? Torte soll ich dem Dienst-
mädchen geben. Ausgerechnet Torte.«
»Er ist verrückt, komplett verrückt.«
»Und daß sie gerade Torte mag. Unerhört.«
»Später kam er noch mit allerlei anderen Einfällen, mit
seinen verdrehten Theorien, du kennst sie ja. Aber Tatár
hat ihm gründlich Bescheid gesagt.«
»Nein, nein, die erziehe ich mir nicht zur Primadonna. Das
hätte mir gerade noch gefehlt!«
»Moviszter scheint ganz übergeschnappt zu sein. Er ist ein
kranker Mann, ich gebe ihm keine zwei Monate. Er hat so
viel Zucker, daß er gar nicht mehr untersuchen läßt, wie-
viel. Hast du gesehen, wie ihn hier bei uns die Fliegen verfolgt haben? Dauernd mußte er sie wegscheuchen. Der
Arme, ich glaube, wir werden ihn bald begraben. Was
dann wohl aus seiner Frau wird?«
»Aber sag, warum hast du vor der ganzen Gesellschaft erzählt, daß Anna keine Fehler hat? Das war nicht richtig.
Man wird sie uns noch weglocken.«
Der Arzt hatte Frau von Vizy in Wut gebracht. Sie zog die
Zügel erst recht fest an. Die Hausmeisterin hatte nie eine
Hilfe für die grobe Arbeit im Treppenhaus gehabt. Jetzt
wurde Anna auch da eingespannt. Das Mädchen mußte
jede Woche die Treppen scheuern und den Dachboden

aufräumen. Frau von Vizy erlaubte den Ficsors, Anna hin und her zu schicken, wenn sie nicht anderes zu tun hatte. Sie mußte auch den Müll hinunterbringen. Wenn am Morgen die so lange nicht gehörte kleine Glocke des Müllwagens erklang, eilte Anna mit den Mülleimern der drei Familien auf die Straße und schüttete im Sonnenschein den schwarzen Inhalt in den Wagen. Für ihre freie Zeit bekam sie einen Korb zerrissener Strümpfe zum Stopfen, damit sie sich nicht langweilte.

Frau von Vizy drückte ihre Zufriedenheit in nichtssagenden Worten aus. Den Ficsors sagte sie nur, das Mädchen sei nicht schlecht. Das fiel ihr sehr schwer, denn es drängte sie geradezu, ihr Glück zu verkünden. Aber sie beherrschte sich im Interesse der Erziehung. Sie gab sich härter, als sie war.

Am fünfzehnten September lief Annas erster Monat ab. An diesem Tag zahlte ihr Frau von Vizy das erste Geld aus. Nicht soviel, wie sie Katica gegeben hatte, denn die war überbezahlt worden, aber sie versprach Anna, den Lohn mit der Zeit zu erhöhen. Sie zog ihr auch nicht den ganzen Preis des Spiegels ab, sondern nur die Hälfte.

Anna brauchte kein Geld, sie bat die Frau, es für sie zur Bank zu bringen oder etwas dafür zu kaufen. Frau von Vizy kaufte auf dem Wochenmarkt in der Sturmgasse irgendein Tuch.

Am fünften Sonntag wollte Anna wieder nicht ausgehen. Frau von Vizy schickte sie fort, sie solle umherlaufen und sich die Stadt ansehen.

Anna zog das Pepitakleid an, in dem sie hergekommen war. Auf den Granitsteinen der Straße zitterte der trostlose Glanz des Feiertages. Die leere, unendlich lange Zeit ohne Arbeit starrte Anna sinnlos entgegen. Sie stand vor den Haustüren herum, schlenderte ziel- und planlos durch die Logody-Straße und kam zu einem Platz, auf dem es eine

Kirche, ein großes Krankenhaus und soviel Lärm gab, wie wenn im Spätherbst die Krähen am Himmel krächzen. Dienstmädchen gingen hier spazieren, Schwabenmädchen, die kicherten und schnatterten miteinander in ihrer fremden Sprache, ganz wie zu Hause in ihrem Dorf. Sie gingen eingehängt, zusammen, immer zusammen. Auf den Fußgängerinseln unter den Gaslaternen bildeten sie Ketten, hielten die Passanten auf und behinderten den Verkehr. Die Straßenbahnen mußten lauter klingeln, wenn sie weiterfahren wollten. Anna lief einsam zwischen den Mädchen umher.

Auf dem Rückweg kniff sie bei der Generalswiese ein junger rumänischer Soldat in die Brust. Sie floh in eine Toreinfahrt und wartete, bis der Soldat verschwunden war. In der Nähe des Südbahnhofs kaufte sie bei einem Straßenhändler Kartoffelzucker für den kleinen Bandi. Dann ging sie in die Grabengasse.

Ein Dienstmädchen, das seine frühere Herrschaft besucht, begrüßt sie immer mit denselben Worten: »Küß die Hand, wenn Sie erlauben, komme ich einmal vorbei.« Die Herrschaft erlaubt, daß es vorbeikommt. Der Besuch ist eine gewisse Abwechslung im gewohnten Ablauf des Lebens, und wenn die Herrschaft nach einem kleinen Zögern ihr einstiges Mädchen erkannt hat, das ein bißchen dicker oder ein bißchen magerer, auf jeden Fall aber älter geworden ist, denkt sie an die Zeit, die seitdem vergangen ist. Das Mädchen ist jetzt ihr Gast, und sie behandelt es wie einen Gast. Sie versucht, dem Mädchen das und jenes vorzusetzen. Aber das Mädchen steht noch befangener, noch mehr von Erinnerungen bedrückt in dem Zimmer, in dem es jeden einzelnen Gegenstand besser kennt als die Besitzer. Die Hände, die hier so viel gearbeitet haben, hängen untätig, nutzlos herab. Das Mädchen hat kein Recht mehr, sich hier so heimisch zu fühlen wie früher, als es, ob man nun

wollte oder nicht, eine Art Ehrenmitglied der Familie
war. Außerdem wirkt das Bewußtsein lähmend, daß das
Leben der Familie während seiner Abwesenheit genauso
weitergegangen ist wie vorher. Das Mädchen mag noch so
herzlich empfangen werden, es fühlt, daß es nicht uner-
setzlich ist. Das empfindet hin und wieder jeder Mensch.
Das Mädchen aber fühlt es in seiner ganzen Schwere und
Eindringlichkeit, es wird traurig, wenn es so einen pie-
tätvollen Besuch macht, und steht da mit schmerzlich-
blödem Gesicht. Nur zurückgekehrte Tote können das
gleiche fühlen.
Anna gab Bandi, der ihr zum Andenken seine Spieltrom-
pete geschenkt hatte, den Kartoffelzucker. Bandi betrachtete sie versonnen. Er suchte in seinem kleinen Kopf nach
verworrenen Erinnerungen. Der Kartoffelzucker tat seine
Wirkung, Bandi setzte sich dem Mädchen auf den Schoß,
das er einst mehr als alle anderen Menschen geliebt und
nicht Anna, sondern Mama genannt hatte. Als aber das
Mädchen von dem Vogelmesser zu erzählen begann, aus
dem die vielen bunten Vögel auffliegen, hörte er nicht
einmal zu. Er hatte das Märchen vom Vogelmesser vergessen. Anna verabschiedete sich, und als sie zu Hause, in
der Attilastraße 238 ankam, war es noch nicht ganz sechs
Uhr.
Da war es zu Hause doch immer noch besser.
Frau von Vizy verbrachte die Vormittage gewöhnlich in
der Küche. Es war zwar nicht mehr nötig, das Mädchen
zu beaufsichtigen, aber gibt es etwas Interessanteres als
eine Küche, dieses Laboratorium des Lebens? Hier erfuhr
man, was es Neues auf dem Markt und in der Stadt gab,
was Moviszters und Drumas kochten. Dabei konnte man
Annas immer unterhaltsames Hantieren beobachten.
Die Speisen, die nach einer zauberhaften Verwandlung
zum Mittagessen auf den Tisch kommen, liegen noch im

unzubereiteten Zustand herum. In einem eisernen Topf brodelt das Wasser für die Suppe; die Möhren, der Porree, die Kohlrabi, die Sellerieknollen und der Pfeffer kochen in der salzigen, perlenden Brühe, die durch leere Eierschalen geseiht wird. Auch die kleinen Töpfe kochen und laufen über. Das Mädchen holt Safran und Ingwer vom Regal, schneidet Zwiebeln in dünne Scheiben, wobei ihr der scharfe Geruch das Wasser in die Augen treibt, sie zerstampft Nüsse und hartes Weißbrot, schneidet Petersilie, schlägt Eier auf, schabt Rüben, zerlegt einen Hasen, bestreut die einzelnen Stücke mit Mehl und wirft sie in die Pfanne, in der schon das Fett siedet.

Nur eines konnte Anna nicht, sie konnte kein Huhn schlachten. Sie lief zu Etel hinauf oder rief sie, damit Etel diesen alltäglichen, aufregenden Küchenmord übernahm. Die alte Magd ergriff gemütlich das auserwählte Opfer, trug es zur Wasserleitung, drehte ihm dort mit einer geschickten Handbewegung den Hals um und schnitt ihn mit dem großen Küchenmesser durch, daß ihr das Blut bis zu den Ellenbogen spritzte und auch oft das Gesicht beschmierte. Anna wandte sich ab. Auch Frau von Vizy konnte nicht zusehen. Anna sah zwar ein, daß das notwendig war, aber sie fragte Etel jedesmal verwundert, wie sie das nur tun könne. Etel lachte und sagte: »Was sein muß, muß eben sein.«

Frau von Vizy sagte zu Anna, sie sehe es nicht gern, wenn Anna so viel mit den anderen Mädchen zusammen sei. Etel passe nicht zu ihr, sie sei alt, frech und klatschsüchtig. Und Stefi mache sich überhaupt nichts aus Anna, sie schäme sich mit ihr über die Straße zu gehen. Was Anna von den beiden wolle? Sie lachten sie ja doch nur hinter ihrem Rükken aus. Das eine oder andere Mal ließ sie die Mädchen einfach nicht zu Anna. Sie sagte, Anna sei nicht zu Hause. Anna sah ein, daß Frau von Vizy recht hatte, und bemühte

sich nicht sonderlich um die Gesellschaft der Mädchen.
Wozu hinter einem Wagen herlaufen, der einen ja doch
nicht mitnimmt?

Lieber saß sie in der Küche und stopfte. Ein Huhn piepste.
Anna hatte es aus dem Hühnerverschlag geholt und selbst
großgezogen. Sie erkannte jedes Huhn an den Federn, an
der Stimme. Da sie vom Dorf war, betrachtete sie das Huhn
als Vogel. Sie gab ihm aus einem kleinen Napf zu trinken,
fütterte es mit Krumen und liebkoste es. Nachts kletterte
das Huhn auf Annas Bett und schlief zu ihren Füßen.

War die Frau in der Küche, erzählte sie von Piroska. Anna
sprach von ihrer Stiefmutter, der hageren jungen Bäuerin,
die sie in einer Winternacht aus dem Haus gejagt hatte.
Ficsor hatte dem Vater Annas, István Édes, geschrieben,
daß seine Tochter eine neue Stellung habe. Aber er hatte
nicht einmal geantwortet, er hatte andere Sorgen. Anna
ging allmählich ganz in der neuen Umgebung auf. Sie er-
wähnte die Bartos', ihre frühere Herrschaft, nicht mehr,
und Frau von Vizy vergaß Katica, das frühere Dienstmädchen. All das gehörte der Vergangenheit an. Anna begann
stolz darauf zu sein, daß ihre Herrschaft viel reicher war als
die Moviszters oder die Drumas. Sie freute sich, wenn ein
neues Nudelholz angeschafft wurde. Das Sieb war »unser
Sieb«, der Korkenzieher »unser Korkenzieher«, der selbstverständlich schöner war als der der anderen. Auch die
Kleider Frau von Vizys bewunderte Anna. Besonders das
schwarze Seidenkleid, in dem sie am Mittwochabend immer in die Segenstraße auf dem Rosenhügel ging. Die
Frau scherzte: »Sehen Sie, das habe ich Ihnen zuliebe angezogen.«

Eigentlich war das Mädchen keine schlechte Gefährtin für
sie. Gab sie ihm einen Wink, zog es sich in den Hintergrund zurück. Die Gesellschaft der Dienstmädchen ist für
die Damen dasselbe wie für die Männer die Liebe der Stra-

122

ßenmädchen. Wenn sie sie nicht mehr brauchen, können sie sie fortschicken.

Nachdem sich die Aufregung über die große politische Erschütterung etwas gelegt hatte, pflegte sich Herr von Vizy abends vor dem Essen zu Hause aufzuhalten. Seine Frau und Anna gingen leise durch die Wohnung, denn er arbeitete. In dem wunderbar aufgeräumten Arbeitszimmer war es still, auf dem Schreibtisch lagen in schöner Ordnung Schreibzeug, Petschaft und Schere neben der ausgestopften Eule. Vizy schrieb einen Brief nach Eger, an seinen Schwager Ferenc von Patikárius, der Vizys fünf Morgen großen Weinberg verwaltete. Das Briefschreiben machte ihm Mühe. Im Ministerium diktierte er seine Schriftstücke der Sekretärin schnell herunter, handelte es sich aber um eine Privatangelegenheit, ging es langsam voran. Immer wieder hielt er bei einem Satz inne, las das Geschriebene durch, trocknete die Tinte mit Streusand, überflog den Brief nochmals. Endlich befeuchtete er den Umschlag, zündete eine Kerze an und siegelte mit seinem wappengeschmückten Ring. Dann gähnte er. Herz, Lunge, Leber funktionierten tadellos. Sein Magen verdaute, was er gegessen hatte, und dennoch – es schien zumindest so – litt Herr von Vizy. Die Langeweile der Beamtenseelen hatte ihn erfaßt, die mit sich selbst nichts mehr anzufangen wissen. Er ging in die Küche und fragte nach dem Abendessen. Seine Frau unterhielt sich mit dem Mädchen, diesem in seine Wohnung verpflanzten jungen Leben. Herr von Vizy wäre gern in der Küche geblieben, aber seine Frau schickte ihn hinaus. Er solle Anna nicht stören. Und außerdem sei ein Dienstmädchen keine Sehenswürdigkeit.

Frau von Vizy mochte so geheimnisvoll tun, wie sie wollte, unter einer Glasglocke konnte sie Anna doch nicht halten.

Zu Viatorisz mußte Anna täglich gehen. Der Kaufmann gratulierte Frau von Vizy mit einem Augenzwinkern zu dem phänomenalen Mädchen. Über diesen Laden, die Klatschzentrale der Christinenstädter Hausfrauen, erfuhren alle von Anna. Man sprach von ihr auch beim Bäcker, beim Fleischer, in der Wäscherei, sogar der Sargtischler wußte, wer Anna war. Der dicke, mächtige Schutzmann an der Ecke der Attilastraße, der vor den Vizys stets stramm salutierte, kannte Anna auch.

Die Nachricht von Anna verbreitete sich mit erstaunlicher Geschwindigkeit. Am Anfang durcheilte sie nur die nächste Umgebung, die Attilastraße, den Christinenplatz, einzelne Häuser des Christinen- und des Attilaringes, die Paulerstraße, die Mikóstraße, die Logodystraße und auch die Lagerstraße. Aber es dauerte keine Woche, da war sie schon zur Burg gedrungen, in die Herrenstraße, in der Tatárs wohnten, zur Basteipromenade, auf den Ferdinandsplatz, zum Wiener Tor. Die Geschichte prägte sich in die Gehirne der Frauen und Männer ein und wurde immer bedeutungsvoller.

Man erzählte sich von einem Dienstmädchen, das ohne Fehler war, dem Ideal eines Dienstmädchens. Die meisten hatten Anna noch nicht einmal gesehen. Sie kannten nur ihren Vornamen, die Vorstellung hatte noch keine bestimmte Form angenommen. Diejenigen, die die Kunde erreichte, hatten das gleiche Gefühl wie die abergläubische Menge, wenn sie von einer segensreichen Quelle oder einem wundertätigen Heiligenbild hört, dessen übernatürliche Wirkung das Gehirn nicht begreifen kann, die aber trotzdem vorhanden ist.

Nachdem die Geschichte die Stadt durcheilt hatte, kehrte sie zu den Vizys zurück.

Ein Freund rief bei Vizy im Ministerium an und erkundigte sich, ob Anna nicht eine jüngere oder ältere Schwester habe, er brauche dringend ein zuverlässiges Dienstmädchen.

Frau von Vizy pflegte sich in der Marien-Apotheke ihre Magenpillen machen zu lassen. Während der Provisor die granatroten Körner auf die Schale der Waage schüttete, plauderte er wie gewöhnlich mit ihr und brachte dann – mit einem wissenden Lächeln – das Gespräch auf Anna.

Wenn Anna mit der strohgeflochtenen Einkaufstasche am Arm auf dem Markt erschien, flüsterten die Gemüsefrauen einander zu: »Vizy? Sie kennen ihn nicht? Das ist der Rat aus dem Ministerium.«

Sahen sie dann Herrn von Vizy, sagten sie: »Das ist der, von dem ich neulich erzählt habe. Annas Herr.«

Am Abend gehen die Christinenstädter Bürger mit ihren Frauen am Arm spazieren.

Plötzlich bleibt die Frau stehen. Sie achtet nicht mehr auf die Erzählung ihres Mannes. Sie starrt auf einen Fleck, als sehe sie eine Vision.

»Schau nur«, flüsterte sie, »das ist sie.«

»Wer?«

»Die Anna. Die Anna von Vizys.«

Der Mann späht in der düsteren Gasbeleuchtung nach allen Seiten, aber er sieht nichts. Das Ganze war ja auch nur das Werk eines Augenblicks. Der Schatten, der in seinem blauen Kattunkleid, dicht an die Mauer geduckt, ein frisches Brot vom Bäcker geholt hat, ist schon in den Torweg gehuscht. Er ist ihren Augen entschwunden.

Die beiden bleiben noch eine Weile wartend stehen. Dann gehen sie stumm und in allerlei Gedanken versunken weiter.

XI

DER JUNGE HERR JANI

An einem Septembermorgen brachte der Ministeriums-
diener Frau von Vizy ein Telegramm, das ihr Mann schon
geöffnet hatte. Es enthielt nur vier Worte:
»Eintreffe heute abend János.«
Dieser János war der Sohn des Ferenc von Patikárius. Er
war einundzwanzig Jahre alt und trieb sich müßig in Eger
herum. Die Briefe seines Vaters an Herrn von Vizy drehten
sich oft um ihn.
János hatte bis zu seinem vierzehnten Lebensjahr das Mili-
tärrealgymnasium von St. Pölten besucht. Als sein Bruder
Sándor in den Karpaten gefallen war, nahm der Vater Jani
aus dem Institut und meldete ihn am Gymnasium von Eger
an. Der einzige Sohn, der ihm geblieben war, sollte sich für
einen bürgerlichen Beruf vorbereiten.
Diese vier Jahre in Eger mit ihren Kohlenferien und ihrer
lockeren Disziplin waren mit traumhafter Geschwindigkeit an dem Jungen vorbeigeflogen. Er sah, wie seine Lehrer, seine älteren Schulkameraden auszogen und von
heute auf morgen »auf dem Felde der Ehre« fielen. Auch
er wurde schnell alt genug für den Krieg. In der Prima
wurde er gemustert und ausgebildet. Er nahm in Uniform
am Unterricht teil und erwartete jeden Tag, eingezogen zu
werden. Aber dazu kam es nicht mehr. Die Revolution
brach aus. Da legte Jani das Kriegsabitur ab.
Die eiserne Disziplin des niederösterreichischen Militär-
institutes hinter sich, vor sich die Zügellosigkeit einer nie-

mandem bekannten Epoche, lebte er in den Tag hinein. Er wurde ein Salonlöwe, tanzte auf allen Hausbällen, machte allen Mädchen von Eger den Hof und spielte den Gelegenheitskomiker. Er träumte davon, Filmschauspieler zu werden. Zu etwas anderem hatte er keine Lust. Zwei Jahre lang wußte er nichts mit sich anzufangen. Studieren wollte er nicht.

Schließlich hatte Ferenc von Patikárius genug von dem Müßiggang seines Sohnes und wandte sich an den Schwager. Herr von Vizy sollte aus diesem Burschen, dessen Werdegang der Krieg abgeschnitten hatte, einen nützlichen Menschen machen. Vizy riet, Jani auf keinen Fall beim Komitat oder beim Staat als vornehmen Habenichts unterzubringen; der christliche Mittelstand müsse sich dem Geist der neuen Zeit anpassen, deshalb sei es das beste, einen praktischen Beruf zu suchen. Ferenc von Patikárius war der gleichen Meinung.

Vizy telephonierte mit einem ihm bekannten Bankdirektor, der versprach, Jani als bezahlten Volontär anzustellen. So blieb nur noch das Wohnungsproblem. Im Augenblick war in Budapest keine Wohnung zu bekommen. Frau von Vizy hatte Angst um ihre Zimmer und erklärte sich erst nach langem Widerstand bereit, den Neffen so lange aufzunehmen, bis eine entsprechende Wohnung gefunden war. Das mußte sie für ihren Bruder tun.

Am Abend wurde für drei Personen gedeckt. Aber Jani kam nicht. Vizys wunderten sich nicht sehr, es gab keinen unzuverlässigeren Menschen als Jani.

Am dritten Tag nach der Ankunft des Telegrammes, als Frau Vizy schon wieder vergessen hatte, daß sie Logierbesuch bekommen sollte, flog um elf Uhr vormittags mit einem riesigen Krach die Tür auf.

Jani kam wie der Wirbelwind hereingesaust.

»Tante Angela!«

»Jani!«

»Küß die Hand.«

»Servus, servus. Jetzt kommst du erst. So etwas. Wann bist du angekommen?«

»Gerade in diesem Moment, mit dem Eilzug, er hatte drei Stunden Verspätung.«

Sie sprachen durcheinander, schrien und kreischten im Sturm der verwandtschaftlichen Küsse, die Wiedersehensszene war viel lebhafter, als man so etwas auf dem Theater darzustellen pflegt. Frau von Vizy löste sich endlich aus den Armen ihres Neffen und strich sich das Haar glatt, das der wilde Junge durcheinander gebracht hatte. Sie schob ihn einen Schritt von sich ab.

»Warte, laß dich ansehen.«

Und sie betrachtete ihren Neffen.

Jani war weiß vom Scheitel bis zur Sohle, wie ein Konteradmiral. Er trug eine weiße Hose, ein weißes Jackett und weiße Sportschuhe. Er sah aus, als hätten die finsteren Zeiten nicht die geringste Spur an ihm zurückgelassen.

»Wie du gewachsen bist«, sagte Frau von Vizy in ungläubigem Ton.

Sie suchte noch immer den frühreifen kleinen Soldaten, der während der Ferien, wenn er für ein, zwei Tage Urlaub von der Kadettenschule bekommen hatte, zusammengekauert und schlafmützig am unteren Ende des Familientisches gesessen hatte, einen kläglichen kurzen Degen an der Seite.

Derlei Begegnungen nach Jahren machen uns etwas betroffen. Wir halten unsere abwesenden Bekannten gern an einem bestimmten Punkt fest, in einer bestimmten Situation, wie die Toten. Wir lassen die Zeit für sie stillstehen und machen uns mit frommer Selbsttäuschung glauben, daß diese Willkür unserer Phantasie, die liebe Menschen zu einer Fotografie erstarren läßt, auch für uns gelte und daß wir unterdessen auf dem Weg, der zur Vernichtung führt, nicht weitergegangen seien. Dann erkennen wir, daß wir uns betrogen haben, und in unserer Verwirrung lächeln wir, als sähen wir etwas Angenehmes und nicht das Unangenehmste.

So redete auch Frau von Vizy allerlei durcheinander. Sie blickte in die Vergangenheit und lächelte, weil sie sich erinnerte.

»Komm, ich will dir dein Zimmer zeigen. Hier kannst du vorläufig schlafen, auf dieser Couch.«

»Großartig«, rief Jani und streckte sich sofort aus.

Dann rollte er sich von der Couch herunter und stellte sich auf den Kopf. Geschickt auf den Händen balancierend lief er durch den ganzen Salon. Sein weißes Gesicht wurde rot von dem zu Kopf schießenden Blut, das Jackett fiel auseinander und ließ das feine Batisthemd sehen und das Taschentuch in der oberen Tasche, das taubenförmig zusammengelegt war.

Frau von Vizy rief:

»Hast du den Verstand verloren? Daß du mir nicht die Wohnung auf den Kopf stellst! Bist du denn immer noch so verdreht?«

»Ja, Tante Angela«, antwortete Jani, als er wieder auf den Füßen stand, und machte eine lustige Verbeugung.

Er begann zu pfeifen.

Frau von Vizy beobachtete ihren Neffen, den Wildfang; die Erinnerungen an seine einstigen Streiche tauchten auf, sie kamen mit dem Echo des längst verklungenen Familiengelächters und umfingen die Tante wie mit einem Mythos, den nur die Eingeweihten kennen.

Ein anderer – ein Fremder –, der den hageren jungen Burschen zum erstenmal sah, hätte ihn allerdings kaum für so gemütlich gehalten.

Jani hatte trotz seiner Beweglichkeit etwas Gemessenes,

das den Abstand zwischen ihm und den Menschen, mit denen er verkehrte, deutlich machte. Seine tadellose, peinlich elegante Kleidung betonte diese Zurückhaltung. Er war kräftig, muskulös, aber schmalbrüstig. Seine kleinen Hände waren trocken, er schwitzte nie, auch nicht bei der größten Hitze. Kurzgeschnittenes, rauhes Bronzehaar preßte sich an den regelmäßig geformten, aber auffallend kleinen Kopf, an dem die randlosen Ohren so locker flatterten, als seien sie aus Papier und nur angeheftet. Die schmalen Lippen ließen das Gesicht zähe und grausam erscheinen. Es war wie aus Holz geschnitzt, leblos und unregelmäßig, lauter launische Flächen übereinandergeschoben, seltsame Fünfecke, wie bei einer kubistischen Holzplastik.

Unvermittelt hielt er im Pfeifen inne.

Seine beiden Koffer wurden gebracht, prachtvolle englische Schweinslederkoffer.

Ernst geworden, machte er sich mit vollkommener Andacht und Hingabe an das Öffnen der Patentschlösser.

Was es da alles gab!

Elf Anzüge, Frack, Smoking, einen Wintermantel mit Opossumkragen, wundervolle Hemden, seidene Unterhosen, mit einem Pfeil bestickte Socken, Lackschuhe, bohemienhafte Halbschuhe, bei denen die Lederzunge bis an die Spitze zurückgeschlagen war, ein Maniküreetui, verschiedene Parfümzerstäuber und Glyzerinseife in weißen Kunststoffdosen, denn Jani vertrug keine andere Seife.

Auf dem Boden eines Koffers lagen auch zwei Bücher, *Perfekt Englisch – in einer Stunde* und ein völlig zerlesenes, mit vielen Eselsohren versehenes Exemplar von Frigyes Karinthys *So schreibt ihr…*

Tante Angela wollte beim Auspacken helfen, aber Jani erlaubte keinem Menschen, seine Kleidungsstücke anzurühren. Er brauchte nichts, er hatte sich sogar Bürsten mitgebracht. Jedes einzelne Jackett bürstete er aus, manchmal

schnippte er mit den Fingerspitzen ein Stäubchen vom
Stoff. Dann zog er die Hosen gerade, spannte sie in die
Bügel und hängte sie sorgfältig in den Schrank, den ihm
die Tante zur Verfügung gestellt hatte.

Seine Toilettensachen brachte er ins Badezimmer. Er begann sich zu säubern. Er wusch sich sehr lange, seifte sich
ein, duschte, fuhr sich, obwohl er sich am Morgen rasiert
hatte, mit dem prächtigen amerikanischen Rasierapparat
über das Gesicht, sprühte Kölnischwasser unter die Achseln, wechselte die Wäsche, zog den dunkelblauen Anzug
an, zu dem er die rostfarbene Krawatte wählte, und betrat
erfrischt, wie neugeboren das Eßzimmer, in dem ihn Onkel Kornél erwartete.

»Hallo«, begrüßte ihn Jani, »hallo, Onkel Kornél. How do
you do?«

»Servus, du Esel, wie geht's dir denn?«

Vizy gab ihm einen Klaps auf den Rücken und küßte ihn
dann nach dem Familienbrauch auf die rechte und die
linke Wange.

»Thank you, very well.«

»Was sagst du dazu«, sprach Frau von Vizy, »er hat Englisch gelernt. Er will nach Amerika gehen, nach Holly-
wood, als Filmschauspieler.«

»Zuerst wird er einmal zu Hause sein Brot verdienen.«

»Onkel Kornél hat dir eine Stelle bei einer Bank besorgt.«

»O yes«, nickte Jani.

»Hör zu, du Langohr, morgen früh gehen wir zusammen
zum Direktor, du mußt dich vorstellen.«

Er erklärte Jani die Bankangelegenheit, aber der konnte
nicht zuhören.

Onkel Kornél hatte an der linken Wange, gleich neben der
Nase, eine schokoladenbraune Warze, das einzige, woran
sich Jani noch genau erinnern konnte. Während Herr von

Vizy sprach, bewegte sie sich auf und ab, und Jani hatte wie in seiner Kinderzeit die Vorstellung, sie mit zwei Fingern packen zu müssen und so lange zu ziehen, bis sie abriß und der Onkel vor Schmerz aufschrie.

Tante Angela gab dem Mädchen Anweisungen wegen des Servierens. In dem weißen Kleid und dem blonden Haar leuchtete sie im Zimmer wie eine lange Kerze, die ein oberflächliches, mattes Licht verbreitet.

Jani betrachtete die beiden Leute, die für ihn nichts anderes waren als Personen in einer Komödie, die ihre Masken ganz zufällig gewählt hatten und sie trugen, weil es ihnen Spaß machte. Jani hatte nichts von der Teilnahme, die ein fremdes Leben als ebenso verhängnisvoll-notwendig empfindet wie das eigene. Er war vom unerbittlichen Nihilismus der Jugend erfüllt.

Solche Eindrücke verwirrten ihn, und er versuchte, sich von ihnen zu befreien. Er hüstelte und berichtete, daß Onkel und Tante nach Eger eingeladen seien, sie sollten bald kommen. Er fingerte an den Bestecken auf dem Tisch herum.

Sie setzten sich zum Mittagessen.

Jani saß dem Onkel gegenüber. Er hielt die Augen gesenkt, schielte aber hin und wieder zu Vizy hinüber, der seine Fleischbrühe löffelte.

Aber er löffelte nicht lange.

Plötzlich stieß er hervor:

»Was ist das?« Entsetzt hielt er seinen Löffel in die Höhe.

Frau von Vizy riß die Augen weit auf, als sähe sie ein unheilverkündendes Wunder.

Der Löffel war, als ihn Herr von Vizy in die Suppe getaucht hatte, kleiner geworden, immer kleiner. Schließlich zerschmolz er ganz, der Onkel hielt nur noch den Stiel in der Hand.

»Das warst du, du Nichtsnutz«, sagte er und zeigte auf den grinsenden Jani.

»Witzig, nicht wahr?«

»Eine Eselei. Wo hast du das her?«

»Aus Wien. Vorigen Monat habe ich es gekauft, als ich dort war. In einem Basar. Sieh her«, und Jani zog einen zweiten ähnlichen Wunderlöffel aus der Tasche.

Onkel Kornél war nicht böse, aber Frau von Vizy tadelte den jungen Mann.

»Sag mein Sohn, wann wirst du endlich zur Vernunft kommen, wann wirst du ein ernsthafter Mensch werden?«

Jani zeigte seine humoristischen Utensilien, die eine österreichische Firma zur Steigerung des allgemeinen Vergnügens und zur Erheiterung der betrübten Menschheit fabrizierte.

Er hatte ein Zigarettenetui, aus dem der ganze Inhalt heraussprang, wenn man nach einer Zigarette griff; Zigaretten, die wie Raketen explodierten und fürchterlich stanken; Streichholzschachteln, bei denen kein einziges Zündholz brannte; ein Likörglas voll gelben Kaiserbirnenlikörs, den man aber nicht trinken konnte, weil die Flüssigkeit von einer Glasplatte festgehalten wurde, dann einen miauenden Revolver und eine gedruckte Freikarte für die Straßenbahn, die den Inhaber dazu berechtigte, sich unentgeltlich vor jede beliebige Straßenbahn zu werfen.

Tante Angela jammerte, dieser Junge ändere sich nie. Schon als kleines Kind sei er so gewesen. Einem Domherrn aus Eger habe er den Stuhl weggezogen, als er sich setzen wollte, und als der Zaun gestrichen wurde, habe er einen kleinen weißen Hund so mit der Ölfarbe beschmiert, daß der sein Leben lang grün umherlaufen mußte.

Onkel Kornél versuchte von dem Kaiserbirnenlikör zu trinken, schoß den miauenden Revolver ab und ermahnte sei-

133

nen Neffen dann, es mit den Dummheiten genug sein zulassen, morgen fange die ernste Arbeit an.

Am nächsten Tag brachte er ihn mit dem Wagen in die Bank.

Sie fragten nach dem Generaldirektor, wurden aber zuerst an einen anderen Direktor verwiesen und kamen nur nach mancherlei Umständen in das Vorzimmer, das voll von Wartenden war.

Vizy schickte dem Generaldirektor seine Karte und bekam von ihm den Bescheid, er lasse um Entschuldigung bitten, ein bulgarischer Minister sei bei ihm, aber hinterher werde er sofort zur Verfügung stehen. Er ließ die beiden von seiner bebrillten Sekretärin in ein unansehnliches kleines Zimmer führen, in dem er seine Protektionsbesucher zu verbergen pflegte.

Einige Minuten später tauchte in einer Nebentür der Generaldirektor auf, ein untersetzter, kleiner, sehr muskulöser Jude. Er trug einen zerknitterten Anzug und rauchte seine Zigarre aus einer Spitze.

Er legte den Arm um Herrn von Vizy und Jani und führte sie in einen leeren Konferenzsaal, denn — wie er sagte — er mußte geradezu flüchten, wenn er einmal Atem schöpfen wollte. Während Vizy umständlich sein Anliegen vorbrachte und sich auf das liebenswürdige Versprechen des Herrn Generaldirektors berief, an das sich dieser nicht einmal mehr erinnern konnte, zog der Finanzmann einen Notizblock aus der Tasche, ließ sich von Jani einen Bleistift geben — wie interessant, er hatte nicht einmal einen Bleistift — und schrieb, ununterbrochen plaudernd und immer stärker rauchend, etwas auf. Dabei fiel ihm die Zigarrenasche auf die Weste, aber er schüttelte sie nicht ab. Dann reichte er den beiden die Hand und ging auf eine andere Tür zu, hinter der ihn schon ein Ausschuß erwartete.

Ein tadellos gekleideter Herr betrat den Konferenzsaal. Er war schon unterrichtet und drückte Herrn von Vizy und Jani strahlend die Hand, die noch warm war von dem zauberkräftigen Händedruck des Generaldirektors. Er brachte sie mit dem Fahrstuhl ins Erdgeschoß. Dann gelangten sie über eine eiserne Treppe in den Keller, in dem sich der Tresorraum befand.

Hier bekam Jani einen Schreibtisch zugewiesen. Er stellte sich seinen Kollegen vor und ging an die Arbeit.

Es war eine erstaunliche Welt. Jani bewunderte sie von Tag zu Tag mehr.

Das gewaltige Gebäude der Bank ragte feierlich und würdevoll wie eine Kathedrale inmitten des großen Platzes zum Himmel empor. Sogar die hoffärtigen, immer eiligen Autos warteten geduldig neben dem Bürgersteig, und die Fußgänger, die am Tor vorbeigingen, blickten mit ehrfürchtiger Neugier hinein, dämpften die Stimmen und zogen fast den Hut. Diejenigen, die draußen in der Stadt, im Leben, an nichts glaubten, waren hier gläubig, sie fühlten, daß es hier tatsächlich um etwas Höheres ging.

Der Portier mit der goldbetreßten Mütze bewachte selbstbewußt die Schwelle, halb noch draußen auf der Straße, halb schon im Heiligtum, umringt von der verdächtigen Menge der Bittsteller, die ohne Befugnis hineingelangen wollten. Er war der erste, der zu entscheiden hatte, wer würdig war, seinen Fuß über die Schwelle zu setzen, und entfernte ohne viel Lärm und taktvoll die hysterischen Armen. Denn so wie Jesus die Zöllner und Wechsler aus dem Tempel vertrieben hat, so duldete auch diese Kirche keine Ungläubigen, niemanden, der nicht von ganzem Herzen dem Geld diente.

Jani verweilte gerne in der Vorhalle, in dem mit grünem Marmor ausgelegten, goldgeschmückten Raum, in dem Glasmalereien die Sonnenstrahlen siebten. In der Ferne sah er nach zwei Seiten auseinanderführende dämmerige Treppen, getäfelte Säle, Empfangszimmer mit bequemen Sesseln und Sofas. Überall machten sich Überfluß und bedingungsloser Luxus breit. Paternoster ratterten. Im Kassenraum klapperten dreißig Schreibmaschinen, über hundert Beamte hockten in gläsernen Käfigen.

Dort, wo er arbeitete, im Tresorraum, brannten Tag und Nacht die Lampen, wie ein ewiges Licht zu Ehren einer Gottheit. Auf diese Abteilung, in der die Aktien und Wertsachen aufbewahrt wurden, gab man besonders acht. Einen halben Meter dicke Türen trennten die Räume voneinander, bei der geringsten Abweichung vom vorgeschriebenen Geschäftsgang schalteten sich Alarmglocken ein, und wenn es zu dämmern begann, erschienen im Korridor die Bankwächter mit elektrischen Taschenlampen. Die Kunden, die hierher kamen, brachten in kleinen Lederkoffern Devisen, Gold und Juwelen. Sie zogen sich in eine kleine Nische zurück, die an einen Beichtstuhl erinnerte. Still für sich, allein wie bei einer Prüfung ihres Gewissens, ordneten sie ihre Schätze, schlossen sie in eine Stahlkassette ein, die sie selbst im Safe unterbrachten. Lange Glockenzeichen unbekannter Herkunft ertönten, und nette kleine Grooms sprangen aus irgendeiner Tür hervor.

Über Jani aber herrschte, allgegenwärtig in einem Flügel des ersten Stockwerkes, er, den er zwar persönlich kannte, aber nur einmal gesehen hatte, der Generaldirektor, der immer hier und doch nicht da war, der nur für einen Augenblick auftauchte, sogar im Auto mit amerikanischen Finanzleuten verhandelte, unsichtbar im Lift hinaufflog, unsichtbar in sein Zimmer eilte. Rings um ihn klingelten die Telephone, sausten die Rohrpostbriefe, flogen die Telegramme in alle Welt, tummelte sich sein glanzvoller Stab: die Sekretäre wie Meßpriester, die Abteilungsleiter wie Pröpste, die Direktoren wie alte fette Bischöfe, während er selbst sich ins Allerheiligste zurückzog, persönlich an den Altar trat und vielleicht in dieser Minute ihn von Angesicht zu Angesicht schauen konnte, ihn, an den das zwanzigste Jahrhundert noch glaubte, seinen einzigen Götzen, den Gott des Goldes.

Wie interessant das alles war und wie solide. Jani hatte das Gefühl, an dem einzigen festen Punkt dieser erschütterten Welt angekommen und selbst ein Mitglied dieser Priesterschaft zu sein, ein Seminarist der neuen Religion. Plötzlich fühlte er sich erwachsen, selbständig.

Später hörte er, daß auch Józsi Elekes hier in der Bank war, oben im zweiten Stock, in der Devisenabteilung. Die beiden umarmten einander grölend im Korridor, zwei gute Freunde aus der Provinz. Sie verabredeten sich noch für denselben Tag in einem Musikcafé. Bis in die späte Nacht hinein saßen sie dort und konnten sich nicht trennen. Jani begleitete Józsi bis zum Wiener Tor, wo seine Eltern wohnten. Elekes ging mit ihm zurück in die Attilastraße. Das wiederholten sie so lange, bis ihnen der Gesprächsstoff ausgegangen war, ihr einziger Gesprächsstoff, die Frauen.

Józsi war in Eger im Gymnasium zwei Klassen höher gewesen als Jani, er arbeitete schon seit einem Jahr in der Bank und fühlte sich als Budapester. Er kannte die Gesellschaft. Vormittags besprachen nun die beiden über das Haustelephon der Bank immer ihr Programm für den Abend.

Jani hielt es für seine wichtigste Aufgabe, sich auch hier in Budapest einen Schwarm zu suchen. Ohne das konnte er nicht leben. Er kam sich vor wie noch nicht ordentlich eingerichtet, solange er kein Mädchen hatte, dem er den Hof machen konnte, das ihm das wichtigste von allen war, an das er abends vor dem Schlafengehen wie an die einzige Frau seines Lebens denken konnte. Er schwankte zwischen zwei Mädchen. Józsis Schwester und Ilonka Tatár. Schließlich entschied er sich für Ilonka.

Bei den Tatárs trafen sich hin und wieder nachmittags zehn bis fünfzehn junge Männer. Elekes machte Margitka den Hof, deshalb hielt sich Jani an Ilonka.

llonka war ein liebes, lustiges Mädchen, hübsch, aber etwas mollig. Man sah ihr an, daß sie einmal ebenso fett wie ihre Mutter werden würde.

Die ganze Liebe bestand darin, daß Jani, wenn er das Zimmer betrat, zuerst llonka ansah, ihre Hand etwas länger hielt und sie dann, gegen das Klavier gelehnt, bat, ein ungarisches Volkslied zu spielen. Er schickte ihr Blumen. Bevor er morgens in die Bank ging, konnte man ihn öfters in einem Christinenstädter Blumenladen sehen. Er schnupperte zwischen den Blumen umher, wandte sich einer weißen Levkoje zu, zeigte auf sie und ließ sie mit seiner Karte zu den Tatárs schicken.

Frau von Vizy war der Gast nicht so lästig, wie sie befürchtet hatte. Durch die Arbeit in der Bank wurde Jani ernster. Er ging schon um neun Uhr weg und kam um halb drei zum Mittagessen nach Hause. Nach dem Essen, wenn er am Tisch saß, sich Zigaretten stopfte und seine Nägel polierte, plauderte er mit Frau von Vizy.

Tante Angela neckte ihn: »Arme Ilonka.«

»Warum, Tante Angela?«

»Nur so, mein Junge. Weil ihr Männer nicht wirklich lieben könnt. Heute gefällt euch ein Gesicht, morgen ist es vergessen. Andere Städtchen, andere Mädchen. Ich kenne dich und deine Sorte. Verdrehe mir nur diesem Mädchen nicht den Kopf.«

Jani wurde rot und protestierte ein wenig. Es schmeichelte ihm, für so verdorben gehalten zu werden. Er machte geringschätzige Bemerkungen über die Frauen. Frau von Vizy tadelte ihn, aber sie bewunderte auch den jungen

138

Mann, ihren Verwandten. Sie las aus seinem Gesicht geheime Laster.

Gegen vier Uhr war er schon umgezogen. Er spülte den Mund mit duftendem Mundwasser und wartete auf Elekes. Der kam, aufgeputzt und mit einem Monokel im Auge, ihn abholen. Dann gingen sie, ihr Leben zu genießen.

Zu Hause kümmerte sich Jani um nichts anderes als um seine Kleidungsstücke. Er sah nichts, hörte nichts und vergaß, was er in der Hand hatte. Er wohnte nun schon seit drei Wochen hier, aber das Dienstmädchen verwechselte er noch immer mit dem aus Eger und nannte es Kati. Auf der Straße hätte er Anna nicht erkannt.

Dabei machte er ihr viel Arbeit. Jeden Morgen mußte sie um acht anklopfen und seinen Kakao in einer Tasse mit goldenem Rand, dazu ein Hörnchen und ein Glas Wasser auf den Stuhl neben der Couch stellen.

Der junge Herr wurde schwer wach. Er mußte eine halbe Stunde lang geweckt werden. Dann kleidete er sich hastig an, um nicht zu spät in die Bank zu kommen, warf das Wasserglas auf dem Stuhl, das Nachtgeschirr auf dem Fußboden um, wusch sich schnaubend, drehte die Hähne nicht zu, verursachte eine große Überschwemmung und tapste mit nassen Füßen über das frisch gebohnerte Parkett.

Wenn er weg war, mußte Anna noch einmal aufräumen.

Sobald das Pfeifen verstummt war — Jani trillerte nämlich ohne Unterlaß wie ein junger Vogel —, ging Anna ins Badezimmer, wo noch der Duft seines Parfüms schwebte. Betäubt stand sie in dem Dunst der Unwiderstehlichkeit. Sie räumte die Nagelfeilen, die kleinen Scheren weg. Einmal drückte sie auf einen der Zerstäuber. Kaltes Parfüm spritzte ihr ins Gesicht. Erschrocken stellte sie die Flasche auf ihren Platz.

Jani verkehrte sozusagen nur offiziell mit ihr. Wenn er mit Elekes ausging, rief er ihr von der Küchenschwelle aus zu, sie möge der Tante ausrichten, daß er dann und dann zum Abendessen nach Hause komme.

Eines Tages, es war spät am Nachmittag, war Anna allein. Sie stand im Flur und plättete. Auf dem Bügelbrett, das über zwei Stühle gelegt war, dampfte unter einem feuchten Tuch eine Hose.

Jani riß in aller Eile die Tür auf. Da der Eingang verbaut war, wollte Anna Platz machen. Aber Jani winkte ab, lief zur Tür zurück, nahm Anlauf und sprang über das Brett. An der Eßzimmertür wandte er sich um, um die Wirkung zu beobachten. Aber Anna plättete weiter, gleichgültig stand sie da, die Schenkel leicht gespreizt. Das Pepitakleid schmiegte sich eng an ihren Körper. Sie war barfuß.

Anfang Oktober lud Patikárius die Vizys zur Weinlese ein. Sie beschlossen, für vier Tage nach Eger zu fahren. Herr von Vizy nahm Urlaub. Zuerst sollte Jani mitfahren, aber er wollte nicht gleich in der ersten Zeit seine Arbeit in der Bank versäumen. Außerdem interessierten ihn Budapest, das Kino und die Tatárs mehr als die Weinlese. Frau von Vizy erklärte Anna genau, was sie in den vier Tagen für den jungen Herrn kochen solle.

An einem Mittwoch reisten sie mit dem Mittagszug ab.

Jani begleitete sie zum Bahnhof, denn obwohl die Vizys schon seit fünfundzwanzig Jahren in Budapest lebten, gaben sie viel auf das verwandtschaftliche Zeremoniell. Im Innersten waren sie Provinzler geblieben.

Sie stiegen in ein Abteil erster Klasse.

Vizy überschüttete seine Frau mit Aufmerksamkeiten, er besorgte ihr einen Fensterplatz, brachte ihr Mineralwasser und Zeitungen und fragte immer wieder, ob sie auch gut sitze. Tante Angela nickte.

Als sich der Zug in Bewegung setzte, wandte sie sich an ihren Neffen, der auf dem Bahnsteig stand, und trug ihm noch einmal auf, gut auf das Haus zu achten. Onkel Kornél winkte mit dem Taschentuch.

Jani riß den Strohhut vom Kopf und rief ihnen nach:

»Hipp, hipp, hurra!«

XII
WILDE NACHT

Noch rollte der Zug langsam, noch konnte man Tante Angelas Gesicht und Onkel Kornéls Taschentuch sehen, als Jani plötzlich – und auch für ihn selbst unerwartet – der Einfall kam, nicht, wie er beschlossen hatte, in die Bank, sondern nach Hause zu gehen und dort Anna zu nehmen.

Der Gedanke war so wollüstig und aufregend, daß Jani die Kehle trocken wurde. Er hielt sich an einem Eisenmast fest und sah auf die Bahnhofsuhr, die gerade zwölf zeigte. Tief atmete er den säuerlichen Geruch der schlechten Braunkohlen ein.

Draußen, vor dem Bahnhof, hatte er das Gefühl, in einer fremden Stadt anzukommen, in der tausend und abertausend Dinge auf ihn warteten. Er sah nichts von dem im Sonnenschein strahlenden Platz mit den bunten Menschen und der ernsten Baross-Statue, er sah nur Anna, wie sie im Vorzimmer auf dem über zwei Stühlen gelegten Bügelbrett plättete, in ihrem Pepitakleid, barfuß, mit leicht gespreizten Schenkeln. Die Sehnsucht packte ihn, sie von hinten zu umarmen und sie dann, wie man es mit Dienstmädchen macht, ohne Umstände hinzuwerfen wie einen Mehlsack.

Jani begann zu rennen. Die warme Oktobersonne brannte durch seinen Anzug. Er sprang in eine vorüberfahrende Straßenbahn, stieg aber schon an der nächsten Haltestelle wieder aus. Er pfiff einer Droschke, versprach dem Kutscher ein Trinkgeld und trieb ihn zu größter Eile an.

Die Fahrt kam ihm unendlich langsam vor. Jede Drehung der Räder dauerte ihm zu lange. Das Bild aber, das so plötzlich vor dem jungen Mann aufgetaucht war, verließ ihn nicht, es neckte ihn, bewegte sich, wurde lebendig wie ein Film: Anna stellte das Plätteisen hin, lächelte zweideutig und setzte sich auf seine Knie.

Aber im Flur waren weder sie noch das Plättbrett. Wo war das Mädchen? Jani sah verwirrt in die Küche.

»Ist das Essen fertig?«

»Schon jetzt?« fragte Anna vom Herd her. »Ich dachte...«

»Was dachten Sie?«

»Daß wir wie immer um halb drei...«

»So? Nein.«

»Es wird gleich fertig sein.«

»Sagen Sie, sagen Sie mir...«

»Bitte?«

»Was gibt es?«

»Eiersuppe.«

»Und?«

»Kalbsbraten.«

»Und dann?«

»Mohnnudeln.«

»Mohnnudeln«, wiederholte Jani mit gerunzelter Stirn. »Mohnnudeln.«

»Mögen der junge Herr keine Mohnnudeln?«

»Doch. Ich mag Mohnnudeln gern. Sehr gern sogar.« Er wußte nicht, was er da sprach, er plapperte vor sich hin. Sein Gehirn verrichtete unterdessen eine gewaltige Arbeit. Er verglich das Mädchen, das jetzt in einer ganz anderen Stimmung, in einem ganz anderen Kleid vor ihm stand, mit dem, das an jenem Nachmittag geplättet hatte, und versuchte, die Erscheinung von heute mit der von damals in Übereinstimmung zu bringen, sie seinem Verlangen anzupassen. Anna war nicht barfuß, sie hatte Schuhe an, auch das störte ihn.

Anna deckte im Eßzimmer für ihn allein, auf Onkel Kornéls Platz.

Er sah sich um, die gleiche Glut überfiel ihn wie vorhin auf dem Bahnhof. Minutenlang wagte er sich nicht zu bewegen. Er war allein, allein mit ihr.

Auf den Fußspitzen und sehr rasch lief er ins Schlafzimmer. Er suchte den Schlüssel in der Tapetentür, steckte ihn von der äußeren Seite in die innere und verschloß und öffnete die Tür nochmals. Von hier und vom Eßzimmer aus konnte man die ganze Wohnung abschließen. Die Flurtür hatte Milchglasscheiben, selbst am hellen Tage konnte man nicht hineinsehen.

Jani dachte über etwas nach. Er stieß an ein Kissen und fuhr zusammen. Als er an den großen Spiegel kam, blieb er stehen, sah hinein und dachte daran, daß dieser Spiegel auch die Körper zweier Menschen wiedergeben könne, die sich nackt umarmten und küßten. Er strich über ein Deckchen. Alles, was hier war, jedes Möbelstück und jeder kleine Gegenstand, war in seinen Plan eingeweiht, strahlte dessen prickelnde Spannung aus. Die verlassene Wohnung schien ihm nicht mehr das Heiligtum der Familie zu sein, sie glich einer Lasterhöhle, die schweigend, wie eine Spießgesellin, im voraus ihre Einwilligung zu allem gibt.

Er nahm respektlos die Mappe vom Schreibtisch, sah hinein, öffnete die Schränke, wühlte in ihnen, zerrte an den zugeschlossenen Schubladen, setzte sich auf alle Stühle, wälzte sich auf allen Sofas, auch auf Tante Angelas Chaiselongue, auf der er noch nie gelegen hatte. Er türmte Kissen um sich auf und legte seine Füße auf die weiße Seidendecke. Es war ihm gleichgültig, ob er sie schmutzig

144

machte. Er genoß den Gedanken, daß hier zwar alles den anderen gehörte, daß er aber damit machen konnte, was er wollte. Eine Art Rausch trieb ihn, ein junger, vandalischer Instinkt. Er stieß mit den Füßen an die Möbel, brach die Schlösser auf, er wollte alles beschmutzen, beschädigen, verwüsten und zerstören.

Er wollte schon beim Mittagessen beginnen. Anna brachte die Suppe. Sie sah ihn nicht an. Daraus schloß er, daß sie etwas ahnte. Beim Fleisch schien es ihm, als zucke ein spöttisches Lächeln um ihren Mund. Wenn er jetzt etwas sagte, würde sie nur lachen und so alles unmöglich machen. Deshalb schob er es bis zum Nachtisch auf. Aber auch da sagte er nur »Danke«.

Nach dem Mittagessen legte er sich verzweifelt und in ohnmächtiger Wut auf die Couch. Er bedeckte das Gesicht mit beiden Händen und verfluchte seine Dummheit. Er konnte nicht mit Frauen reden, besonders dann nicht, wenn ihm daran gelegen war. Er drückte sich entweder so verhüllt aus, daß sie ihn nicht verstanden, oder so plump, daß sie beleidigt waren und er wegen seiner Ungeschicklichkeit bis über beide Ohren errötete. Deshalb machte er meistens nur Witze. Bei Ilonka Tatár und den anderen kam er damit zurecht, aber bei Anna wußte er nicht, wie er es anfangen sollte.

Überhaupt bemerkte er an ihr verschiedene Kleinigkeiten, die ihn befremdeten. Ihr Haar war verkümmert, richtiges Bauernmädchenhaar, und endete in einem dünnen aufgesteckten Schwänzchen, denn schönes Haar, üppiges und volles, ist den Reichen und Auserwählten vorbehalten. Auf Annas Oberlippe entdeckte er flaumige Härchen, auf denen von der Küchenwärme ein Hauch perlenden Taues lag. Unter der Nase hatte sie einen kleinen Pickel. Sie war übertrieben mager, nur die Augen und die Zähne waren schön.

Um sich zu trösten und sich die Lust an dem Mädchen zu nehmen, hielt er sich unablässig diese Schönheitsfehler vor. Sie ist knochig wie ein Junge, hat einen Schnurrbart, sie schwitzt, hat Pickel unter der Nase, und dazu der dünne kleine Dutt! Aber je mehr er grübelte, um so klarer wurde ihm, daß alles vergeblich war. Sein Fieber legte sich nicht, sondern stieg. Die kleinen Fehler, die ihm das Mädchen anfangs so fremd, beinahe abstoßend hatten erscheinen lassen, brachten es ihm nur näher, machten es noch geeigneter für seinen Zweck. Wimmernd wälzte er sich hin und her und drehte sich auf die andere Seite.

Für Anna war es der erste Tag, an dem sie selbständig, ohne die Herrschaft, schalten und walten konnte wie eine Haushälterin. Sie fühlte sich glücklich. Nach dem Abwaschen nahm sie die Jacken und Hosen des gnädigen Herrn aus dem Schrank, um sie mit Benzin abzureiben. Sie wollte gerade mit dem Arm voller Kleidungsstücke zur Tür gehen, als sie den jungen Herrn auf der Couch sah. Er lag lang ausgestreckt, mit einem Glasrohr im Mund, dessen Bedeutung sie nicht kannte. Sie sprach ihn an.

»Sind der junge Herr krank?«

»Nein, nein«, Jani schrak auf und nahm das Fieberthermometer aus dem Mund. Er schüttelte es, ohne darauf zu sehen. »Ich dachte nur, ich hätte Fieber. Ich bin ein bißchen« – und das folgende Wort betonte er ohne jeden Grund besonders – »erkältet.«

Mit dem Verstand war er nicht bei dem, was er redete. Er überlegte.

Jetzt ist die Gelegenheit da. Einen Witz muß man machen, einen ganz gewöhnlichen Witz. Eine erschütternde, plumpe Schweinerei. Sie lacht auf, ist hin und fällt auf den Rücken. Dienstmädchen kriegt man mit so etwas herum. Einfach anspringen und ihr den Rock hochheben. Was kann schon geschehen? Schlimmstenfalls kann sie mir einen Klaps geben. Und wenn schon! Eine Jungfrau ist sie sowieso nicht mehr. Das sieht man. Kleine Brüste, die hängen. Das sind die richtigen, sagt Elekes. Sie wird trotzdem eine nette kleine Nutte sein, eine richtige Bauernhure.

Er versuchte, sich mit solchen und noch gemeineren Worten zu ermutigen, die ihm jetzt süß vorkamen und in der Kehle kratzten, als leckte er Honig aus einem Milchtopf. Er mußte husten.

Anna sagte:

»Ich könnte den Doktor Moviszter rufen. Um diese Zeit ist er zu Hause. Und hat noch keine Sprechstunde.«

»Nein, nein.« Jani lachte gezwungen. Er stützte sich auf den Ellenbogen und betrachtete das Mädchen.

Er überlegte sich:

Sie sieht mir in die Augen. Also habe ich mich beim Mittagessen geirrt. Sie ahnt nichts. Woher sollte sie auch? Sie versteht keine Anspielungen, dazu ist sie zu ungebildet. – Reden muß man, aber nicht so, etwas feiner. Schade um jeden Augenblick. Mache ich viel Umstände, wird nichts aus der Sache. Ein Tag ist schon verloren. Drei bleiben noch, Donnerstag, Freitag, Sonnabend. Sonntag ist es aus. Also los.

Er öffnete den Mund, jetzt wollte er ihr es sagen.

Aber es fiel ihm nichts ein.

Nur:

»Anna.« »Bitte.«

»Passen Sie auf, Anna. Ich gehe heute nicht aus, ich bin den ganzen Nachmittag zu Hause. Wenn ich klingle, kommen Sie sofort. Warten Sie«, fügte er hinzu, obwohl sich das Mädchen nicht gerührt hatte. »Ja, das war's, was ich Ihnen sagen wollte.«

Anna ging. Jani sprang auf und lief bis an die Eßzimmertür. Vor der Klinke scheute er zurück. Es wäre lächerlich gewesen, ihr jetzt in die Küche nachzulaufen, unmittelbar nachdem sie aus dem Zimmer gegangen war. Klingeln war ebenso dumm. Er überlegte es sich noch einmal und warf sich wieder auf sein Lager, das heiß war von der verfluchten Glut, die in ihm brannte.

Was war das? Er verstand es nicht.

Noch niemals hatte er so etwas empfunden, doch, einmal, ein einziges Mal.

Damals, nach dem Abitur, hatte er einen Ausflug nach Wien gemacht. Auf der Heimreise saß er allein in einem spärlich erleuchteten Abteil des Nachmittagszuges.

Der junge Mann preßte die Lider zusammen und suchte sich zu erinnern.

Kurz vor der ungarischen Grenze war eine Frau zugestiegen. Sie sah traurig aus und hielt eine große Hutschachtel auf dem Schoß, die oben im Netz keinen Platz gefunden hatte. Sie schien verlassen, verzweifelt und krank. Ihr Kleid war aus einem dicken, grauen Stoff, die Absätze der Schuhe schiefgelaufen. Jani wußte nicht, wer sie sein mochte, wie alt sie war, ob Frau oder Mädchen, ob sie deutsch oder ungarisch sprach. Aber von dem Augenblick an, in dem er sie entdeckt hatte, konnte er den Blick nicht mehr von ihr wenden. Der Zug rollte unter einem niedrigen, bleigrauen Himmel dahin. Langsam tropfte der Regen, er machte die Luft schwer wie in einem Dampfbad. Die Stimme des Schaffners, der die Stationen ausrief, erstarb in dem watteweichen Dunst. Bevor Jani die Frau hatte ansprechen können, stieg sie an der Grenzstation Bruck aus. Sie schleppte ihre Hutschachtel und watete durch die Pfützen, längs den matschigen Geleisen, der Regen durchnäßte sie, sie hatte keinen Schirm. Dann verschwand sie in der grauen Landschaft. Jani sah ihr lange durch das Fenster nach. Er hätte sein Leben dafür gegeben, ihr folgen zu dürfen, ihre Hand zu ergreifen und den müden Mund küssen. Dann zusammen mit ihr zu Abend essen, im Zimmer eines kleinen Grenzhotels, in dem es nur einen Tisch gibt, einen Nachtschrank und nur ein Bett. Am nächsten Tag hatte er das Ganze vergessen.

Elekes log offenbar, wenn er behauptete, daß es mit Dienstmädchen am leichtesten gehe. Mit ihnen schien es am schwierigsten zu sein.

Jani kleidete sich zornig um und ging fort.

Er wollte zu den Tatárs, aber an der Gemsentreppe kehrte er um und lief durch den Tunnel, ging von Buda nach Pest hinüber. Er setzte sich in ein Kino und sah sich einen italienischen Liebesfilm in sieben Akten an. Dann kaufte er sich eine Karte für eine Schallplattenaufführung von Wagners »Fliegendem Holländer«.

Inzwischen war es Abend geworden. Die Dunkelheit machte den jungen Mann mutiger. Er stellte sich vor, wie er das Mädchen einfach hinwerfen würde, mit einem wilden Schrei. Er raste die Treppe hinauf.

Aber die Küche war leer.

Er hatte das gleiche Gefühl wie ein Mörder, der mit dem Messer in der Hand in das Zimmer stürzt und sehen muß, daß das lange ausersehene Opfer entflohen ist. Jani warf sich verzweifelt auf den Küchenstuhl und sank über den Tisch. Es tat ihm schon wohl, daß er hier sein konnte, in der schäbigen Küche, in der noch der Benzingeruch umherschwebte.

Als Anna kam, erschrak sie.

»Wo waren Sie?« fragte Jani.

»Beim Fleischer, ich habe ein Kotelett zum Abendessen gekauft.« Anna nahm das in Zeitungspapier eingewickelte Fleisch aus der Einkaufstasche und hielt es Jani hin.

»Ich brauche kein Abendessen«, lehnte der junge Mann ab. »Ich esse nichts, ich trinke nur Kaffee.«

Er trank seinen Kaffee, dann stellte er sich ans Fenster und sah in die Nacht hinaus.

Um zehn Uhr schloß Ficsor das Tor zu. Frau Moviszter brach ihr Klavierspiel ab, das Haus wurde still. In der Küche war es dunkel.

Der junge Mann zog sich aus und machte das elektrische Licht aus.

Eine Weile stand er in seinem Nachthemd im Dunkeln. Es war unbestimmt, was er tun würde.

Er ging einen Schritt. Die Holzquadrate des Parketts knarrten so laut, daß jeder im Haus es hören konnte. Und jedem mußte klar sein, was Jani vorhatte. Er trat auf seinen vorigen Platz zurück.

Wieder zögerte er, dann ging er, Meter um Meter behutsam tastend vorwärts, so vorsichtig, als bewege er sich auf den Feldern eines Schachbretts bei der Entscheidung eines Meisterspiels. Der Fußboden knatterte wie ein Maschinengewehr.

Da begann er mit zusammengebissenen Zähnen zu laufen. Jetzt war es ihm gleich, was man über seinen nächtlichen Ausflug denken mochte. Die Klinken knarrten, und die Türen quietschten.

Er stand in der Finsternis der Küche. Mit ausgestreckten Händen ging er auf die Wand zu. Er hatte keine Ahnung, wo das Bett war, das er suchte.

»Schlafen Sie?« fragte er leise, mit unsicherer Stimme.

»Nein«, antwortete Anna sofort hellwach.

»Ich dachte«, stammelte der junge Mann, »ich dachte, Sie schliefen schon.«

Jetzt fand er das Bett.

Mit einer Kühnheit, die ihn selbst erschreckte, setzte er sich an den Rand.

Ein Geräusch wurde vernehmbar, das Rascheln von Stoff, zögernde Bewegung.

Anna setzte sich im Bett auf. Erst jetzt wurde ihr bewußt, daß sie sich nicht getäuscht hatte, und daß das, was ihr unglaublich erschienen war, diese Stimme, die im Dunkeln »Schlafen Sie?« gefragt hatte, Wirklichkeit war.

»Nehmen Sie es bitte nicht übel«, sagte Jani mit erstickter Stimme.

Anna saß aufrecht im Bett, einfach und ehrbar, wie ein Kranker, der darauf wartet, daß ihn der Arzt untersucht.

Sie verstand nicht ganz, was vorging.

Sie hatte schon gehört, daß die gnädigen Herren zu den Dienstmädchen kommen, daß ein Mädchen die Geliebte des Herrn werden kann und auch, daß die eine und die andere dann ein Kind bekommt. In Kajár gab es ein Mädchen, das ein Budapester Rechtsanwalt in Schande gebracht hatte. Das wußte Anna, und auch vieles andere, von dem sich die Mädchen erzählen. Daß es aber so einfach geschehen konnte wie jetzt, erfüllte sie mit einfältigem Staunen.

»Haben Sie Angst?« fragte Jani, noch immer auf der Bettkante hockend. »Wenn Sie Angst haben, gehe ich wieder.«

Anna hatte Angst, ein bißchen. Aber sie empfand die Annäherung des jungen Herrn als Ehre und hatte davor, daß er wieder gehen könnte, größere Angst als vor dem, wovor sie eigentlich Angst hatte.

»Nein«, antwortete sie.

Jani legte sich in das eiserne Bett. Aber nur an den Rand, beinahe auf die Kante. Anna zog sich an den anderen Rand zurück.

Zwischen ihnen war so viel Raum, daß noch ein Dritter Platz gehabt hätte.

Aber sie lagen schon unter einer gemeinsamen Decke, der unüberzogenen weinroten Wolldecke, die Jani, obwohl sie Tante Angelas Eigentum war, als so fremd und beschmutzt empfand wie die Decke eines Pockenkranken.

Er zog sich die Decke bis an den Mund.

Wundervoll war diese unerlaubte Glut. Er glaubte, Fieber zu bekommen und zu verbrennen wie in einem Feuer. Mit genießerischer Langsamkeit schob er die Beine vor, irgendwohin in die Dunkelheit, in die unbekannte Tiefe des Dienstbotenbettes, in der er Schmutz ahnte und Blut, etwas Abscheuliches wie Wanzen und Kröten. Mit zitternden Fingern streichelte er das zerschlissene Baumwolllaken.

Er bewegte sich, wälzte sich hin und her wie auf einem Kehrichthaufen, um so schmutzig wie möglich zu werden. Er ging auf in diesem Bett, wurde eins mit ihm.

Zu seinen Füßen raschelte etwas, ein schwarzer Fleck geriet in Bewegung.

Erschrocken fragte Jani:

»Was ist das?«

»Das Huhn. Husch«, machte Anna und jagte das Huhn vom Bett. Es flog in eine Ecke und schlief dort stehend ein.

Der junge Mann näherte sich dem Mädchen, langsam, Fingerbreite um Fingerbreite, glitt er heran und konnte die Wonne kaum ertragen.

Es bedurfte keiner Steigerung mehr.

Er legte die linke Hand auf die Brust des Mädchens.

Anna wehrte sich nicht.

Eine beginnende angenehme Wärme erfüllte sie: die Liebe.

Sie wußte, was mit ihr geschah. Zu Hause im Dorf hatten sie die Burschen schon oft in den Arm genommen und zum Scherz in die Brust gekniffen.

Trotzdem lachte sie laut und gesund auf:

»Wenn sie das sehen könnten!«

»Wer?« schrak Jani auf. Rasch nahm er die Hand von Annas Brust und lauschte nach dem Treppenhaus, wo eine Tür zuschlug. »Der Onkel, die Tante?«

»Nicht die Herrschaften.«

»Wer dann?«

»Die Fräulein«, lachte Anna von Herzen, kokett und spöttisch. »Die vornehmen Fräulein.«

»Pah«, machte Jani, dem das schmeichelte. »Was gehen die mich an.« Das sagte er so überlegen, als könne er mit einer einzigen Handbewegung tausend und abertausend nach seiner Liebe schmachtende Burgfräulein zum Tode verurteilen. »Ich will von denen nichts wissen, weder von denen, noch von den Damen. Ich habe schon genug vornehme Frauen gehabt«, und er übersetzte in die Dienstbotensprache: »Gnädige Frauen, hochwohlgeborene Frauen. Aber ich will Sie haben. Sie sind schön.«

»Warum haben Sie das nicht gleich am Morgen gesagt, junger Herr?«

»Sie haben es also doch bemerkt? Nicht wahr, als ich vom Bahnhof zurückkam? Oder beim Mittagessen? Nicht wahr, schon am Morgen?«

»Hätten Sie es gleich am Morgen gesagt, dann wäre ich wenigstens den ganzen Tag schön gewesen.«

»Nein«, bat Jani, dem dieser häßliche Spaß einen Stich versetzte, »nein, Sie sind schön«, und heiser vor Begierde beteuerte er: »Ich schwöre es Ihnen.«

»Das ist Sünde, junger Herr«, tadelte ihn das Mädchen.

»Weshalb sollte es Sünde sein?«

»Man darf nicht wegen jedem Kohlkopf schwören...«

Jani nahm sich vor, dem nun ein Ende zu machen. Der grobe Bauernscherz, die Späße schienen seine feine und müde Herrensehnsucht verhöhnen zu wollen, die sich nach Stille sehnte, um sich dort zu vollenden, reif zu werden wie in einem Glashaus.

Wieder streckte er die Hand nach den Brüsten des Mädchens aus.

Anna entzog sich ihm mit einer Bewegung.

»Schweigen Sie doch, Liebste«, flehte Jani und plapperte, nur um nicht das Lachen des Mädchens hören zu müssen, das er als gemein, als verletzend empfand. »Lachen Sie nicht, sprechen Sie nicht, sagen Sie kein Wort, hören Sie zu, ich tue Ihnen nichts. Ich schwöre es. Sie sind schön. Ich liebe Sie. Sie allein. Dich«, flüsterte er ihr ins Ohr, »dich«. Und das kurze Wort, das zwei Menschen völlig vereint, berauschte ihn so, daß er am Gaumen eine Fieberblase bekam, »Dich, dich, sage ›du‹, sag du auch ›du‹, sag doch ›du‹, du…«

Anna sagte es nicht. Sie dachte über die unermeßliche Entfernung nach, die dieses kleine Wort überbrücken sollte.

Janis Augen gewöhnten sich an die Dunkelheit, er konnte die Umrisse der Gegenstände unterscheiden. Er sah Anna, ihre weißen Brüste schimmerten und erhellten die Nacht ringsum.

Er fragte sie aus. Ob sie schon einen Liebhaber gehabt habe und wen, was sie wußte, was sie nicht wußte. Anna gab kurze, nicht eindeutige Antworten, dann aber sagte sie überhaupt nichts mehr. Ob sie jetzt beleidigt war, weil er vorhin gesagt hatte, sie solle still sein?

Der junge Mann wollte es so verstehen, als habe das Mädchen schon viele Liebhaber gehabt, als sei es schon völlig verdorben. Um so besser, dachte er. Und er begann, sie zu bestürmen, er schmeichelte, wurde grob.

Anna wehrte seine ungeschickten Angriffe mit Leichtigkeit ab. Als er sie aber plötzlich umfassen wollte, stieß sie ihn zurück, daß das Bett krachte.

»Nein«, sprach sie hart.

»Aber warum?«

»Eben so. Das darf nicht sein.«

»Hören Sie mich an…«

»Lassen Sie mich endlich. Gehen Sie zu den feinen Fräulein. Lassen Sie mich in Frieden.«

Sie sagte nicht einmal mehr ›junger Herr‹ zu ihm, als sei im Bett das Dienstmädchen zur Herrin geworden.

Jani bohrte den Kopf in das bunte Kissen, er kaute am Überzug, Speichel und Tränen verschmierten ihm das Gesicht. Er schluchzte bitterlich.

Und legte sich auf den Bauch.

Da schlang sich plötzlich ein Arm um seinen Nacken, drückte ihn an sich, so fest, daß es fast weh tat. Er bekam keine Luft, langsam versank er in der Wonne, er ließ es zu, daß er in dieses Laue, Ermattende gepreßt wurde und unten, in der Tiefe, erstickte wie in einem ungeheuren Bottich gezuckerter Milch.

Stark war das kleine Bauernmädchen und noch magerer, als er sich vorgestellt hatte. Nicht das geringste Fleisch fühlte er an dem Körper, nur Sehnen und Muskeln, die feinen Umrisse des Skeletts und den Beckenknochen, den Schmelzofen, den geheimnisvollen Krater der Schöpfung.

Sie erstarben in diesen Umarmungen und auferstanden wieder und wieder. Sie sprachen kaum ein Wort.

Nach Mitternacht hielt ein Wagen vorm Haus. Jemand klingelte, und der Hausmeister öffnete das Tor.

Flüsternd rieten sie, wer der späte Besucher sein könne.

Er ging an ihrer Tür vorbei hinauf in den zweiten Stock. Es wurde an einer Tür gerüttelt, dann hörten sie Moviszters Stimme. Einige Minuten später kamen zwei die Treppe hinunter, der Arzt setzte sich mit in den Wagen, der davonfuhr. Moviszter war zu einem Kranken gerufen worden.

Gegen Morgen bemerkte der junge Mann das kleine Lämpchen oben an der Brandmauer und fragte Anna, wer dort wohne. Dann schlich er auf demselben Weg, auf dem er gekommen war, zurück zu seiner Couch.

Es dämmerte noch nicht.

Voll von Glückseligkeit warf sich Jani auf sein Lager. Endlich war es geschehen. Es war schrecklich und wundervoll zugleich gewesen. Er war davon überzeugt, daß er allein dastand und daß noch kein Mensch seit Erschaffung der Welt eine ähnliche Sünde begangen hatte. Aber sie gefiel ihm, und er bekannte sich zu ihr.

Ilonka Tatár schlief jetzt sicherlich. Ihr Vater hatte einen Bart. Gegen Ende der Jours kam er immer zu den jungen Männern, plauderte gemütlich mit ihnen und aß von der übriggebliebenen Torte. Die Mama überprüfte mit treffsicherem, verbietendem oder zustimmendem Blick, wie weit die jungen Leute gekommen waren.

Jani lachte auf. Nun verstand er, warum es ihm immer so vor den Mädchen gegraut hatte und weshalb er so glücklich gewesen war, wenn er nach seinen Ritterdiensten allein und pfeifend durch die dunklen Straßen hatte nach Hause laufen können.

Aber die da hatte niemanden, den er kannte. Sie war fremd wie ein wilder Vogel.

Im grellen Licht zwischen Wachsein und Schlaf verwunderte ihn noch etwas. Er staunte darüber, daß das alles war, und daß die wichtigste Sache im menschlichen Leben, die die Erwachsenen so sorgsam vor den Kindern verheimlichen, so kindisch, so spielerisch und so närrisch war.

Er nickte, und über seine Lippen zuckte – das Abbild seiner Gedanken – ein Lächeln, das strahlend war und abscheulich zugleich.

XIII
LIEBE

Jani saß unter der Erde in seinem Tresorraum. Über der Bank lag der trübe Morgen der Büros.

Der Prokurist schickte ihm ein Blatt, auf dem eine Zahlensäule emporragte, hoch wie ein Wolkenkratzer in New York. Jani sollte die Zahlen addieren.

Er klomm mit dem Bleistift von Stockwerk zu Stockwerk, aber er verirrte sich, immer wieder mußte er von unten anfangen. Schließlich hatte er genug von der Arbeit und schob sie ungeduldig beiseite. Er starrte auf das Fenster.

Da fiel ihm Annas Mund ein.

Er hatte ihn noch nicht einmal geküßt.

Wenn sich in der Nacht ihre glühenden Gesichter einander genähert hatten, hatte Jani den Kopf abgewandt, es graute ihm davor, den Mund zu berühren, der nur ein Dienstmädchenmund war.

Nun erschien es ihm wie eine aufregende, den Besitz des ganzen Leibes weit übertreffende Wonne, sich zu demütigen, Annas blasse, aufgesprungene Lippen zu küssen, sie mit dem Mund zu öffnen und sie nicht loszulassen, ehe sie sich nicht in seinem Atem spalteten, sich lösten und zergingen wie eine wohlschmeckende südliche Frucht.

Er nahm seinen Hut und lief davon.

Das Mädchen stand im dunklen Badezimmer.

»Bleib«, keuchte er und küßte sie.

Der Kuß war kühl und seltsam. Er konnte seiner nicht satt werden.

Wieder und wieder drang er gierig in diesen Mund, brach wild durch das Tor der Zähne und fand die Zunge, die ihn mit einem sonderbaren Geschmack von betäubender Würze überraschte.

»Mehr«, rief er laut, »noch mehr«, wie ein unersättliches Kind, das, während es seine Erdbeercreme löffelt, bereits eine neue Portion verlangt.

Anna, die ihn jetzt zum erstenmal seit der Nacht ansah, preßte sich rot vor Scham und beinahe ohnmächtig vor Glück an die Blechwand der Badewanne. Er konnte mit ihr tun, was er wollte. Sie hatte wie gewöhnlich um acht Uhr seinen Kakao gekocht und in der Tasse mit dem Goldrand auf den Stuhl gestellt. Der junge Herr hatte den Kakao getrunken und war gegangen. Sie hätte es für ganz natürlich gehalten, wenn Jani sie nicht mehr beachtet und über das Vorgefallene nicht mehr gesprochen hätte. Was jetzt geschah, überraschte sie weit mehr, als daß er in der Nacht zu ihr gekommen war.

»Warum küßt du mich nicht wieder? Weshalb sagst du nichts? Du liebst mich nicht. O du, ich … du«, er stammelte die verhängnisvollen Tauschworte der Liebe.

Als er, für den Augenblick gesättigt, von ihren Lippen sank und Atem holte, lief Anna hinaus.

»Warte doch!« Jani lief ihr nach und küßte sie auf dem Flur noch einmal.

Und dann in der Küche. Hier hatte der Kuß einen neuen Geschmack.

»Vors Fenster«, befahl Jani. »Hierher in die Ecke. Neben den Schrank, ans Licht. Ich will dich ansehen, du mußt mich auch ansehen.«

Und er betrachtete sie mit ungewöhnlicher Aufmerksamkeit.

Das Auge ist der entfernteste Ausläufer des Gehirns, ist selbst ein sehendes, befreites Gehirn auf der vordersten

Front des Schädels, das einst im Rausch der Erkenntnis, bei der kosmischen Revolution des Seins, zwei Löcher in die Knochenmauer riß und nun durch diese Breschen in die Außenwelt hinausspäht, um zu erfahren, was das Ziel der Schöpfung ist.

Diese vier Augen aber sahen nur in sich hinein, suchten, forschten, wollten voneinander Licht und Seligkeit erfahren.

»Und jetzt«, sagte der junge Mann, »berührst du mich nicht. Ich dich auch nicht. So.«

Er legte die Arme nach hinten. Der einzige Berührungspunkt zwischen den beiden Körpern war der Mund.

Anna gehorchte ihm, wie sie ihm gehorcht hätte, hätte er eine Bürste oder einen Schuhanzieher verlangt.

Am nächsten Tag ging Jani nicht in die Bank. Er rief an und sagte, er sei krank, er habe Angina.

Er zog sich gut an, die weiße Hose mit einem hübschen Ledergürtel, und lief ohne Jackett umher, nur im Hemd. Der ganze Tag gehörte ihnen. Manchmal klingelte es, eine Rechnung wurde gebracht, die Anna bezahlte, oder ein Brief. Sonst waren sie ungestört.

Anna kam mit der Kehrschaufel, ein buntes Tuch um den Kopf. Sie sah sehr hübsch aus, wie eine Operettenprimadonna, eine Soubrette, die das ewig Weibliche, das Stubenkätzchen nachahmt.

Jani verlangte es nach Annas Hand, nur nach ihrer Hand.

»Gib mir die Hand«, sagte er.

»Wozu?«

»Nur so.«

»Sie ist schmutzig«, und Anna begann sich die Hand in ihrer Schürze abzuwischen.

Aber der junge Herr hatte sie schon ergriffen. Er faßte sie zart, wie einen Schmetterling, streichelte diese Hand, die dazu berufen war, jeden Schmutz zu berühren, umschloß sie mit seinen weichen, gepflegten Fingern, preßte sie zusammen. Es war etwas unvorstellbar Süßes an der rauhen Berührung dieser schwieligen Hand. Dann nahm er alle Finger einzeln und küßte sie, besah sie sich mit der Verwirrung des Verliebten, der nicht weiß, was er mit der anfangen soll, die er liebt.

Plötzlich nahm er Annas ganze Hand in den Mund.

»Was tun Sie?« rief das Mädchen empört. »Schämen Sie sich nicht? Lassen Sie mich los«, und sie riß die Finger aus seinem Mund.

Blutrot rannte sie in die Küche, ihre Festung, und schmollte dort.

Sie verstand das alles nicht.

Als in der Nacht der Fußboden unter seinen bloßen Füßen geknarrt hatte, hatte sie sich gefreut, daß er kam, sie hatte es nicht geleugnet, ihm Platz gemacht. Aber diesen Unsinn bei Tag konnte sie nicht ertragen.

Sie verstand nicht, daß der junge Mann nun rückwärts ging auf der Leiter der Liebe, um sich ihr, die er schon ganz gehabt hatte, nun auf einem anderen Wege zu nähern, und jeden Tag eine Stufe tiefer stieg vom Himmel zur Erde.

Sie verstand vieles nicht.

Nach dem Kuß und dem Händedrücken kam der Augenblick, in dem er sie zu siezen begann. Er bat sie, ihn nun nicht mehr ›junger Herr‹, sondern einfach ›Sie‹ zu nennen. Er wiederholte leise ihren Namen, den schönsten Frauennamen, der ein ewiges Versprechen ausdrückt. Er konnte Stunden bei ihr sein, ohne ein anderes Wort zu sprechen. Ehe er sie küßte, fragte er sie demütig, ob er es dürfe.

Er kam mit allerlei Narrheiten. Sie mußte sich ständig umziehen. Er schickte sie hinaus, sie sollte das Pepitakleid anziehen und barfuß bleiben, dann wollte er sie in ihrem Kat-

tunkleid und den Schnürschuhen sehen. Man wurde nicht
aus ihm klug. Einmal verlangte er, sie solle Frau von Vizys
Abendmantel auf den bloßen Körper anziehen. Aber das
tat sie nicht.

Er sprach so viel, daß ihr der Kopf summte. Er kniete vor
ihr nieder, legte sich auf den Fußboden und erzählte ihr:
um Mitternacht, wenn das ganze Haus schläft, würden sie
in den Garten laufen und bis zum Morgengrauen zwischen
den Fliederbüschen und Eschenbäumen lustwandeln. An
einem Abend wird er einen Wagen nehmen, sie werden
aus der Stadt hinaus fahren und in eine Vorstadtschenke
gehen. Dort werden sie essen, und der Schankbursche wird
denken, sie ist seine Braut. Später wird er sie nach Amerika
mitnehmen, Lackschuhe mit hohen Absätzen für sie kaufen, lange, bis über die Knie reichende Seidenstrümpfe
und einen glitzernden Tüllrock, wie ihn die Schauspielerinnen tragen. In einem Auto werden sie durch die Straßen
New Yorks sausen, Mund an Mund. Anna zuckte nur mit
den Achseln und lachte.

Am Freitagmittag ließ der junge Herr für zwei Personen
decken. Als Anna den ersten Gang brachte, verlangte er,
sie solle mit ihm essen, wenigstens einen einzigen Bissen
mit ihm teilen, ihm gegenüber Platz nehmen. Aber Anna
hätte sich um keinen Preis in den Zimmern der Herrschaft
hingesetzt.

Nur nach sehr langem Bitten und Flehen war sie zu bewegen, einmal bei Tage zu ihm auf die Couch zu kommen. Es
war am letzten Tag, am Sonnabendnachmittag.

Jani ließ die Jalousien herunter und brannte alle Kronleuchter an, als ob es Nacht wäre.

Im Badezimmer bespritzte er Annas Körper mit seinen
Parfüms. Das Mädchen stand ernst in der Duftwolke und
schrie nur leise auf, als die kalte Flüssigkeit sie an der Brust
kitzelte und ihr über den Bauch lief.

Dann gingen sie in den Salon. Jeden Fußbreit weihten sie mit ihren Küssen. Ihre Pilgerfahrt endete auf der Couch.

Gegen sieben Uhr zündete sich Jani eine Zigarette an. Er hatte Verlangen nach etwas Neuem.

»Anna«, sagte er gähnend, »bringen Sie mir das Telephon.«

Das Mädchen holte den Apparat mit der sechzehn Meter langen Schnur, die wie eine tote Riesenschlange herunterhing.

»Danke«, sagte Jani, der schon den Hörer abgenommen hatte. »Sie können gehen.«

Er rief Józsi Elekes an.

»Bist du es?... Na, schön von dir... du läßt dich ja überhaupt nicht sehen... Ich bin seit drei Tagen nicht mehr in der Bank gewesen... Nein, mein Lieber, nein... Etwas anderes... eine viel größere Sache... Ich werde es dir natürlich erzählen... Jetzt geht es nicht... Gut, komm du her... aber sofort... Einverstanden... ich erwarte dich... hallo, hallo... Was sagst du?... Ich verstehe nicht... Du mich auch... Dummkopf!«

Jani warf den Hörer auf die Gabel, lächelte über den kühnen Wunsch, den er so geschickt abgewehrt hatte, brachte sich in Ordnung und setzte sich ans Klavier. Er klimperte den einzigen Schlager, den er kannte, einen modernen Onestep, und summte den Text dazu:

> »You made me love you,
> I didn't want to do it,
> You made me want you
> And all the time you knew it...«

Elekes klopfte an die Tür, aber er sang weiter:

»You made me happy,
Sometimes you made me glad,
But there were times, dear,
You made me feel so bad.«

»Nun?« fragte der Freund. »Du warst nicht krank?«
»Nein«, antwortete Jani.
»Du siehst aber sehr schlecht aus.«
»Wirklich?« Jani stellte sich vor den Spiegel.
Seine Augen waren blutunterlaufen, die Wangen totenbleich. Das freute ihn.
»Schon möglich«, sagte er. »Mir tut auch der Kopf weh.«
»Dein leerer Kopf«, fuhr Elekes auf, der sich keine Gelegenheit zum Geistreichsein entgehen ließ. »Was in ihm tut denn weh?«
»Sei nicht albern, Elekes. Es ist eine ernste Sache.«
»Hast du dich verliebt?«
Statt zu antworten, setzte sich Jani auf die hohen Tasten des Klaviers, die unschicklich und häßlich aufkreischten.
»Mädchen oder Frau?« fragte Elekes. »Wo hast du sie aufgegabelt?«
»Bei Gerbeaud.«
»Anständige Frau?«
»Schauspielerin.«
»Aha. Wo spielt sie?«
»Mal hier, mal da. Sie tanzt.«
»Wann hast du sie herumgekriegt?«
»Mittwoch abend. Ich habe sie im kleinen Saal angesprochen. Mein Lieber, das ist eine Puppe, ein Dämon. Sie ist sofort mitgekommen. In ihrem Auto, sie hat ein Auto. Sie ist meine Geliebte.«
»Und wo trefft ihr euch?«
»Hier.«
»Hm.« Elekes überlegte und lächelte vor Neid. »Du Trau-

erkloß, da hast du aber Glück gehabt. Sie kommt hierher?«

»Jeden Tag, seitdem die Alten weg sind. Jede Nacht. Und auch bei Tag. Eben ist sie weggegangen. Vorhin, als ich dich anrief, war sie noch da. Hier«, und er zeigte auf die Couch.

Elekes schnupperte, er roch den Duft des Orchideenparfüms, sah die erleuchteten Zimmer. Es kam ihm gar nicht so unwahrscheinlich vor.

»Mollig?«

»Schlank.«

»Blond?«

»Kastanienbraun.«

»Wie heißt sie?«

»Gib mir dein Ehrenwort«, sagte Jani, und während er die Hand des Freundes drückte, bemühte er sich, etwas Ungeheuerliches zu erfinden, aber es fiel ihm nichts ein. »Marianne, dear Marianne«, seufzte er.

»Nun ja«, sprach Elekes anerkennend, »sie scheint ja eine ganz gute kleine Maus zu sein. Sei aber vorsichtig, fall nicht herein«, ermahnte er den Freund, »die sind meistens hysterisch.«

»Ich weiß. Und wie hysterisch! Stell dir vor, wenn ich sie küsse, schielt sie, spricht wirres Zeug. Und denk dir, Elekes… Du, hörst du zu?… Was glaubst du, wenn ich…«

Elekes hörte zu, dazu verpflichtete ihn die freundschaftliche Gegenseitigkeit, Jani mußte ihm in einem ähnlichen Fall auch zur Verfügung stehen.

Plötzlich riß Jani die Augen auf, er verstummte.

Während er erzählt hatte, war Anna ins Zimmer gekommen. Sie meldete, daß der Tee fertig sei.

Jani warf einen Blick auf das Mädchen, dann auf Elekes, der sich ebenfalls nach Anna umgewandt hatte.

Jani dachte: Jetzt wird Elekes ganz bestimmt laut lachen,

auf das Mädchen zeigen, nach seiner genauen Schilderung die »Schauspielerin« erkennen und die ganze Aufschneiderei entlarven.

Aber nichts dergleichen geschah.

Elekes drückte seine Zigarette im Aschenbecher aus und ging mit Jani zum Teetisch. Das verstimmte Jani.

Die gleiche graue, gestaltlose Traurigkeit befiel ihn, die zu kommen pflegte, wenn er allein war.

Da er aber Traurigsein keinen Augenblick ertragen konnte und sich erregt dagegen wehrte, die Ursache zu begreifen oder sich dem Gefühl hinzugeben und es auszukosten, griff er wie ein Morphinist, der seine Qualen durch eine Injektion beendet, nach künstlichen Mitteln. Er füllte hastig Kirschwasser in die Gläser, stieß mit dem Freund an, trank und pfiff. Dann holte er sein Lieblingsbuch, las daraus vor und belustigte sich darüber, wie ihm unbekannte Dichter mit bloßgelegtem Gehirn und verrenkten Gliedern hinter ihren besudelten, ruhmreichen Träumen herhinkten. Die beiden versuchten auch einen Telephonscherz, aber er gelang nur halb. Sie riefen einen gemeinsamen Freund an, der war aber nicht zu Hause. So teilten sie seiner verwitweten Mutter mit, ihr Sohn möge sich am nächsten Tag in seinem eigenen Interesse um acht Uhr bei der Sicherheitspolizei einfinden.

Elekes sah immer wieder auf die Uhr und ging dann, obwohl ihn Jani zum Bleiben überreden wollte. Der Freund hatte auch ein Rendezvous, vielleicht auch mit einer Schauspielerin.

Jani trank allein weiter. Er warf mit einer ungeschickten Handbewegung die Flasche um, und das Kirschwasser floß auf den weißen Perser.

Anna reinigte den Teppich, fegte die Zigarettenasche zusammen und räumte auf, denn die Freunde hatten die Wohnung gründlich durcheinander gebracht.

Der junge Mann hielt sich gerade. Der Alkohol war ihm nicht zu Kopf gestiegen. Er war auf eine kalte Art betrunken, steif und düster.

Aber er mußte dem Mädchen etwas zeigen.

Er stand vom Tisch auf und ging ohne zu schwanken auf Anna zu.

»Sehen Sie her«, sagte er, setzte sich eine rote Brille auf und schielte sie durch das rote Papier an, um sie zum Lachen zu bringen.

Aber Anna lachte nicht.

»Wie häßlich«, rief sie betroffen. »Wie können Sie sich nur so häßlich machen.«

Jani zog aus seiner Tasche den Revolver, richtete ihn auf das Mädchen, zielte und schoß. Der Revolver miaute.

»Haben Sie einen Schreck bekommen?« fragte er lachend und ging auf das Mädchen zu, das mit erhobenen Händen vor ihm zurückwich. »Sie brauchen keine Angst zu haben, das ist bloß Spaß. Kommen Sie her, ich zeige Ihnen etwas.«

Er suchte eine Banknote aus seiner schwarzbäuchigen Brieftasche hervor.

»Haben Sie schon so etwas gesehen? Das ist amerikanisches Geld, Dollar. Wissen Sie, wieviel das wert ist? Ungeheuer viel. Und hier ist französisches Geld. Das hier ist holländisches. Devisen.«

Er steckte die Geldscheine in die Brieftasche zurück, reckte und streckte sich. Sein Kopf war leergepumpt und das Rückgrat wie aus Glas.

»Machen Sie mir das Bett«, sagte er zu Anna. »Heute will ich zeitig schlafen gehen. Morgen früh kommen die Herrschaften. Ach ja, sagen Sie nichts davon, daß ich nicht in der Bank war. Auch nichts von Herrn Elekes. Ich werde schon alles erledigen.«

Anna hatte in den vier Tagen alle Arbeiten ausgeführt, die

ihr aufgetragen worden waren. Sie hatte viele Strümpfe ge-
stopft, viele Hemden ausgebessert. Zwei ganze Körbe voll.
Das Treppenhaus war gescheuert. Die gnädige Frau
konnte kommen.

In dieser Nacht wartete sie vergebens auf den jungen
Herrn. Er kam nicht zu ihr in die Küche. Dabei hatte sie
jetzt Angst. Ständig sah sie den Mann mit dem bleichen
Gesicht und der roten Brille vor sich, wie er den Revolver
auf sie anlegte und Grimassen schnitt.

Um zwei Uhr klapperte das Küchenfenster. Anna stand auf
und schloß es.

Draußen hatte sich ein kalter Wind erhoben. Die Bäume
rauschten.

Dann hörte sie, daß es regnete.

XIV
ETWAS SEHR BITTERES

Am Morgen regnete es noch immer.

Es war ein hartnäckiger, andauernder Regen. Er weinte und plätscherte langsam auf den schmutzigen Hof. Die Regenrinnen spieen schäumendes Wasser aus.

Als Anna hinausblickte, sah sie, daß der Himmel ringsum bewölkt war. Kein Fetzchen Blau war zu sehen. Sie dachte daran, wie gut es wäre, mit einem langen Besen hinaufzureichen und die Wolken wegzufegen wie die Spinnweben in den Zimmerecken.

Sie lief auf die Straße und wartete unter einem zerschlissenen Regenschirm auf ihre Herrschaft. Die Hand zitterte ihr. Wenn sie es nur nicht erfahren, wenn sie es ihr nur nicht ansehen, diese Schande könnte sie nicht überleben. Sie zog sich das Kopftuch tief in die Augen.

Die Vizys waren mit dem Nachtzug gekommen. Sie fuhren in einer Droschke vor. Zuerst sah Anna die gnädige Frau, die schon von weitem fragte, ob auch alles in Ordnung sei. Anna nickte. Ob es mit dem jungen Herrn keinen Ärger gegeben habe? »Nein, es hat keinen Ärger mit dem jungen Herrn gegeben«, antwortete das Mädchen, dann hielt es einen Augenblick inne, als wolle es noch etwas sagen.

Als erster sprang der Herr aus dem Wagen, in einer Sportmütze, die Reiseflasche an einem Riemen über die Schulter gehängt. Anna nahm das Gepäck und lief hinauf.

Sie freute sich ein wenig darüber, daß die Herrschaft wieder da war, daß wieder alles ins alte Gleis kommen würde.

168

Auch Frau von Vizy freute sich. Sie fand ihr Mädchen vor, das vertraute Mädchen. Anna hatte als Überraschung einen Kuchen gebacken, die Wohnung war in mustergültiger Ordnung und tadellos sauber. Aber daran war Frau von Vizy schon gewöhnt. Sie war die letzten Tage in einer anderen Umgebung gewesen, war mit vielen fremden Menschen zusammengekommen. Sie hatte neue Erfahrungen gesammelt und sah nun ihr Heim, ihre eigenen Angelegenheiten mit neuen Augen. Sie erzählte Anna sofort, daß die Mädchen in Eger um vier Uhr aufstünden, die Landwirtschaft mit versorgten und fast keinen Lohn bekämen.

Sie packten aus und tranken Tee, denn sie waren unterwegs durchgefroren. Jani schlief noch. Mit offenem Mund und halb geschlossenen Lidern lag er auf der Couch, bleich wie ein Toter.

Es regnete den ganzen Sonntag, es regnete drei Tage lang in einem fort. Und als der Regen aufhörte, war mit einemmal und sehr früh der Herbst da.

Das Haus, das kleine Haus in der Attilastraße, wurde noch kleiner, noch abgeschlossener und noch düsterer. Es wurde kühl, unfreundliche Morgen kamen. Frau Druma, deren Mann immer besser verdiente, kaufte sich Überschuhe und einen neuen Herbstmantel. Druma lief in einem durchsichtigen englischen Regenmantel über die Treppen. Frau Moviszter fuhr nun in einem Zweispänner in den Klub der Kunstfreunde und zu den Generalproben. Zu Hause deklamierte sie Gedichte, in einem ausgeschnittenen Hauskleid stand sie in der Mitte des Salons und verbeugte sich mit schwungvollem Gebärdenspiel.

Stefi und Etel klatschten nicht mehr vor der Tür. Die Dienstmädchen froren. Sie wärmten sich am Herdfeuer und schrieben abends Briefe. Nur hin und wieder kamen sie für einige Augenblicke heraus auf den Gang, um ihre Kohlenbügeleisen zu schwenken, sie schrieben feurige Kreise in die Nacht. Die Ficsors lebten in ihrer unterirdischen Höhle wie die Maulwürfe. Zum Frühstück kochte die Frau Mehlsuppe. Ficsor spukte in seinem durchnäßten Briefträgermantel düster durch die nebligen Flure und fluchte darüber, daß wieder jemand die Bodentür hatte offenstehen lassen. Er hatte eine qualmende Pfeife zwischen den Zähnen und hustete. Die berüchtigten gelben Schuhe, die er sich während der Rätezeit hatte anweisen lassen, waren schon lange entzwei. Der schöne Sommer war zu Ende. Die Armen wurden allmählich ausgezogen, und die Reichen zogen sich an.

Jani ging wieder in die Bank.

Nach seinem viertägigen freiwilligen Stubenarrest atmete er befreit und ehrlich auf, als er auf die Straße trat. Zu Hause fand er keine Ruhe mehr. Seine Erinnerungen erfüllten ihn mit Scham und machten ihn so nervös, daß er oft laut mit sich selbst sprach. Das Mädchen war ihm jetzt unerträglich. Seit dem Abend, an dem ihn Elekes besucht hatte, verstand er das Ganze nicht mehr. Seitdem nun der Onkel und die Tante wieder da waren und die alte Ordnung wieder eingekehrt war, konnte er Anna nicht einmal mehr ansehen. Er litt körperlich, wenn sie das Zimmer betrat. Vorläufig verkroch er sich hinter seinen Verwandten. Er floh vor dem Mädchen.

Meistens trieb er sich auf der Straße herum und betrachtete die Frauen. Er wandte sich nach jeder um und entkleidete sie mit den Blicken. Beim Jour der Tatárs gähnte er und lief ohne Abschied davon. Er gabelte ein Serviermädchen auf, das ihm eigentlich gar nicht gefiel. Trotzdem nahm er sie in eines der stillen, gutbürgerlichen Budaer Hotels mit, die durchreisenden Fremden gern Unterkunft gewähren. Nach dem Serviermädchen kam eine Probiermamsell, später eine angebliche Theaterschülerin, mit der traf er sich in Droschken.

Er kam nur selten zum Abendessen nach Hause.

Elekes und Jani hatten sich im *Club des Parisiens* eingenistet, dort bekamen sie einen Stammtisch.

Dieses neugegründete Etablissement war für die damaligen Verhältnisse prachtvoll eingerichtet, mit vielen Spiegeln, Lüstern und vergoldeten Gipssäulen. Ständig heulte eine Jazzband. Das hatte den Vorteil, daß man dabei nicht nur nicht denken, sondern auch nicht fühlen konnte – Beschäftigungen, für die das vornehme Publikum, das hier verkehrte, nichts übrig hatte. Ausländische Schieber kamen hierher, reich gewordene Armeelieferanten, Entente-Offiziere, bessere Dirnen und Kriegerwitwen, lustige kleine ehemalige Heldengattinnen, die sich mit Rücksicht auf ihre wirtschaftliche Lage hier den Dank der Nachwelt holten. Sie lauschten gern der Negerkapelle, die das Brüllen der wilden Tiere und das Kotzen des Kriegsüberdrusses nachahmte und alles überschrie, die Verzweiflung und auch den würgenden Ekel. Man wurde benommen davon, leicht verblödet und tanzte.

Der Tanzsaal war eine Sehenswürdigkeit. Der Fußboden bestand aus einer Glasplatte, die rosige, von Blumengewinden umrankte Lampen von unten erhellten, so daß der Raum den Eindruck einer warmen, feenhaften Eisbahn machte. Hier verbrachte Jani jeden Abend. Er saß, bis das Lokal geschlossen wurde. Die Frauen kannten ihn, baten ihn um Zigaretten, mochten ihn gern. Er tanzte den Onestep mit einer gewissen steifen Eleganz. Man konnte in dem rauchigen Durcheinander oft sehen, wie er eine der Frauen an sich preßte und mit gesenktem Kopf seine über die Glasplatte dahinrutschenden Lackschuhe bewunderte.

Wenn er nach Hause kam, dämmerte es meist schon.

Er drehte den Schlüssel vorsichtig im Schloß und zog die Schuhe schon im Flur aus, um die Vizys nicht zu wecken. Anna hörte ihn immer. Sie konnte nicht einschlafen, solange seine Schritte noch nicht im Salon verklungen waren. Sie erwartete ihn jede Nacht und erwartete ihn auch bei Tag. Sie erwartete ihn und wartete auf etwas. Vielleicht darauf, daß er ihr einmal ein freundliches Wort sagen, sie anlächeln oder um das und jenes bitten würde. Aber Jani sprach kein Wort zu ihr. Er war mürrisch und immer in Eile. Offensichtlich war er böse auf sie.

Ihm zuliebe hielt sie auf sich. Sie kämmte sich mehrmals am Tag, sah in den Spiegel und trug zu Hause, bei der Arbeit, ihr schönstes Kleid, ihr einziges, das Pepitakleid.

Im November wurden die Nächte noch länger. Vom Südbahnhof klang der Pfiff der Lokomotiven herüber. Hin und wieder weinte eine verlassene Lokomotive im Dunkeln auf, kläglich und mitleiderregend wie ein kleines Kind.

An einem Sonntagvormittag war Frau von Vizy in der Kirche. Auch Herr von Vizy war nicht zu Hause. Jani hatte lange geschlafen. Er stand vor dem Schrank und spannte eine Hose in den Bügel.

Anna öffnete die Fenster, um zu lüften. Als sie bei dem jungen Mann vorbei kam, nahm sie allen Mut zusammen und sprach ihn an.

»Junger Herr, bitte…«

»Was ist los?«

»Bitte verzeihen Sie, aber…«

Anna brach in Tränen aus, sie weinte lautlos, aber so heftig, daß sie am ganzen Körper bebte.

Jani starrte sie an. Eine Weile war er nicht imstande, ein einziges Wort zu sagen.

Dieses Mädchen hatte er geliebt, war es möglich, daß er dieses Mädchen geliebt hatte?

Anna wischte sich mit dem Handrücken die Tränen aus dem Gesicht, ihre Nase wurde rot wie die einer betrunkenen Bäuerin. Um die Hüften hatte sie ein Wolltuch gebunden. In diesem Tuch brachte sie wie herumstreunende Hunde in ihrem Fell den feuchten Geruch des Herbstes mit.

Durch das offene Fenster strömte kalte Luft herein. Anna weinte und weinte wie ein Gewitterregen. Und sie stammelte vor sich hin, aber Jani konnte nur ein einziges Wort verstehen: »die Schande, die Schande…«

»Das ist unmöglich«, sagte er. »Vollkommen unmöglich. Ausgeschlossen.«

»Aber es ist so…«

»Weinen Sie nicht, weinen Sie doch nicht«, flehte er und hielt sich die Ohren zu, um nicht ihr Weinen hören zu müssen, so wie er damals ihr Lachen nicht hatte hören wollen. »Hören Sie doch endlich auf zu weinen…«

»Ach, junger Herr…«

»Schweigen Sie. So kann man sich doch nicht unterhalten. Werden Sie endlich still sein? Also erstens ist das noch gar nicht sicher, das ist überhaupt noch nicht sicher. Warten wir ab.«

Ihm schauderte vor Ekel, daß er mit diesem Mädchen in solch häßlicher Verbundenheit verhandeln mußte.

»Warten wir erst einmal ab«, fügte er hinzu und zuckte die Achseln.

Er glaubte es und glaubte es auch wieder nicht. Es war möglich, daß sie ihn nur erpressen wollte. Aber er erkundigte sich von nun an jeden Tag.

Anna schüttelte den Kopf.

Jani erzählte Elekes im *Club des Parisiens* von der gewissen Schauspielerin.

»Mein Lieber«, sagte er und lehnte sich im Sessel zurück. »Sie hat mich hereingelegt, mein Lieber. Ganz schön hereingelegt.«

»Weiter nichts?« fragte Elekes und flüsterte Jani etwas ins Ohr.

»Und das hilft?«

»Bestimmt, wir machen es auch immer so.«

In der Nacht kam der junge Mann an Annas Bett.

»Sie müssen ein heißes Fußbad nehmen. Sehr heiß, so heiß Sie es aushalten können.«

Das Mädchen ließ das Wasser so heiß werden, daß man ein Huhn hätte damit abbrühen können. Es steckte die Füße hinein und biß vor Schmerzen die Zähne zusammen.

»Nun?« fragte Jani nach einigen Tagen.

Anna schüttelte wieder nur den Kopf.

»Unerhört«, brummte er. »Das ist unerhört«, und er schnippte mit dem Finger.

Das hatte ihm gerade noch gefehlt. Nun saß er in der Patsche. Welch eine schmutzige Angelegenheit. Und der Skandal, den es im Frühjahr geben würde!

Elekes empfahl nun einen Frauenarzt, der ein begeisterter Freund der Kunst und besonders Schauspielerinnen gegenüber sehr »kulant« sein sollte. Aber Jani fand es zu umständlich, Anna zu dem Arzt zu bringen und sie als Schauspielerin vorzustellen. Daraufhin brachte ihn sein Freund mit einem sympathischen Apotheker zusammen, der augenblicklich davon lebte, daß er Seide von Wien nach Ungarn und Trabuko-Zigarren von Ungarn in die Tschechoslowakei schmuggelte. Er gab Jani ein Mittel.

Jani paßte einen Augenblick ab, in dem Anna allein in der Küche war.

»Da haben Sie etwas«, flüsterte er ihr hastig zu.

»Was?«

»Arznei«, und er schob ihr vier Pulver zu je einem Gramm in die Hand. »Verstecken Sie sie«, fuhr er das Mädchen an, das die Papierchen neugierig in der Hand drehte. »Sie müssen sie einnehmen.«

»Das soll ich schlucken?«

»Verstehen Sie denn nicht? Die Arznei ist drin, im Papier. Sie müssen sie in Wasser auflösen und es dann austrinken.«

»Gleich?«

»Wenn Sie schlafengehen. Bis morgen früh wirkt es. Aber niemand darf etwas davon erfahren. Es ist verboten, wenn es herauskommt, werden Sie eingesperrt.«

»Dann soll ich es also nicht nehmen, junger Herr?«

»Sie nehmen es trotzdem. Sie sagen aber niemandem ein Wort. Seien Sie vorsichtig.«

Anna tat, was er ihr befohlen hatte.

Nachdem im Haus alles ruhig geworden war, öffnete sie die Papierchen. Sie enthielten weißes Pulver, fein wie gutes Mehl. Das Mädchen roch daran, aber die Arznei hatte keinen Geruch.

Sie schüttete die Pulver in ein Glas Wasser. Aber dann wagte sie nicht, es in der Küche auszutrinken. Sie ging ins Klosett, schloß die Augen und trank das Glas auf einen Zug leer.

Herr Jesus, wie bitter das war, heilige Jungfrau, das war bitter, gebenedeite Mutter Gottes, war das bitter! So etwas Bitteres hatte sie noch nie im Leben getrunken.

Wirklich bitter wurde es aber erst, als sie wieder in die Küche gegangen und auf ihr Bett gefallen war. Die Bitternis verbrannte ihr den Gaumen, ätzte die Kehle. Nur Gift konnte so bitter sein.

Anna preßte die Hand gegen den Mund und griff an die Zunge, um die Bitterkeit zu packen. Sie staunte, daß es so etwas Bitteres überhaupt gab. Bis in die Haarwurzeln spürte sie den Geschmack.

Sie schlief eine Stunde, bis gegen drei Uhr. Dann riß sie die Augen auf und starrte auf das Fenster. Das Licht auf der Brandmauer zuckte in orangegelbem Schimmer, es hüpfte umher, daß es beinahe Spaß machte.

Wurde irgendwo geläutet? Aus der Ferne klangen Glocken, Glocken mit tiefem, dröhnendem Brausen, immer stärker. Anna wollte aufstehen und nachsehen, wo zu so später Stunde Glocken läuteten.

Da kam ein Mann herein, ein sehr, sehr großer Mann. So einen großen Menschen hatte sie noch nicht gesehen. Wie kam er herein, die Tür war doch verschlossen? Er stand vor ihrem Bett wie ein Pferd.

Was machst du da? Bist du gleich still. Vater, lieber Vater, sein Kopf ist ein Schinken, du darfst ihm nichts tun. Er macht das nur so, zum Spaß, wie der Besen, der sich auf den Stuhl setzt. Er wird es schon wieder sein lassen.

Ich sollte lieber kehren, sonst frißt mich der Schmutz noch auf. Ich mache die Schublade auf, und was ist darin? Lauter Hirsekörner.

Gnädige Frau, Sie haben mich erschreckt. Ich dachte, die gnädige Frau würde gleich von der Wand stürzen.

Und was will der hier? Gehen Sie zum Teufel, Sie Dummkopf! Meine Suppe brennt an, das Abwaschwasser kocht mir über! Lassen Sie mich in Ruhe.

»Was ist los«, fragte Frau von Vizy, die sich über Anna beugte. »Sind Sie krank?«

Anna schlief so tief, daß man sie kaum atmen hören konnte.

»Anna«, sie schüttelte das Mädchen. »Anna! Hören Sie mich nicht?«

Das Mädchen drehte sich auf die andere Seite.

»Sie ist krank«, dachte die Frau.

Sie berührte Annas Stirn. Sie war kalt. Auch die Hände und Füße waren kalt wie Eis.

»Wenn sie mir hier stirbt«, überlegte Frau von Vizy.

Sie lief zu Moviszter hinauf. Der Arzt war bei einem Kassenpatienten und sollte erst zur Sprechstunde nach Hause kommen.

Frau von Vizy bereitete dem Mädchen Tee mit Rum und redete ihm zu, zu trinken, der Tee werde sie erwärmen.

Das Mädchen wälzte sich auf dem Bett hin und her, zeigte auf irgend etwas und bat, das Licht anzudrehen.

»Aber warum?« fragte Frau von Vizy staunend. »Es ist doch schon Morgen. Halb neun«, sagte sie betroffen.

Anna tastete in einer entsetzlichen Angst hierhin und dahin. Sie hielt die Hand vor die Augen. Sie sah nichts, ringsum war alles schwarz; sie war blind. Wieder versank sie in einen tiefen Schlaf und erwachte erst, als die Herren nach Hause kamen und sich an den Mittagstisch setzten.

Frau von Vizy beklagte sich gerade, daß nun zu allem übrigen Ärger auch noch das Mädchen krank geworden sei, als Anna im Eßzimmer erschien. Sie trug ein Tablett.

»Fühlen Sie sich denn schon wohler?« erkundigte sich Frau von Vizy.

Anna sah wieder alles, aber sie konnte nicht hören, was gesprochen wurde. Sie sah nur, wie sich die Lippen bewegten.

»Sie wird sich erkältet haben«, meinte Herr von Vizy. »Sicher«, stimmte ihm Jani bei, »eine kleine Erkältung.«

»Aber ich werde doch nachher den Arzt holen«, überlegte Frau von Vizy.

»Wie du meinst«, sagte ihr Mann. »Aber du weißt ja, wie die Bauernmädchen sind.«

»Ja«, sagte Jani. »Und es geht ihr ja auch schon besser.«

Bis zum Abend erholte sich Anna tatsächlich wieder. Sie bat selbst darum, keinen Arzt zu holen.

Einige Tage flimmerte es ihr noch vor den Augen, sauste es in den Ohren. Einmal sah sie den Eisschrank nicht, ein anderes Mal ließ sie einen silbernen Löffel fallen und hörte es nicht. Ihr Herz aber war so beklommen wie in jener Nacht. Sie war so klein und alles um sie war so groß, so entsetzlich groß.

»Haben Sie sich vielleicht den Magen verdorben?« fragte sie Frau von Vizy aus. »Denken Sie einmal nach. Sicher haben Sie zuviel von irgend etwas gegessen.«

Jani lief in einem unbewachten Augenblick in die Küche.

»Ist alles in Ordnung?«

»Ja.«

»Sehen Sie. Ich habe es gleich gesagt.«

»Aber es war sehr bitter«, sagte Anna mit blassem Lächeln. »Sehr bitter.«

»Bitter?« wiederholte der junge Herr. »Jede Medizin ist bitter. Die Hauptsache ist, daß wir das hinter uns haben. Guten Abend.«

Er hatte von dieser Sache ebenso genug wie von den ganzen Vizys, die ihn ständig wegen seines späten Nachhausekommens tadelten. Er nahm die Wohnungsangelegenheit selbst in die Hand. Mit der Visitenkarte eines Ministers ging er aufs Wohnungsamt. Er wollte endlich das Zimmer in der Marmorstraße bekommen, das ihm schon vor zwei Wochen zugewiesen worden war. Innerhalb von achtundvierzig Stunden war die ganze Angelegenheit
erledigt.

Es war ein Zimmer im dritten Stock, nicht groß, aber die Fenster gingen auf die Straße, und es hatte vor allem einen separaten Eingang. Noch am gleichen Tag packte er seine Sachen bei den Vizys, küßte Tante Angela und Onkel Kornél und kam am Abend nicht mehr wieder.

Jani saß in seinem opossumgefütterten Mantel in dem neuen Zimmer und plauderte mit Elekes.

Es klingelte. Anna brachte das Gepäck.

»Danke, Anna«, sagte der junge Herr und drückte ihr einen Hundertkronenschein in die Hand.

Er begleitete sie bis an die Tür. Dort sagte er:

»Warten Sie mal.«

Er zog etwas aus der Tasche seines Wintermantels und gab es ihr.

»Das ist auch für Sie.«

Anna sah auf der Straße nach, was es war.

Eine Papiertüte voll Kastanien. Kleine, verbrannte ungarische Kastanien, aber sie waren noch warm.

Da wußte Anna, daß ihr der junge Herr nicht böse war.

XV
WINTER

Im November begannen die rumänischen Truppen abzuziehen.

Die Vorhut der nationalen Armee erreichte am Freitag, dem 14. November 1919, morgens acht Uhr die Donau. In Pest hielten noch die Sturmabteilungen der Rumänen die Ordnung aufrecht, als in der Attilastraße schon Adlerfedern geschwenkt wurden und die Stahlhelme der ungarischen Soldaten in der Sonne schimmerten.

Die Budaer Bürger drängten sich an die Fenster und winkten den stämmigen Burschen aus der Tiefebene mit ihren Taschentüchern. Sie kamen stramm und in langen Zügen anmarschiert. Drüben auf der Pester Seite versammelten sich die Einwohner auf den Balkons und sahen durch Ferngläser. Es war ein schönes und bewegendes Wiedersehen. Die Vertriebenen waren – wie so oft in der ungarischen Geschichte – zurückgekehrt.

Die Bagagewagen der »Armee im Felde« ratterten tagelang über die Ringstraßen. Es erklangen wieder die alten ungarischen Militärsignale, wie früher wurde abends um neun in der Ferdinandskaserne der Zapfenstreich geblasen, der die Soldaten heimrief: »Herein mit euch, ihr armen Landser...« Am achtzehnten November – es war ein nebliger, trüber Vormittag, und die rote Sonnenscheibe schwebte niedrig am nördlichen Himmel – zog bei Glokkengeläute und mit bischöflicher Begleitung der Generalissimus Horthy über die Weißenburger Straße ein. Kornél von Vizy stand in einer Ministeriumsdelegation. Er trug einen Zylinder. Seine Frau gehörte zum Damenkomitee des Parlaments und durfte Blumen und mit Trauerfloren versehene rot-weiß-grüne Bänder überreichen.

Anna arbeitete allein. Das Haus war leer und still. Kein Pfeifen war mehr zu hören. Sie beugte sich über die Brüstung der Veranda, schüttelte das Staubtuch aus, ging in ein Zimmer, als suche sie etwas, und kam wieder zurück. Die Zugluft trug die vielfältigen Gerüche aus dem Badezimmer in die Wohnung, und die Möbel sogen sie auf.

»Hörst du?« sagte Frau von Vizy. Das Ehepaar saß im Salon. »Sie singt.«

Anna trällerte ein lustiges Liedchen. *Freitag abend, Samstag abend geh ich in den Wald, Freitag abend, Samstag abend treff ich meinen Schatz…*

»Merkwürdig«, überlegte die Frau, »sonst hat sie nie gesungen.«

»Was ist da merkwürdig? Sie hat gute Laune. Wäre es dir lieber, wenn sie weinte?«

Eines Vormittags schnitt Anna Fleisch auf einem Brett. Plötzlich schrie sie auf.

»Was ist los?« fragte entsetzt Frau von Vizy, die auf dem Küchenschemel saß.

»Ich habe mich geschnitten.«

Blut lief ihr über die Hand. Das Messer, das große Küchenmesser, war Anna in den Daumen gefahren, bis auf den Knochen. Das obere Glied war beinahe abgeschnitten. Es war eine häßliche, klaffende Wunde.

»Können Sie nicht aufpassen?«

»Oh, es ist nicht so schlimm.«

Anna wusch die Wunde unter der Wasserleitung aus, streute Kochsalz darauf und wickelte einen kleinen Lappen um den Finger. Aber der Verband war sofort durchgeblutet.

Frau von Vizy schickte sie zu Moviszter. Der Arzt rieb die Wunde mit einer brennenden Flüssigkeit ein, machte einen ordentlichen Verband und streichelte Anna die Wangen. Er scherzte mit ihr, bevor sie heirate, sei alles wieder gut. Moviszter war ein feiner, liebenswürdiger Herr.

Ein strenger Winter kam, es fror, Nebel senkte sich so dicht über die Stadt, daß man nicht zwei Schritte weit sehen konnte. Am Himmel zogen Krähen.

Dann fiel Schnee und begrub die Straßen unter sich. Die Straßenbahnen mußten anhalten, die Busse konnten nicht mehr über die Kettenbrücke fahren. Es schneite ununterbrochen. Der dicke Polizist klingelte schon frühmorgens an den Hausmeisterwohnungen und drohte mit Aufschreiben, wenn der Schnee nicht weggefegt würde. Am frühen Morgen, wenn noch alle schliefen, kam Anna in ihrem Pepitakleid, das sie jetzt immer anhatte, und sah sich in dem bläulich-lila Schneetreiben um. Tiefe Stille umgab sie. Auf den kahlen Ästen hüpften Spatzen. Anna zerschlug mit einem Beil das Eis auf dem Gehsteig, kehrte den Schnee zusammen und schaufelte ihn fort.

Um diese Zeit war noch niemand auf der Straße. Dann gegen acht begannen die Beamten auf die Festung zu gehen. Sie hatten dicke Zigarren im Mund. Auch Moviszter schleppte sich hinunter. Er hatte schon eine Pelzmütze auf, deren Klappen seine empfindlichen Ohren schützten. Manchmal blieb er an der Haustür stehen, fragte Anna nach Neuigkeiten, besah sich ihren verletzten Finger, an dem der Verband ständig schmutzig war, und brummte, daß er sie frisch verbinden werde.

Die Wunde brach in der Winterarbeit immer wieder auf, die Hand tat weh, erfror, bekam Frostbeulen. In die Risse setzte sich Kohlenstaub.

In der Kälte werden alle Frauen häßlicher. Aber die

Dienstmädchen werden so häßlich, daß man sie in ihrer schäbigen Kleidung kaum erkennt, wenn man sie nur im Sommer, wenn es warm ist, gesehen hat. Auch Anna wurde häßlich. Das Haar fiel ihr aus, ganze Büschel blieben in ihrem Eisenkamm hängen. Sie schämte sich und traute sich nicht mehr unter Menschen.

Jetzt empfand Anna zum erstenmal Müdigkeit, eine so trunkene Erschöpfung, daß sie sich abends, wenn sie mit der Arbeit fertig war, nicht hinlegen konnte. Sie wanderte durch die Wohnung, schlenkerte mit den Armen, schlug sie zusammen, ging immer wieder hinaus auf den Gang, dann zurück in das Eßzimmer, in den Salon. Einmal hörte es Frau von Vizy, die schon im Bett lag, und fuhr Anna an: Was sie da im Dunkeln suche?

Anna schrak zusammen. Sie wußte nicht, was sie suchte, sie wußte überhaupt nicht, was mit ihr los war.

Der junge Herr aß nicht mehr bei Vizys, obwohl er kommen konnte, wann er wollte, für Sonn- und Feiertage war er immer zum Mittagessen eingeladen. Aber er kam nur ein einziges Mal. Dann sah ihn Anna noch einmal durch die Spiegelfenster eines Cafés. Er hielt eine lange Stange in der Hand und beugte sich über einen grünen Tisch. Nach dem sah sie ihn nicht mehr.

Die Tage vergingen, und in Anna erstarrte, erstarb etwas. Was gewesen war, hatte sie fast vergessen. Aber sie litt trotzdem. Wenn sie auch nicht an das Vergangene dachte, fühlte sie doch, daß das, was gewesen war, nicht mehr existierte. Sie war wie ein Tier, das außerhalb von Vergangenheit und Zukunft in einer ewigen Gegenwart lebt, wie ein Hund, der nichts zu fressen bekommt und nicht weiß, warum, der sich immer wieder zu seinem Eßnapf schleppt und ihn umschnuppert. Sieht er, daß nichts darin ist, trollt er sich verzagt in seine Ecke und schaut immer wieder zurück.

Eines Abends stand Anna vor der Bodentür, benommen, mit leeren Händen.

Da kam Stefi.

»Kommen Sie herein«, sprach sie. »Ich zeige Ihnen etwas.«

Sie zeigte Anna ein rotes Kleid, ein wunderschönes rosa Kleid, das sie sich genäht hatte. Dann verriet sie rot vor Aufregung ihr Geheimnis. In Kürze sollte ein großer Ball stattfinden, ein Fest. Hundert Paare sollten den Herrschaften ungarische Tänze vorführen. Die Mädchen waren alle Töchter von feinen Leuten, von Ärzten, Rechtsanwälten. Stefi durfte auch mittanzen und mußte nun jeden Abend zum Tanzunterricht gehen, zu einem strengen Tanzlehrer, der sie alle unterrichtete. Dieses große Glück verdankte sie einem Soldaten aus der Leibwache, der ihr den Hof machte. Er war einer der großen, strammen Burschen, die die Mädchen und Frauen in der Christinenstadt die langen Kerle nannten. Der hatte sie empfohlen und war auch ihr Partner.

Anna hörte zu, und Stefi war glücklich, daß sie erzählen konnte. Danach rief Stefi Anna öfter herauf. Sie nahm sie auch ins Kino mit und bezahlte für sie. Erst wollte Anna nicht, sie hatte ja kein Kleid. Dann ging sie aber doch. Zum erstenmal sah sie einen Film. Autos rasten über die Leinwand, jemand plumpste in den See, der Graf und die Gräfin küßten sich im Park. Stefi erzählte von ihrem Leibgardisten. Er lief ihr nach, aber sie machte sich nichts daraus. Soll er ruhig Kummer haben, den Männern schadet so etwas nichts, sie sind durch die Bank nichts wert. Zwischendurch erklärte sie Anna die einzelnen Bilder. Ihr besonderer Liebling war ein dünner Schauspieler. Wenn er auftauchte, griff sie nach Annas Arm.

»Sehen Sie, das ist mein Typ. Groß und blaß. Und Ihr Typ?«

Anna wußte keine Antwort, denn sie verstand nicht, was ein Typ war, außerdem verwirrten sie die vielen Bilder und das Publikum. Sie bedankte sich bei Stefi, ging aber nicht wieder mit. Sie hatte keine Zeit.

Sie hatte den ganzen Tag zu heizen. Die meiste Arbeit in der Wohnung machte das Heizen. Die Vizys hatten nur schlecht ziehende Öfen.

Die Arbeit begann morgens, nach dem Schneefegen. Anna ging mit der Kerze in der Hand in den Keller. Der Keller war tief und feucht, von den Wänden lief das Wasser. Abgestandene, warme Luft schlug ihr ins Gesicht. Anna füllte zwei Eimer mit Kohlen. Sie wagte nicht, sich umzusehen, weil in den Kellern immer Ratten waren, die von der Straße hereinkamen, sie bohrten sich Tunnel unter der Erde und quietschten da bei dem aufgeschichteten Holz. Vor den Ratten hatte Anna Angst. Zum Frühstück mußte das Eßzimmer warm sein. Sie machte Feuer im Ofen, blies hinein, fachte die Glut mit der Schürze an. Aber das Feuer wollte nicht richtig brennen und verbreitete einen erstickenden Qualm, der durch die ganze Wohnung zog.

So ging das jeden Tag, den Gott werden ließ, bald in dem einen, bald im anderen Zimmer.

Frau von Vizy ärgerte sich maßlos.

»Warum holen Sie nicht den Schornsteinfeger?«

»Er war erst gestern hier.«

»Herr Báthory?«

»Ja.«

»Dann ist es Ihre Schuld, Sie nehmen sicher nicht genug Kleinholz.«

Herr von Báthory, Arpád von Báthory, ein Herr mit drei Adelsprädikaten, wohnte gegenüber. Er war der Schornsteinfeger der Christinenstadt. Er kam oft zu den Vizys, stocherte im Schornstein herum, brannte ihn aus. Am nächsten Tag rauchten die Öfen wieder.

Einmal, als die Frau nicht zu Hause war und Anna sich nicht zu helfen wußte, rief sie ihn an.

Er kam sofort.

»Na, was ist schon wieder los, Ännchen?«

»Es brennt nicht.«

»Das werden wir gleich haben.«

Er lehnte seine Leiter an die Wand, stieß die Pantoffeln von den Füßen und ging barfuß zu dem kranken Ofen.

»Ich habe so viel Ärger mit dem Heizen«, klagte Anna.

Der Schornsteinfeger schüttelte den Kopf und bedauerte sie wie ein Arbeiter den anderen.

Aber er kümmerte sich nicht um das Mädchen, sondern ausschließlich um den Ofen. Er rüttelte am Rost, tastete den Lehmverputz ab, fast steckte er den Kopf hinein, so eifrig lugte und spähte er.

»Der Wind schlägt die Flamme immer zurück«, erklärte Anna.

»Warten Sie«, sagte der Schornsteinfeger dann plötzlich. »Wo ist der Bodenschlüssel?«

Einen Augenblick später war Báthory auch schon auf dem beschneiten Dach. Sehnig, mit Katzengeschicklichkeit kletterte er auf den Schornstein zu, dann stand er hoch oben mit seinem Besen — der schwarze Mann im weißen Schnee wie ein schwarzer Kater. Er fingerte da am Windfang herum.

Anna sah vom Hof aus zu ihm empor.

»Werden gleich sehen«, rief er durch die dämpfende Schneeluft hinunter, »ob er jetzt Zug hat.«

Er kam die Bodentreppe herab.

Anna fragte ihn:

»Haben Sie keine Angst da oben?«

»Nein, warum?«

Sie gingen zusammen in die Wohnung.

Das Mädchen wollte Feuer machen.

»Lassen Sie nur«, sagte der Schornsteinfeger.

Er griff mit seiner gewaltigen Hand in die noch heiße Asche, nahm sie heraus und machte mit loderndem Zeitungspapier Feuer.

Sie hockten auf den Fersen und beobachteten, wie die Flammen aus dem Ofen fuhren und das Kleinholz funkensprühend prasselte.

»Jetzt muß es brennen«, sagte Báthory und stand auf.

Nebeneinander stehend warteten sie, bis das Holz zu glühen begann. Der Schornsteinfeger legte tüchtig Kohlen zu, er verstand sich darauf, er erstickte das Feuer nicht.

Nach einigen Minuten knisterten die Kohlen, sie hatten sich dem Feuer ergeben. Die beiden hielten die Hände an den Ofen, aus dem ein lauer Luftzug kam. Die kleine Eisentür begann zu glühen.

»Na«, sagte Herr von Báthory lachend, und die Zähne in seinem schwarzen Gesicht blitzten, »was habe ich gesagt?«

»Danke.«

»Gern geschehen, Fräulein Ännchen. Ich bin immer für Sie da, rufen Sie mich nur.«

Die drei Schornsteine des Vizyschen Hauses sandten ihren Rauch lustig zum schwefelgelben Himmel empor. Der Schornsteinfeger erkundigte sich von Zeit zu Zeit.

»Brennt es?«

»Ja, es brennt.«

»Das muß es auch.«

Am Mittwoch tobte ein entsetzliches Gewitter über die Stadt dahin, der Wind heulte und rüttelte an den Häusern. Der Schnee stiebte über die Generalswiese wie im Winter über den Plattensee, wenn man die Ufer nicht mehr erkennen kann.

Frau von Vizy war zu ihren Spiritisten gegangen.

Anna saß vor dem Herd, wärmte sich und lauschte dem Sturm. Die goldglühenden Scheite atmeten gemächlich, dann brachen sie mit einem diamantenen Glitzern zusammen. Die eiserne Herdtür sah mit fünf roten Augen in die Küche.

Da drückte jemand leise die Klinke nieder.

In der Tür stand der Schornsteinfeger.

»Oh«, flüsterte das Mädchen, »hab ich einen Schreck bekommen!«

»Doch nicht etwa vor mir?«

»Doch!«

»Warum denn?«

»Weil Sie so schwarz sind.«

Der Schornsteinfeger hatte einen schwarzen, mit einem Riemen zusammengehaltenen Kittel an. Die rußige Kelle und den schwarzen Strick trug er über der Schulter.

»Wie können Sie nur so schwarz sein«, sagte Anna halb entsetzt und halb lächelnd, »schwarz wie der Teufel.«

»Na«, antwortete Herr von Báthory scherzend, »so schlimm sind wir nicht.«

Er trat ein. Im Dunkeln klirrte seine Kette.

»Die Herrschaften sind nicht zu Hause?«

Er kam etwas weiter vor in den Lichtkreis der Küchenlampe.

Er hatte große blaue Augen, unwahrscheinlich groß waren seine Augen, wie bei einem geschminkten Schauspieler.

»Was machen Sie?«

»Ich will Kuchen backen. Und Sie?«

»Ich wollte nur auf einen Augenblick hereinkommen.«

Er stand immer noch wartend in der Nähe der Tür.

Anna tat Hefe in eine Schüssel, dazu Butter, Zucker, Salz. Sie goß warme Milch darüber, streute Mehl dazu und rührte den Teig.

Der Schornsteinfeger sah ihr bei der Arbeit zu. Er sah ihr eine ganze Weile zu, dann sagte er:

»Ich gehe wieder.«

»Warum haben Sie es so eilig?«

»Ich muß nach Hause. Ich muß nachsehen, ob das Mädel schon da ist, es läuft immer weg.«

»Wann ist Ihre Frau gestorben?«

»Vor zwei Jahren. Im Herbst waren es zwei Jahre.«

»Was hatte sie denn?«

»Schwindsucht.«

Anna legte den Rührlöffel hin und sann nach, wie man es tut, wenn man eine inhaltsreiche Geschichte liest, die voll von Leben ist.

»Ich müßte jemanden haben für das Mädel«, sagte der Schornsteinfeger. »Ich werde nicht mehr fertig mit ihr. Ich müßte eine Frau haben.«

»Die bekommen Sie doch. Wie alt sind Sie?«

»Fünfunddreißig.«

»Noch nicht alt. Und Sie verdienen gut.«

»Angebote habe ich schon. Jetzt auch, eine Witwe. In der Elisabethstadt, sie hat ein kleines Haus.«

»Na also.«

»Aber sie gefällt mir nicht. Wenn Sie mir angeboten würden...«

»Reden Sie keine Dummheiten«, unterbrach ihn Anna mißmutig, ganz ohne Koketterie. Es war ihr nicht angenehm, gelobt zu werden, sie wußte, daß sie jetzt nicht schön war.

Den Schornsteinfeger zog etwas an dem Mädchen an, vielleicht der Kummer, der frische Schmerz, den die Männer sofort spüren, die Demut und das Ausgeliefertsein, das sie oft mehr reizt als die Schönheit selbst. Er lehnte sich gegen den Türpfosten und wartete, bis Anna den Teig in die Form gegossen hatte. Dann sagte er:

»Jetzt muß ich gehen.«

»Gehen Sie, Herr Báthory. Die Herrschaften werden gleich da sein.«

Der Schornsteinfeger redete nicht viel herum. Er begegnete Anna noch einmal auf der Straße und sagte ihr ganz beiläufig, daß er wirklich eine Frau brauche. Dann ließ er ihr, wie es sich gehört, sagen — und zwar durch Frau Ficsor —, daß er sie gern heiraten möchte.

Die Hausmeisterin kam ihrem Auftrag mit dem größten Eifer nach. Sie redete dem Mädchen zu, das sei ein Glück, ein wahres Glück, das man sich nicht entgehen lassen dürfe. Sie lobte den Schornsteinfeger, er sei ein ordentlicher und fleißiger Mann und habe auch seine erste Frau gut behandelt. Anna sagte nicht nein, sie bat nur um Bedenkzeit. Herr Báthory lud sie ein, sich einmal bei ihm umzusehen.

Als sie Ausgang hatte, kam er ihr bis zur Generalswiese entgegen und führte sie in seine Wohnung, in den vierten Stock, in ein Hofzimmer.

Kaltes Wintermondlicht schimmerte an dem eisblumenbedeckten Fenster und umgab die Gestalten der beiden mit einem bleiern-leichenhaften Schein, als sie in das dunkle Zimmer traten. Sie standen entfernt voneinander.

Anna lief an das Fenster und sah hinab. Sie entdeckte ihr Haus, erkannte einen Baum und mit dessen Hilfe das Küchenfenster, sie staunte, wie klein das alles von hier, von der Höhe aus, war.

Der Schornsteinfeger zündete die Petroleumlampe an. Er hängte sie an die Wand, neben das Fenster.

Es gab viele Sachen in dem Zimmer. Zwei große Schränke, zwei Betten mit allem, was man braucht, ein Sofa, einen Küchenschrank, einen Tisch. Der Schornsteinfeger öffnete die Schränke und zeigte die Wäsche seiner Frau, die sauber gewaschen, wie unberührt, dalag: sechs Hemden, drei Unterröcke, drei Nachtjacken, ein großes rotes Wolltuch. Er sprach voll Anstand und mit Achtung zu

Anna. Sie überlegte, und eine leise, matte Freude durchzuckte sie.

Später kam das Kind nach Hause, ein unfreundliches vierzehnjähriges Ding, schmutzig von der Straße und in Halbschuhen. Es grüßte auf Befehl des Vaters und setzte sich dann auf einen Stuhl in der Ecke. Anna kochte das Abendessen, Paprikakartoffeln. Sie aßen still zu dritt.

Der Schornsteinfeger begleitete Anna hinunter. Er fragte sie:

»Nun, wie denken Sie darüber?«

»Ich habe mich noch nicht entschlossen.«

Er betonte, daß es ihm »dringend« sei mit dem Heiraten. Anna antwortete:

»Lassen Sie mich jetzt, nach den Feiertagen sage ich Ihnen Bescheid.«

Dabei blieb es vorläufig.

Als sie vor den Feiertagen mitten in der größten Arbeit steckte und gerade Mohn- und Nußbeugel buk, kam ihr Bruder, den sie seit fünf Jahren nicht mehr gesehen hatte. Er war in der französischen Gefangenschaft ein ganz erwachsener Mann geworden und hatte sogar einen Schnurrbart. Da stand er mit der Peitsche in der Hand, er war mit dem Wagen von der Pußta gekommen und hatte auch etwas für die Herrschaft mitgebracht. Er erkundigte sich, wie es Anna ging, und fuhr wieder davon, nach der Pußta zurück.

Im Haus gab es große Weihnachten.

Zuerst kam der Engel zu den Drumas geflogen, dorthin brachte er das meiste, für das Baby. Stefi bekam eine goldene Armbanduhr, Etel einen Ballen Leinwand.

Bei den Vizys wurde der Baum zuletzt angezündet. Moviszters und Drumas waren eingeladen. Der gnädige Herr und die gnädige Frau küßten einander. Frau von Vizy überraschte ihren Mann mit einem Zigarrenetui und bekam von ihm – wie jedes Jahr – vierundzwanzig Taschentücher. Anna erhielt ihr Geschenk von der Frau. Es war in Seidenpapier eingeschlagen.

Sie bekam einen braunen, haltbaren, gestrickten Seelenwärmer, damit sie sich beim Schneefegen nicht erkältete.

Als sie beim Schein der Wachskerzen ihr Geschenk auspackte, stieß Frau Druma Frau Moviszter in die Seite.

Diesen Seelenwärmer kannten sie. Es war der, den Katica voriges Jahr bekommen, getragen und dann ihrer Herrin beim Abschied hingeworfen hatte.

XVI

MATERIE, GEIST UND SEELE

Am Dreikönigstag waren Vizys bei Tatárs zu einem großen
politischen Tee geladen, bei dem auch zwei Minister anwesend waren.

Als sie nach Hause kamen, blieb die Frau vor der Küchentür stehen.

In der Küche sprach ein Fremder, ein Mann, den sie nicht
kannte. Sie öffnete die Tür. Er saß am Tisch, neben ihm —
in ziemlicher Entfernung — Anna.

Als er die gnädige Frau sah, erhob sich der Unbekannte
manierlich und grüßte:

»Guten Abend.«

Nun war er besser zu sehen, die Lampe beleuchtete sein
blasses Gesicht und das blonde, seidige Haar. Er trug
einen hellgrauen Anzug und eine lange Krawatte.

Frau von Vizy betrachtete ihn mit wachsendem Argwohn
und überlegte.

»Sie erkennen mich nicht«, sprach der Mann mit angeneh-
mer Baritonstimme und lächelte. »Ich bin der Schornsteinfeger.«

»Ach, Sie sind's? Ich habe Sie wirklich nicht erkannt, ich
habe Sie noch nie so gesehen. Guten Abend, Herr Báthory,
guten Abend.«

Der ungebetene Gast blieb nicht lange. Er wartete, bis sich
die Dame in die Wohnung zurückgezogen hatte, saß noch
ein Weilchen, damit es nicht nach Davonlaufen aussah,
und ging dann lautlos.

193

Jetzt ging Frau von Vizy ein Licht auf. Sie schüttelte nachdenklich den Kopf. Daran hatte sie nicht gedacht, daß sich noch andere Menschen für Anna interessierten, für ihre Anna, daß da einfach ein Mann kam und sich neben sie setzte. Das Ganze war unangenehm, taktlos, es war eine regelrechte Anmaßung. Frau von Vizy regte sich auf, als hätte der Schornsteinfeger auf ihrem weißen Diwan im Schlafzimmer gelegen und gemütlich Pfeife geraucht. Sie war über diese Unverschämtheit empört, sagte aber nichts.

Allmählich rückte sie dann mit der Sprache heraus.

»Sagen Sie, Anna, kommt der zu Ihnen?«

»Er kommt eben so, manchmal.«

»Was heißt manchmal? Es war also nicht das erste Mal? Er war schon öfter hier?«

»Ja, schon öfter.«

»Wie oft?«

»Manchmal.«

»Sie wissen genau, daß ich das nicht schätze. Ein fremder Mann in meinem Haus. Das gibt es nirgends auf der Welt.«

»Er kommt eben. Ich kann ihn nicht wegjagen.«

»Aber so ist das doch nicht, mein Kind.«

»Meinetwegen kann er wegbleiben.«

»Und warum sagen Sie ihm das nicht?«

»Ich kann nicht, gnädige Frau.«

»Dann werde ich es ihm sagen. Sie haben anderes zu tun.«

»Bitte. Mir ist es gleich.«

Frau von Vizy sprach mit dem Schornsteinfeger, der daraufhin nicht mehr kam. Aber damit war die Sache noch nicht erledigt. Unablässig lag sie dem Mädchen in den Ohren.

»Hat er Ihnen den Hof gemacht?«

»Er hat erzählt.«

»Er will Ihnen den Kopf verdrehen.«

»Wo ist die Butter, gnädige Frau?«

»Dort, auf dem Fensterbrett, liebes Kind. Seien Sie vorsichtig, Anna, sehr vorsichtig. Er wird Ihnen nur Ungelegenheiten machen. Und was hat er Ihnen erzählt?«

»Einmal hat er gesagt«, begann Anna. Sie ging zur Wasserleitung und füllte einen Topf mit Wasser, so daß Frau von Vizy nicht hören konnte, was sie erzählte.

»Was hat er also gesagt?« fragte sie eindringlich, nachdem Anna den Topf auf den Herd gestellt hatte.

»Er hat gesagt, daß er niemanden hat.«

»Sonst nichts?«

»Und daß er eine Frau haben muß.«

»Interessant. Und was haben Sie geantwortet?«

»Nichts.«

»Das war klug von Ihnen. Lächerlich. Der Mann ist nichts für Sie.«

Anna gab der gnädigen Frau recht, nicht nur nach außen hin. Sie glaubte ihr. Hörte sie aber ihre Argumente nicht, wurde sie wieder schwankend.

Die Nachricht von Annas Freier blieb selbstverständlich kein Geheimnis, sie wurde im ganzen Haus bekannt und spaltete die Bewohner in zwei Parteien. Herr Báthory sorgte dafür, daß während seiner Abwesenheit die öffentliche Meinung von seinen Leuten bearbeitet wurde. Vor allem stützte er sich auf die Dienstmädchen. Frau Ficsor hatte er ein Geschenk versprochen, wenn die Sache klappte, sie war seine bedingungslose Anhängerin. Sie gewann auch Stefi, die Anna zuredete, sie solle nicht viel überlegen, sondern zugreifen, sonst müsse sie – wie Stefi – mit zweiunddreißig Jahren noch Dienstmädchen sein. Etel, die alte Etel der Moviszters, ließ sich nicht beschwatzen. Sie gab zwar zu, daß das eine ganz schöne Sache sei, aber sie lachte darüber. Was für einen Sinn sollte es für ein Dienstmädchen haben, zu heiraten? Dienstmädchen waren nur so lange glücklich, wie sie ledig waren. Die Drumas nahmen entschieden gegen die Heirat Stellung. Frau Moviszter sah den Ereignissen mit wohlwollender Neutralität entgegen.

Alle redeten Tag für Tag auf Anna ein. Die einen drängten sie zur Eile, die anderen mahnten, man brauche die Sache nicht zu überstürzen, schließlich habe sie noch genug Zeit. Sie bekam so viele Ratschläge, daß sie ganz verwirrt wurde. Wenn sie sich fragte, was sie nun eigentlich wolle, mußte sie zugeben, daß es ihr am liebsten war, wenn man sie in Ruhe ließ und die anderen die Entscheidung für sie trafen. Sie hatte genug davon, sie war immer der Ansicht derjenigen, mit denen sie gerade sprach.

Man konnte nicht wissen, wie sie zu ihrem Entschluß gekommen war, mit wem sie zuletzt gesprochen hatte, auf wen sie im Durcheinander der widersprechenden Vorschläge gehört hatte, jedenfalls entschied sie sich eines Tages.

Während des Kartoffelschälens teilte sie Frau von Vizy gelassen und ohne Umschweife mit, daß sie heiraten wolle und die gnädige Frau sich ein neues Mädchen suchen müsse. Wenn die Neue da sei, werde sie gehen, am liebsten am Fünfzehnten, wenn nicht, dann eben am Ersten.

Die Kündigung war nicht unhöflich, aber offiziell.

Frau von Vizy versuchte mit keinem Wort, Anna abzuraten. Sie nahm die Kündigung ebenso offiziell zur Kenntnis. Sie betrachtete Anna von oben bis unten wie eine Fremde und schritt stolz erhobenen Hauptes aus der Küche.

Der Schlag war nicht unerwartet für sie gekommen, denn das Verhängnis schwebte schon seit Wochen über ihr, aber gerade deshalb war vielleicht die Gewißheit um so entsetzlicher.

Anna war schon den sechsten Monat bei ihr, so lange wie noch kein Mädchen vorher. Sie hatte sich so an sie gewöhnt, daß sie sich keine andere mehr vorstellen konnte, weder eine bessere, noch eine schlechtere. Sie sah sich auch nicht nach einem anderen Mädchen um. Nach der ersten Aufregung überließ sie sich einer fatalistischen Untätigkeit, einer gegenstandslosen Hoffnung, in der sie von ihren Spiritisten bestärkt wurde. Sie fragte ihren Geist, ihren begnadeten Schutzgeist, um Rat. Er gab ihr folgende Antwort: »Was Sie befürchten, wird keinesfalls eintreten, aber Sie müssen sehr hart sein.« Damit gab sie sich zufrieden.

In der Zwischenzeit wurde sie krank.

Eines Mittags fand sie ihr Mann im Bett, im verdunkelten Schlafzimmer, eine kalte Kompresse auf dem Kopf, ein Riechfläschchen in der Hand. Die Krankheit, die nach längeren oder kürzeren Abständen wiederzukommen pflegte, begann in der Regel mit stürmischen Anfällen. Frau von Vizy bekam ohne jeden ersichtlichen Grund einen Weinkrampf, und der Kopf tat ihr weh, stundenlang quälten sie dann heftige Kopfschmerzen, bis sich der nervöse Magen durch Erbrechen Erleichterung verschaffte und die Kopfschmerzen allmählich nachließen. Die Ärzte nennen es Hysterie, aber sie wissen kein Mittel dagegen.

Vizy begrüßte sie nicht, er warf ihr nur einen mißbilligenden Blick zu und kehrte ihr dann den Rücken. Die Krankheit seiner Frau pflegte ihn mehr zu ärgern als zu erschrekken. Er betrachtete es als eine persönliche Beleidigung, daß sie es wagte, krank zu sein.

Am Nachmittag verschlimmerte sich ihr Zustand, Frau von Vizy stöhnte, schlug die Hände zusammen und übergab sich endlich. Anna lief mit dem Waschbecken hin und her.

Der Arzt kam erst nach seiner Sprechstunde. Gelangweilt

hängte er seinen Wintermantel an den Kleiderständer im Flur, dann setzte er sein liebenswürdiges Gesellschaftsgesicht auf und ging hinein zu der Kranken. Er knipste die kleine elektrische Lampe auf dem Nachttischchen an. Daraufhin beklagte sich Frau von Vizy, daß sie das elektrische Licht nicht vertragen könne, und drückte eines der vielen Taschentücher, die um sie herum lagen, an die Augen.

Moviszter riet ihr vor allem, die Fenster zu öffnen und frische Luft herein zu lassen. Vizy stand zu Häupten des Bettes, bereit, sofort die notwendigen Anordnungen zu treffen. Er nannte seine Frau Engelchen – das war der Kosename ihrer Mädchenzeit –, so nannte er sie immer, wenn Fremde zugegen waren und er sich um ihr Befinden besorgt zeigte. Der Arzt tadelte begütigend die Patientin. Er nahm ihre Hand und hielt sie lange, ohne etwas zu sagen. Er fühlte den Puls, maß die Temperatur. Frau von Vizy hatte kein Fieber, alles war in Ordnung.

Aber um doch etwas zu tun, ging er zu einer allgemeinen Untersuchung über. Er deckte den Körper auf und betrachtete ihn. Er kannte diesen Körper, wie ein Klavierstimmer bei einem Klavier, das er oft stimmen muß, jeden einzelnen Hammer und jede Taste kennt. Aber der Arzt wußte, daß die Konstruktion nicht alles und daß noch etwas anderes notwendig ist, damit aus dem Zusammenspiel der Hämmer und Tasten Musik und Leben entsteht. Denn dieses greifbare, in sich selbst abgeschlossene Etwas ist nicht so isoliert in dem großen All ringsum, wie es den Anschein hat, es ist nicht allein und fremd hier, sondern in Himmel und Erde mit allem verbunden, was lebt. Ohne Illusionen nahm Moviszter die Routineuntersuchung vor, die er schon so oft in seinem Leben vergebens durchgeführt hatte. Er tastete den Magen ab, die Eingeweide, ließ die Patientin sitzen, bat sie freundlich tief zu atmen, horchte die Lunge ab, prüfte die Herztätigkeit und dankte zum Schluß höflich für alles.

Herr von Vizy hielt während der Untersuchung den Atem an, als könne er dadurch die Arbeit des Arztes erleichtern. Vizy gehörte zu jenen gebildeten Menschen des zwanzigsten Jahrhunderts, die so blindlings an die Schulmedizin und an jede Wissenschaft, in der man ein offizielles Diplom erwerben kann, glaubten wie die Frommen an ihre Religion. Er hielt jeden Arzt für ein Wesen, das mehr von den Menschen weiß als gewöhnliche Sterbliche, und sah deshalb die Ärzte von einer geheimnisvollen Gloriole umgeben. Moviszters Bewegungen betrachtete er mit Ehrfurcht. Als der Arzt das Thermometer schüttelte und dabei seine Manschettenknöpfe klirrten, kam Vizy das Klirren »medizinisch« vor. Das Gummirohr des Stethoskops erweckte einen ähnlichen Schauer in ihm. Jeden Augenblick erwartete er, daß der Arzt, der sich über seine Frau beugte, auffahren und die wahre Ursache des Leidens entdecken werde.

Aber Moviszter sagte nur:

»Ich finde nichts.«

»Vielleicht der Magen?«

»Nein.«

»Die Lunge?«

»Vollkommen in Ordnung.«

»Das Herz?«

»Ausgezeichnet.«

»Und was darf sie essen?«

»Was sie will.«

»Vielleicht eine klare Hühnersuppe?« half Vizy.

»Auch das.«

»Verschreibst du nichts?«

»Das kann ich tun«, sagte Moviszter zerstreut.

Er verschrieb tatsächlich etwas.

Vizy bemühte sich sehr: »Ich lasse die Medizin sofort machen.«

»Es eilt nicht.«

Der Arzt gab Frau von Vizy das Rezept. »Nehmen Sie davon bitte zehn Tropfen, auf einem Stück Zucker. Sie können auch fünfzehn nehmen, wenn Sie sich unruhig fühlen, aber nur dann. Das wichtigste ist, daß Sie viel Ruhe haben, daß Sie sich zerstreuen. Haben Sie noch Kopfschmerzen? Nein? Sehen Sie, es fehlt Ihnen nichts.«

Er reichte ihr zum Abschied die Hand.

»Es fehlt ihr doch etwas«, sprach Herr von Vizy und sah seine Frau an: »Darf ich es verraten, Engelchen? Sie ist nervös, weil das Mädchen gekündigt hat und heiraten will...«

»So...« sagte Moviszter.

»Darüber regt sie sich so auf, schon seit einer Woche schläft sie nicht.«

»Wirklich? Im Ernst?« fragte der Arzt.

»Nun ja, es ist doch unangenehm«, sagte Frau von Vizy heiser. »Ich habe sie angelernt, und jetzt läßt sie mich im Stich.«

»Das ist gewöhnlich so.«

»Weil dieses Pack undankbar ist. Ein halbes Jahr lang habe ich mich Tag für Tag mit ihr geplagt und abgemüht. Und das ist der Lohn.«

»Sehen Sie, gnädige Frau, ich habe einen Patienten. Er ist sechsundsiebzig Jahre alt und fängt jetzt an, Englisch zu lernen. Ehe er es gelernt hat, wird er vielleicht sterben. Aber nehmen wir an, er stirbt nicht so bald, sondern erst mit hundert Jahren, und hat Englisch gekonnt. Hat es sich also gelohnt? Oder lohnt es sich, wenn wir mit zwanzig Jahren irgend etwas anfangen? Jawohl, alles lohnt sich, denn irgendwie müssen wir ja unsere Zeit ausfüllen.«

»Dabei war sie so ein gutes Mädchen. Aber sie ist verrückt

geworden«, flüsterte Frau von Vizy, »vollkommen verrückt, Doktor.«

»Verrückt? Nein, keineswegs. Sie will nur heiraten. Lassen Sie sie doch gehen. Sie finden wieder ein anderes Mädchen.«

»Eins wie Anna? Nie.«

»Dann eben ein anderes, das nicht genau so ist. Sagen wir, eins, das nicht ganz so gut ist, sondern etwas schlechter.«

»Vielleicht eins, das stiehlt.«

»Kann sein, daß es stiehlt. Aber glauben Sie mir, ein auffallend gutes Dienstmädchen, das ist gar nicht das Richtige. Es sollte lieber so sein wie die anderen; gut und doch auch schlecht.«

»Wie Ihre Etel? Na, entschuldigen Sie, Doktor, ich würde so eine nicht in meinem Haushalt dulden. Ich habe mich schon immer über Sie gewundert…«

»Ich sage ja gar nicht, daß ich begeistert von ihr bin. Sie ist sogar zu meinen Patienten grob. Neulich hat sie einen Kranken angeschrien, weil er sich die Schuhe nicht abgetreten hatte. Aber was soll ich tun? Jedes Mädchen hat seine Fehler. Und das ist auch natürlich. Wir müssen uns damit abfinden. Die Lage der Mädchen ist auch nicht rosig. Sie mühen und plagen sich ab und können an ihrer Arbeit nicht einmal Freude haben; denn kaum sind sie mit etwas fertig, vergeht es, verschwindet es; es wird aufgefuttert oder beschmutzt oder sonstwie verdorben, und das tun wir, bitte, wir. Gönnen wir ihnen also wenigstens die Entschädigung, daß sie auch ein bißchen schlecht sein dürfen.«

»Ich verstehe es ja, Doktor«, nickte Frau von Vizy, und in ihren tränenfeuchten Augen schimmerte wie nach einem Platzregen ein Strahl auf. »Aber eins verstehe ich nicht. Sagen Sie, lieber Doktor, warum sind sie alle so gemein?«

Moviszter merkte, daß sie aneinander vorbei redeten. Er brach deshalb die Diskussion ab und brummte:

»Ja, ja. Also zehn bis fünfzehn Tropfen.«

Frau von Vizy riß die Augen auf und starrte ihm nach. Sie beschloß, diesen alten Esel nie mehr zu konsultieren.

Ihr Mann begleitete Moviszter hinaus und kam zurück. Er sagte: »Moviszter hat vollkommen recht, dir fehlt nichts. Warum wühlst du immer in deinen Haaren?«

»Stört dich das?«

»Sehr. Den ganzen Tag weiß ich vor lauter Arbeit nicht, wo mir der Kopf steht, und wenn ich endlich zu Hause bin, kommst du mit solchen Geschichten. Sei nicht so kleinlich. Du wirst dir eben ein anderes Mädchen suchen und damit Schluß.«

»Aber versteh mich doch, ich muß die Anna haben!«

»Übertreibung. Du übertreibst immer. Anna ist ein tüchtiges Mädchen, das gebe ich zu. Aber man kann keinen Menschen zwingen. Du mußt sie gehen lassen.«

»Unter keinen Umständen lasse ich sie gehen.«

»Was kannst du schon tun? Und wenn du dich auf den Kopf stellst, sie wird gehen. Du machst mich nur nervös, gerade jetzt, wo ich so viel zu tun habe. Außerdem habe ich diese Dienstbotengeschichten satt, laß mich damit doch endlich in Ruhe. Der Teufel soll diese Anna holen und sie in der Hölle braten, ich will sie nicht mehr sehen...«

»Schrei nicht.«

»Schrei du nicht. So ein Theater! Oder glaubst du vielleicht, was die Anna kann, schafft keine andere?«

»Nein«, schrie die Frau und hob sich im Bett auf die Knie; weiß, im Nachthemd, mit den Armen fuchtelnd: »Nein, das schafft keine andere!«

»Du bist ja nicht bei Trost«, fuhr Vizy seine Frau an, die über ihren Ausbruch selbst erschrak und sich wieder hinlegte, »du bist wirklich nicht bei Trost.«

»Und du bist grob, roh und gemein. Immer bist du schon
so... so unfein... und so gemein...«

Sie trocknete sich die langsam fallenden Tränen mit den
vielen Taschentüchern, bald mit dem einen, bald mit dem
anderen. Vizy setzte sich und zupfte an seiner Nase. Er
hörte zu, wie sie ihn beschimpfte, hörte geduldig und ergeben zu wie die meisten Männer, die ihre Frauen betrügen
und ab und zu dafür Buße tun wollen. Das Telephon klingelte. Er lief zum Schreibtisch und hielt die Hand wie
einen Trichter über die Sprechmuschel, während er mit jemandem sprach. Er sprach sehr leise, sagte meist nur ja
und nein und nahm dann seinen Mantel und ging.

Frau von Vizy blieb allein in der großen Wohnung. Sie
weinte noch eine Weile vor sich hin, dann wurde sie müde
und starrte in die Luft.

Plötzlich stand Anna vor ihrem Bett.

»Ich wollte nur fragen«, stammelte sie, »ob die gnädige
Frau etwas braucht?«

Frau von Vizy antwortete nicht. Seitdem Anna gekündigt
hatte, hatte sie noch kein Wort mit ihr gesprochen. Sie
haßte Anna und konnte ihren Anblick nicht ertragen.

Anna wartete, zögernd stand sie in der Atmosphäre der
Feindseligkeit, die sie so kalt umgab. Sie bedauerte die
gnädige Frau, weil sie krank war und soviel leiden mußte.
Einen Teil der Schuld schrieb sie sich selbst zu.

Frau von Vizy stieß einen Seufzer aus. Sie fühlte, daß sich
ihre düstere Stimmung ein wenig gebessert hatte. Das
Mädchen stand noch immer vor dem Bett und ging nicht.
Da legte sie ihr Kopfkissen zurecht und sprach in tadeln-
dem, aber doch versöhnlichem Ton:

»Nun, sind Sie zur Vernunft gekommen?«

Statt zu antworten, senkte Anna den Kopf.

Frau von Vizy sprach mit großen Pausen.

»Ich muß es ja schließlich wissen... Mir hat das eine Mal

genügt, ich will keine Szenen mehr... Ich halte Sie nicht zurück... Es ist Ihr gutes Recht... Sie können gehen... und mich allein lassen, mitten im tiefsten Winter... Man kann niemanden zwingen... Gefällt es Ihnen nicht mehr, können wir ja im Guten auseinandergehen... Wenn Sie aber bleiben wollen, gut, dann bleiben Sie... Übrigens verstehe ich nicht ganz... worüber haben Sie sich zu beklagen?... Haben wir Ihnen etwas getan?... Haben Sie nicht genug zu essen bekommen?... Brauchen Sie Geld?... Ihr Lohn liegt auf der Sparkasse... vermehrt sich und trägt Zinsen... Weshalb sagen Sie nichts?... Sie können das Geld jederzeit abheben... und sich etwas dafür kaufen... etwas Wertvolles... Oder soll ich den Lohn erhöhen... darüber kann man ja reden... Was wollen Sie eigentlich?«

Anna trat einen kleinen Schritt vor. Frau von Vizy hielt jetzt den Augenblick für gekommen, das Mädchen endgültig kirre zu machen, und nun hörte sie die Stimme des Geistes: Hart sein, hart sein!

»Sie wissen ja selbst nicht, was Sie wollen... Sie glauben dem Kerl, weil er Ihnen den Kopf verdreht hat... Ich kenne die Männer... Erst versprechen sie einem das Blaue vom Himmel, und dann lassen sie die Mädchen sitzen... Er verdient ja nicht einmal genug, um Sie ernähren zu können... Wovon wollen Sie leben?... Und wo werden Sie wohnen?... In dem schmutzigen kleinen Loch?... Dort würden Sie ja verschimmeln... Die Kerle wollen nur eine Magd, die für sie wäscht und kocht... und der sie keinen Lohn zu zahlen brauchen... eine Närrin, die sich ausnutzen läßt, aber keine Frau... Wenn er wenigstens noch jung wäre... aber ein Witwer... Seine Tochter ist so groß wie Sie... Ich kenne die kleine Kröte... die kratzt Ihnen die Augen aus... Wollen Sie vielleicht Stiefmutter spielen...? Ich kenne das... Viele Mädchen haben schon geheiratet, nachher sind sie gekommen: der Mann trinkt, schlägt sie, hat keine Arbeit, ach gnädige Frau, wenn ich doch noch einmal zu Ihnen zurückkönnte... Dann betteln sie... Aber wer mein Haus einmal verläßt, betritt die Schwelle nicht mehr... Wohin wollen Sie dann gehen...? Nach Hause...? Was soll aus Ihnen werden?... Dann können Sie zu Juden gehen... Was?«

Das Mädchen hatte lächelnd etwas geflüstert. Frau von Vizy unternahm noch einen letzten sanften Angriff.

»Ruinieren Sie Ihr Leben nicht... Ihre Jugend... Ihre schöne Jugend... Sie werden es bitter bereuen... Hören Sie auf jemanden, der klüger... und erfahrener ist... Ich will ja nur Ihr Bestes... Ich würde ja nichts sagen, wenn er für Sie paßte... aber der... Es wird sich schon noch einer finden... später... dann werden wir Sie verheiraten... Ich will Sie wirklich nicht zwingen... Überlegen Sie es sich noch einmal... aber jetzt zum letzten Mal... Morgen können Sie mir Bescheid geben... Überlegen Sie es sich noch einmal genau...«

Anna strich sich über das Haar.

»Ich habe es mir schon überlegt.«

»Sie bleiben also?«

»Ich bleibe.«

Frau von Vizy sank, von der großen Schlacht erschöpft, in die Kissen zurück.

»Möchten gnädige Frau nicht etwas zu Abend essen?«

»Nein, nichts. Das heißt, bringen Sie mir etwas Kompott. Ich habe seit zwei Tagen keinen Bissen gegessen.«

Anna bediente sie so schnell und so beglückt wie noch nie vorher.

Sie brachte Sauerkirschen. Frau von Vizy erkannte auf dem Etikett Katicas kraklige Buchstaben und sagte:

»Das ist noch vom vorigen Jahr, das hat Katica eingemacht.«

Und nach langer Zeit dachte sie wieder einmal an Katica. Während Frau von Vizy den dunkelroten Saft löffelte und die Kerne auf einen Teller spuckte, beschäftigte sie sich in Gedanken mit ihrem früheren Dienstmädchen. Es schien, als habe Katica das Einmachglas wie einen Energiespeicher mit der Spannkraft ihrer Arbeit geladen, die sich nun befreite. Frau von Vizy aß mehrere Tage an den Kirschen, und jedesmal geisterte etwas vor ihr auf. Als aber dann das Etikett in den Abfall kam und das Glas abgewaschen wurde, war Katica endgültig vergessen.

Im Hause herrschte wieder Frieden. Anna war zu dem Schornsteinfeger gegangen und hatte ihm den Laufpaß gegeben, so daß er beleidigt war und nach zwei Wochen die Witwe mit dem Haus in der Vorstadt heiratete. Das machte Anna keinen besonderen Kummer. Fragte man sie, ob es so besser sei, antwortete sie: Ja, es sei sicher besser.

Die Aufregung hatte sich gelegt.

Auch Stefi vertrat ihren Standpunkt nicht mehr so fest. Sie war jetzt sichtlich niedergeschlagen, sie hatte ebenfalls Kummer. Als sie die ungarischen Volkstänze gelernt und auch schon die Lackschuhe für den Ball gekauft hatte, auf dem sie mit den vornehmen Fräulein zusammen hätte tanzen sollen, bekam sie ein Schreiben vom Ballkomitee: »...Zu unserem größten Bedauern müssen wir auf Ihre gütige Mitwirkung verzichten.«

Annas Geschichte verlor von Tag zu Tag an Interesse. Anna ging so völlig in der Organisation des Hauses auf, daß sie verschwand, man bemerkte sie nicht einmal mehr und verlor kein Wort über sie. Wie die meisten Dienstmädchen begann sie, ihre Herrin nachzuahmen. Sie strich sich schon genauso über das Haar wie Frau von Vizy, und wenn Bekannte anriefen, wußten sie oft nicht, ob sie die Stimme des Dienstmädchens hörten oder die der gnädigen Frau.

XVII

FASCHING

Der Bankdiener brachte Józsi Elekes seine Post in die Devisen-Abteilung. Sie bestand aus einer Todesanzeige.

Józsi öffnete den Umschlag und war so bestürzt, daß ihm das Blatt beinahe aus der Hand fiel.

Inmitten des Trauerrandes stand mit fetten Buchstaben der Name seines besten Freundes, Janis Name. Die Anzeige lautete:

Ferenc von Patikárius und Frau, geborene Theresia von Jámbor, teilen in ihrem Namen sowie im Namen aller Verwandten mit vom Schmerz gebeugten Herzen mit, daß ihr einziger Sohn

JANOS VON PATIKÁRIUS

am 16. Februar 1920 für den Ernst des Lebens gestorben ist und von nun an nur noch der Fröhlichkeit leben wird. Deshalb lädt der fröhliche Tote auf diesem nicht ungewöhnlichen Wege seine Freunde für den obengenannten Tag Punkt 24 Uhr zu einem gemütlichen Champagner-Souper in den *Club des Parisiens* ein, damit sie mit ihm zusammen alle ihre Sorgen feierlich begraben.

Um gute Laune wird gebeten. Nieder mit der Traurigkeit.

Friede seiner Asche.

Er hatte von Jani seit Monaten nichts mehr gehört. Eines Tages war sein Freund, ohne es vorher gemeldet, ohne gekündigt zu haben, aus der Bank verschwunden, und dann von der Beamtenliste gestrichen worden. In seiner Junggesellenwohnung in Buda wußte man nur, daß er verreist war. Die Vizys behaupteten, er halte sich in Wien auf, aber er schrieb weder ihnen noch seinen Freunden.

Elekes lehnte sich verblüfft an einen Geldschrank. Er drehte die Todesanzeige hin und her, der Scherz schien ihm doch zu dumm. Dann zuckte ein blasses Grinsen durch sein Entsetzen. Er las das Blatt noch einmal, jetzt genoß er aber schon die kühnen, geistreichen Stilfeinheiten der Formulierung. Da hatte ihn der Kerl doch tatsächlich hereingelegt.

Jani kam am 16. mit dem Wiener Schnellzug an. Vom Bahnhof fuhr er direkt in ein elegantes Hotel am Donaukai und ließ sich ein Appartement im ersten Stock geben. Er badete und ging dann in den Speisesaal, wo ihn bereits ein Wohnungsagent erwartete, den er telegraphisch hinbestellt hatte. Das Geschäft war schnell abgeschlossen, Jani unterschrieb eine Erklärung, daß er ein für allemal auf seine Wohnung in der Marmorstraße mit aller beweglichen Habe verzichtete, wofür ihm der Makler eine Menge Dollars auf den Tisch legte, die Jani nachlässig in die Tasche steckte. Alles geschah im amerikanischen Tempo, und zum Schluß machten sie *shake hands*.

Nach dem großen und strahlenden Wien schien ihm das kleine und ärmliche Budapest so vertraut, daß er beinahe gerührt wurde. Es war ein verträumter Nachmittag, heiter und idyllisch, ein Winternachmittag, an dem die Lebensfreude Funken sprühte. Knisternder Schnee bedeckte die Stadt. Auch die Stirnen der Löwen an der Kettenbrücke waren beschneit; es sah aus, als hätten sie ein weißes Tuch umgebunden. Schlittschuhe klirrten in den Händen der

Frauen, die zur Eisbahn liefen. Schlittenglocken klingelten. Der Frost, der klare, gesunde Frost, zwickte in die Wangen und machte sie rot. In der Konditorei Gerbeaud brannten die venezianischen Kronleuchter, in der Waitznerstraße, der Kronprinzenstraße und all den altertümlichen, aus dem vorigen Jahrhundert stammenden Straßen der Innenstadt gingen die Lichter hinter den Spiegelscheiben der Schaufenster an, in denen nun alles noch begehrenswerter, zauberhafter erschien, sogar die Schuhe und die Bücher und die Mineralwasserflaschen auf dem bemoosten Felsen neben dem kleinen Reklamespringbrunnen, der Quittenkäse, die Berge von Wal- und Haselnüssen und die Pyramiden von schmackhaften, noch feuchten Berberdatteln, die an die ferne Kindheit und an den Sankt Nikolaus erinnerten. Die Festbeleuchtung griff auch auf den Himmel über, der sich von Augenblick zu Augenblick veränderte. Jetzt dämmerte er apfelgrün hinter dem Gellértberg, dann schimmerte er rosig über der Burg, plötzlich wurde er blaß, fahl und grau, und in der nächsten Minute waren schon die winzigen strahlenden Wintersterne da.

Gegen Abend kam eine Dame zu den Vizys.

Sie ließ sich von Anna in den Salon führen, nahm dort Platz und wartete, bis sich die Hausfrau für den Besuch umgezogen hatte.

Die Fremde zog fröstelnd ihren Otterpelz fester zusammen. Als die Frau des Hauses kam, stellte sie sich ihr mit dünner Vogelstimme vor, duzte Frau von Vizy gleich, wie das bei den Damen des Landadels üblich ist, sprach über Vizy, den sie aus dem Ministerium zu kennen schien, über die Patikárius', die sie in Eger getroffen hatte; sie schwatzte unablässig und betrachtete Frau von Vizy prüfend durch ihr Lorgnon.

Frau von Vizy war zurückhaltend. Sie konnte den Worten der Frau nicht entnehmen, was sie eigentlich wollte.

Wahrscheinlich kam sie von einem der zahlreichen Komitees, die überall um Mitglieder warben und Geld für gesellschaftliche Organisationen und wohltätige Zwecke sammelten. Die Dame bezog sich immer wieder auf irgendeine Gräfin. Sie plauderte hastig, aber leise, mit der über alles hinweggleitenden Oberflächlichkeit, die charakteristisch für Hochstaplerinnen ist. Sie war schon für den Abend angezogen, unter dem Pelz sahen grüne Schuhe und Seidenstrümpfe hervor. Später legte sie die Tüllboa ab und öffnete den Pelzmantel, so daß man ihren mageren, gepuderten Busen und die Balltoilette sehen konnte, ein tadelloses, mit Goldperlen besticktes Seidenkleid.

Frau von Vizy beantwortete gerade eine Frage, bereits argwöhnisch und mit der Absicht, einen Ausweis von ihrem Besuch zu fordern, als sie es sich plötzlich anders überlegte. Sie sah die Dame scharf an, ging dann auf sie zu und nahm ihr wortlos den Hut vom Kopf. Eine zerzauste Perücke kam zum Vorschein, die eine ähnliche bernsteingelbe Farbe wie ihr eigenes Haar hatte.

»Du Lausejunge«, sagte Frau von Vizy, »was machst du denn hier?«

»Ich gehe auf den Maskenball. Servus, Tante Angela.«

»Woher kommst du?«

»Aus Wien. Sag«, fragte er seine Tante, während er mit leicht gerafftem Pelz durch das Zimmer spazierte, »bin ich nicht eine hübsche Frau?«

»Eine komische Figur bist du«, antwortete Frau von Vizy. »Dein armer Vater weiß nicht einmal, wo du dich herumtreibst. Was machst du eigentlich?«

»Geschäfte.«

»Schiebergeschäfte?«

»Ich arbeite in der Kohlenbranche. Braucht Ihr Kohlen? Wieviel Waggon wollt Ihr haben?«

»Kindskopf. Wie lange bleibst du hier?«

»Ich fahre schon morgen zurück, ich bin nur für einen Tag gekommen. Wie geht es übrigens Onkel Kornél?«

»Hast du noch nichts davon gehört? Er wird Staatssekretär.«

»Gratuliere. Du, könnte man nicht etwas mit dem Staat machen? Wenn Onkel Kornél einmal nach Wien kommt, soll er mich unbedingt besuchen. Ich habe eine schöne Wohnung, Rotenturmstraße I. Also Handkuß, Tante Angela, meine Freunde warten auf mich, Elekes und die ganze Bande. Auf Wiedersehen, ich küsse Ihre Hand, Madame.«

»Du willst doch nicht so auf die Straße gehen?«

»Das Auto wartet unten.«

»Sei vorsichtig, Jani«, ermahnte Frau von Vizy ihren Neffen, »und schreibe deinen armen Eltern.«

Den *Club des Parisiens* betrat Jani durch eine Hintertür. Er war von der öden Trostlosigkeit dieser Hinterräume verblüfft. An den Kleiderhaken hingen einige Spazierstöcke und Mäntel, die Kellner standen in Hemdsärmeln da und frisierten sich. Jani wurde vom Besitzer persönlich empfangen, der schon wußte, daß er es mit einer Wiener Kohlengröße zu tun hatte. Mit untertänigen Bücklingen führte er ihn in das mit Vorhängen verhängte Extrazimmer, wo, wie es Jani bestellt hatte, für zehn Personen gedeckt war. Die Verhandlungen wurden in deutscher Sprache geführt. Jani ließ Blumen neben die Gedecke legen, verlangte einen eigenen Kellner für die Gesellschaft und überflog das Menü. Er fand alles in Ordnung. Dann ordnete er an, die Herren hereinzuführen und nichts von seiner Anwesenheit zu sagen.

Jani legte eine schwarze Seidenmaske an und betrat den Tanzsaal. Der Raum glühte. Die Jazzband legte sich ins Zeug, aber es tanzten erst wenige Paare. Das Personal ließ

dreißig riesige Luftballons aufsteigen, die zögernd im opa-
lenen Licht umherschwebten, bis sie schließlich irgendwo
bei den mit Papierschlangen umwundenen Bogenlampen
hängenblieben, gleichsam erstaunt darüber, wie sie sich
vom blauen Frühlingshimmel hierher verirrt hatten. Allmählich trafen die Masken ein. Pierrot und Pierrette, ein
einsames Zigeunermädchen, ein gestiefelter Bauernbur-
sche mit Hammerstock und blumengeschmücktem Hut,
ein grünhaariger und ein rothaariger Clown mit gefärbten
Lippen und der üblichen kupferroten Nase, Gestalten mit
chinesischen Schnurrbärten, Narrenkappen, langen
grauen Bärten und Papierzylindern. Das größte Aufsehen
erregte ein bekannter Börsenmakler mit einem Spitz-
bauch, der in blutrotem Henkertalar erschienen war, mit
ebenfalls blutroter Kapuze und gewaltigem Henkersbeil.
Jani betrachtete hinter seinem Fächer hervor den immer
dichter werdenden Wirbel. Er suchte seine Kameraden,
die neun Eingeladenen, entdeckte aber nur Elekes, der
kein Kostüm anhatte, nur einen Frack, und mit irgendeinem blonden Kätzchen tanzte. Der Tanz stockte schon,
es waren so viele Masken, daß sich die Paare nur noch
aneinandergelehnt in vertikaler Richtung bewegen konnten. Auch Jani mischte sich unter die Tanzenden. Ein
unbekannter Mann forderte ihn zum Tanz auf. Im Durcheinander verlor er in der Nähe der Musikkapelle seinen
Partner wieder. Elekes, der gerade allein dort stand, legte
den Arm um Jani und tanzte mit ihm weiter. Er preßte ihn
an sich, sah ihm in die durch die zwei Schlitze der Maske
hervorblitzenden Augen, tänzelte einige Male durch den
Saal mit ihm und drückte die lauwarme, angenehm-
feuchte Hand des Freundes. Das war alles so seltsam, daß
Jani nun auch verschiedene Leute zum Tanz aufforderte,
Frauen und Männer abwechselnd.
Aber er konnte das Abendessen kaum erwarten, er sehnte

sich nach dem Freundeskreis, den er so lange entbehrt hatte. Um Mitternacht, als die Masken fielen, blickte er sich um. Aber nur fremde Gesichter kamen zum Vorschein. Er legte Maske und Perücke ab und ging, während er das Kleid aufknöpfte, in das Extrazimmer.

Die Herren, die von den Kellnern in das Zimmer geführt worden waren, empfingen den Gefeierten, der sie in seinem zwitterhaften Gewand ernst, beinahe streng anstarrte, mit großem Hallo. Sie schwenkten die Todesanzeigen. Elekes bedeckte Janis Gesicht mit Küssen, die anderen griffen ihm unter den Rock oder kniffen ihn in die Brust. Vier Gäste waren der Einladung gefolgt. Außer Elekes waren Dani Tötössy und Steffi Indali gekommen, mit denen ihn eine Art oberflächliche Gesellschaftsfraternität verband, ferner Gallovich, ein obskurer Bekannter von ihm, den er zuerst überhaupt nicht hatte einladen wollen, – der hielt einen riesigen Ochsenkopf in der Hand. Die, mit denen er bestimmt gerechnet hatte, die Jungen von der Bank, waren nicht gekommen. Das verstimmte ihn. Er zog sich schnell um, trat als Gastgeber auf und rief die fehlenden Freunde an. Aber überall bekam er die Antwort, der Herr sei ausgegangen.

Sie warteten noch lange, aber einmal mußte doch mit dem Essen angefangen werden. Es gab eine große Schlemmerei und Trinkerei, Kraftbrühe in Tassen, besten Plattenseezander, Truthahn mit kalifornischen Pflaumen, Badacsonyer und Rheinwein. Der *maitre d'hôtel* brachte die Kübel, in denen der französische Champagner in frischem Schnee kühlte.

Jani saß oben an der Tafel, links von ihm, nahe seinem Herzen, Elekes mit dem schön gescheitelten Haar und der Kreolenhaut, das Monokel im Auge. Für ihn erzählte, berichtete Jani, den Kopf fast an seine Brust gelehnt. Wie alle, die lange nicht in ihrer Muttersprache gesprochen haben, war er besonders geschwätzig. Was er Monate hindurch niemandem hatte erzählen können, brachte er nun an. Er hatte ungeheuer viel Geld, nicht nur die Dollars, die er für die Wohnung bekommen hatte, sondern außerdem noch zweihundert, dann österreichische gestempelte und ungestempelte Banknoten und auch ungarisches Geld. Er berichtete, daß er in einer Fünfzimmerwohnung wohne, zusammen mit einer polnischen Tänzerin namens Daisy, die seine Geliebte war und auch mit ihm gemeinsam Geschäfte machte. Als Beweis zog er die mit einer Widmung versehene Fotografie der Tänzerin und ihre Briefe aus der Tasche, die sie in deutscher Sprache an ihn geschrieben hatte. Die Beweise gingen von Hand zu Hand. Die Freunde mußten ihm wohl oder übel glauben.

Aber Gallovich, der abscheuliche Gallovich, begann Jani zu ärgern: »Du hältst sie also aus, Jani, was? Sag, und wie hält sie das aus?«

Jani hörte sich das eine Weile an, dann knurrte er mit einem verächtlichen Blick: »Übernimm dich bloß nicht, du Geistesakrobat.«

Das Essen verlief nicht so, wie es sich Jani vorgestellt hatte. Die Faschingskrapfen waren noch nicht verzehrt, als schon Fremde kamen. Gallovich stellte einen seiner Freunde vor, der sich gleich an den Tisch setzte und mittrank. Beim Parfait tauchten zwei freche Weiber auf und bewarfen Jani mit Konfetti. Davon bekam er einen Geschmack im Munde, als hätte er Sägemehl gegessen.

Als die Tafel aufgehoben wurde und der Oberkellner die Zigarren und Zigaretten mit einer brennenden Kerze herumreichte, zog Elekes Jani beiseite, der ihm selbstverständlich zur Verfügung stand und fünfzig Dollar gab. Auch Tötössy und Indali wollten und bekamen etwas. Dann gingen sie tanzen. Elekes wurde von seiner Blondine geholt, einer kleinen Kellerpflanze, der die Sommersprossen durch den gelben Puder schimmerten. Gallovich bewirtete die unverschämten Mädchen von vorhin mit Sekt und setzte sich von Zeit zu Zeit den Ochsenkopf auf, worüber sie sich köstlich amüsierten.

Gegen Morgen nahm dieser widerliche Kerl sein Glas, ging an einen anderen Tisch und trank dort mit seinen Damen weiter. Jani blieb allein. Tanzen wollte er nicht. Es waren lauter neue Gesichter hier, die er nicht kannte; das Publikum dieses Etablissements wechselte nämlich von Woche zu Woche.

Elekes kam mit durchgeschwitztem Kragen vom Tanzen zurück. Jani packte ihn an der Hand und ließ ihn nicht wieder los.

»Alles umsonst«, seufzte er, »alles vorbei…«

»Ein kleines Hündchen kroch aus dem Ei«, spann Elekes weiter.

Jani schwieg. Er wußte nichts mehr zu sagen, er hatte schon mit allem geprahlt, mit den Dollars, der Fünfzimmerwohnung, mit Daisy, und fühlte jetzt so etwas wie Unbefriedigtsein. Diese Kerle ließen sich durch nichts verblüffen.

Er fuhr sich mit seiner trockenen Hand über die Stirn.

»Du, Elekes«, sagte er unvermittelt, »ich hatte noch eine, aber davon wußtest du nichts. Damals, als ich nach Budapest kam.«

»Die Schauspielerin?«

»Nein, aber um dieselbe Zeit. Weißt du wen? Ein Dienstmädchen.«

»O weh!«

»Du, Elekes, ein Dienstmädchen, ein ganz gewöhnliches Dienstmädchen!« Und er stand auf und schrie, denn das Saxophon machte einen entsetzlichen Lärm. »Du, die war was! Prachtvoll, einfach prachtvoll. Noch unberührt.«

»Donnerwetter!«

»Ein gewöhnliches Bauerntrampel, mein Lieber, dreckig und zerlumpt. Aber ich sage dir, ich sage dir...!«

Elekes stützte sich mit den Ellenbogen auf und spielte mit seinem silbernen Zigarettenetui, er hatte seinen Freund satt und war froh, als das blonde Kätzchen den Kopf durch den Vorhang steckte und ihn zum Tanz aufforderte.

»Elekes«, schrie Jani aus vollem Halse, »Elekes«, und streckte die Hände aus.

Aber man konnte ihn nicht hören. Die Trommeln der Jazzband wirbelten so wild wie die Soldatentrommeln bei einer Exekution im Morgengrauen.

Eine Weile stand er noch mit ausgebreiteten Armen da, dann sank er in einen Sessel. Er war allein, ganz allein. Und ganz leer, nichts war ihm geblieben. Diese Bande ekelte ihn an. Er raffte sich auf, schleppte sich an das Waschbecken und kühlte seinen Kopf. Auf dem Rückweg bat er den Oberkellner im Korridor, ihm die Rechnung fertig zu machen. Der Oberkellner rechnete blitzschnell. Dabei kam eine so große Summe heraus, daß Jani im Nu nüchtern wurde. Er machte den Kellner darauf aufmerksam, daß er nicht betrunken sei, und es entwickelte sich ein Streit über die Frage, wieviel Sekt getrunken worden war. Der Besitzer ließ alle leeren Flaschen bringen und erklärte, daß sich die geladenen Herren auch noch an anderen Tischen mit Damen vergnügt hätten. Auch bei der Umrechnung in Dollar gab es einige Meinungsverschiedenheiten, bei denen Jani die letzten Züricher Kurse aus der Abendausgabe des *Pester Lloyd* entgegengehalten wurden. Schließlich warf er das Geld hin.

Viertel sechs kam er ins Hotel zurück. Als er auch dort bezahlt hatte, blieb ihm fast kein Geld mehr übrig. Er ließ sein Gepäck zur Bahn schaffen, zu dem Zug, der um acht nach Wien abfuhr.

Jani legte sich nicht mehr hin, er ging am Donaukai spazieren. Dann lief er über die verlassene Rákóczistraße, in der er keine Menschenseele traf. Wieviel dunkler war doch Budapest im Vergleich zu Wien! Die Langeweile überfiel ihn, er suchte nach einem Café. Aber die Cafés waren noch nicht geöffnet. Er bog in die Josephsstadt ein, in die krummen Gassen, durch die er früher so gern gestreift war. Auch hier war der Betrieb schon zu Ende, nirgends gab es Musik, in den Kaffeestuben wurde ausgefegt, die Straßenmädchen, die von der Nachtarbeit durchgefroren waren, tranken stehend ihren Milchkaffee. Draußen liefen nur noch die kühnsten und fleißigsten umher.

Jani schlenderte eine der Straßen hinab, immer weiter und weiter, und pfiff. Das Gesicht zum Himmel gewandt, pfiff er den Himmel an. Die wundervollen Farben des Nachmittags waren verschwunden, der Himmel war schwarz geworden, mit Schneewolken bedeckt. Langsam rieselte der Reif auf den Pelzkragen des einsamen Wanderers. Irgendwo, etwa in der Mitte der Straße, wo sich schon seit Jahren ein leerer Bauplatz breitmachte, stand vor einer Hütte noch eine Frau, nicht mehr jung, schon über die Vierzig; tierische Langeweile auf dem feisten, speckigen Gesicht, stand sie an den Türpfosten gelehnt. Ihre Hände, mit denen sie früher saure Gurken eingelegt haben mochte, hingen leer herab. Aber sie trug – überraschenderweise – eine Schürze und auf dem Kopf ein buntes Bauerntuch. Sie gehörte zu denen, die durch ihre Tracht die frühmorgens in die Fabrik eilenden, vom Dorf stammenden Arbeiter und die Handwerksburschen, die sich am Samstagabend amüsieren gehen, an ihre unerfüllten Träume vom friedlichen Heim, vom stillen Glück und der netten, sauberen Hausfrau erinnern wollen. Sie hätte es nie gewagt, den eleganten jungen Herrn anzusprechen, denn ihre Stammkunden rekrutierten sich nicht aus dieser Klasse.

»Ja«, dachte Jani, als er schon einige Schritte an der Frau vorbeigegangen war, »das wäre seltsam. Das wäre sogar furchtbar.«

Er ging zwar weder langsamer noch schneller weiter, aber die Frau auf ihrem Posten erriet, welcher Gedanke ihm da gekommen war, sie schlich ihm nun ganz furchtlos nach, und dicht hinter seinem Rücken sagte sie in einem unerklärlichen Ton:

»Kommen Sie herein, kommen Sie, Sie werden es nicht bereuen.«

Sie sagte das so seltsam widerwärtig, in einem neckischen und zugleich vertraulichen Ton, daß der junge Mann stehenblieb. Er sah sie nicht an, er drehte ihr den Rücken zu, aber er hörte, wie sie vor ihm durch eine Haustür ging, die sie offenstehen ließ. Jani folgte ihr.

Die Frau hauste am Ende des Hofes, neben einer Wagenremise oder einem Holzschuppen. Die Tür ihrer Kammer führte auf den Hof und knarrte vor Frost. Auf dem Tisch wachte eine Petroleumlampe über einer weinroten Plüschdecke. Als die Frau den Docht der Lampe höher schraubte, sah Jani eine Chaiselongue, ein Handtuch, ein Kissen und an der Wand ein Bild von Kaiser Wilhelm II. mit seinen sämtlichen Orden und Ehrenzeichen.

Später, als es zu dämmern begann und der graue Februarmorgen durch das Fenster kroch, begann Jani auf und ab zu gehen, er steckte sich eine Zigarette an und warf auch der Frau eine zu, eine österreichische *Dritte Sorte*. Die Frau bückte sich, denn die Zigarette war auf den Fußboden gefallen. Sie hob sie auf, wischte sie an ihrem Hemd ab und legte sie beiseite. Sie rauchte nicht.

Jani wühlte in ihren Sachen umher, kramte neugierig hier und dort. Auf dem Tisch entdeckte er ein Buch in abgegriffenem grünem Samteinband, der mit Messingornamenten verziert war. Als er es aufschlug, fielen die Blätter auseinander. Es war das Stammbuch der Frau. Er las darin. Es war vollgeschrieben mit guten Wünschen, mit Lebensweisheiten, die aus den Klassikern stammten und zu Gemeinplätzen geworden waren, mit goldenen Sprüchen voller Gleichnisse und Symbole wie etwa: die Morgendämmerung des Lebens oder der Anker der Hoffnung.

Er las das ganze Album durch; schließlich mußte er die Zeit bis zur Abfahrt des Zuges irgendwie totschlagen.

»Wer hat das geschrieben?« fragte er bei einer Seite.

»Eine Freundin.«

»Wann?«

»Ist schon lange her.«

»Und das?«

»Ein Bekannter. Aus Gyöngyös. Aber auch meine Gäste schreiben manchmal etwas hinein. Schreib du doch auch etwas.«

»Was?«

»Denk dir etwas aus.«

Sie brachte ein angeschlagenes Fläschchen voll Tinte und eine Feder, eine rostige Feder. Jani schob sie verächtlich beiseite und schraubte seinen neuen Waterman-Füllhalter auf.

Er dachte tatsächlich nach.

»Wie heißt du?«

»Frau Piskeli«, antwortete die Frau wie bei einem Polizeiverhör.

»Du bist Witwe?«

»Nein.«

»Dein Mann lebt also noch?«

»Ja. In Siebenbürgen. Er ist Tapezierer. Er will sich nicht scheiden lassen.«

»Ist mir egal. Danach habe ich nicht gefragt. Wie heißt du mit Vornamen?«

»Ilona.«

Jani runzelte die Stirn, er zerbrach sich den Kopf, in der Hand die zum Schreiben bereitete Goldfeder. Dann schrieb er mit runden, abgezirkelten Buchstaben so sorgfältig wie in ein Schönschreibeheft:

> Ich ging durch den grünen Wald,
> Wo ich ein kleines Veilchen fand.
> Sagte mir das Veilchen da:
> Sei glücklich, liebe Ilona!

Und er schrieb seinen Namen darunter, seinen vollen Namen. Dahinter setzte er — er wußte selbst nicht, warum — ein Ausrufungszeichen, genau wie hinter das Gedicht. Dann unterstrich er den Namen noch, so:

János von Patikárius!

Er ließ die feuchten Buchstaben am Zylinder der Lampe trocknen und gab das Buch dann der Frau, die ihm dankte.

»Du kannst aber schön schreiben«, sagte sie, »du bist gewiß Beamter oder Rechtsanwalt.«

Jani erreichte gerade noch seinen Zug.

XVIII

GRAUEN

Das Gerücht von Herrn von Vizys Ernennung zum Staatssekretär nahm immer bestimmtere Formen an. Der Kandi-
dat besaß das volle Vertrauen der Regierung. Oft hieß es
schon, die Ernennung werde am nächsten Tag erfolgen,
aber dann kam die Angelegenheit wieder ins Stocken,
schlief irgendwo ein. Daraufhin wurde ein bißchen nach-
geholfen, und die Sache kam wieder in Gang. In erster
Linie bemühten sich Gábor Tatár und seine Freunde
darum. Aus dem Parlamentscouloir und den Parteikreisen
kam der Bescheid, daß alles in Ordnung sei.
Inzwischen war es Frühling geworden. Die Kastanien-
bäume der Christinenstadt trugen wieder ihre weißen Blü-
tenkerzen, der ovale Biedermeierrahmen des Tunnels
schmückte sich mit grünem Laub im Goldschimmer des
April, und die Schuster stellten sich in den altmodischen
ledernen Zunftschürzen vor ihre Werkstätten.
Frau von Vizy ging am Ostersamstag nachmittag zur Auf-
erstehungsprozession. Von der Attilastraße aus betrachtete
sie die Kirche, in der einst István Széchenyi der Kreszentia
Seilern ewige Treue geschworen hatte. Die Fahnen setzten
sich schon in Bewegung, es schien, als wandelten sie von
selbst über der Menge. Da trat plötzlich Gábor Tatár auf
Frau von Vizy zu und gratulierte ihr, der Frau Staatssekretär.
Am nächsten Tag stand die Ernennung in den Zeitungen.

221

Vizys schönster Traum war in Erfüllung gegangen. Er war zwar kein richtiger Staatssekretär geworden, wie er gehofft hatte, sondern nur stellvertretender, aber dafür war sein Wirkungskreis so groß, daß sein Ehrgeiz befriedigt wurde.

An den Osterfeiertagen gaben die Gratulanten einander die Klinke in die Hand. Die Gäste wurden würdig empfangen. In den langen Monaten des Wartens hatten die Vizys die Wohnung ausgeschmückt. Ein kristallener Kronleuchter hing von der Decke, und die Wandarmleuchter, deren elektrische Kerzen rote Seidenmützen trugen, warfen Theaterlicht auf die neuen Seidentapeten. Auf dem Tisch standen Kognakflaschen, Zigarren, Zigaretten. Vizy fuhr bereits in einem Dienstwagen vor.

Der Empfang ließ sich nicht länger hinausschieben. Vizys mußten ihre Freunde einladen, denen sie so sehr verpflichtet waren. Seit dem Krieg hatten sie keine größere Gesellschaft gegeben. Als sie aufschrieben, wer unbedingt eingeladen werden mußte, kamen fünfundzwanzig bis dreißig Personen zusammen. Vizy »legte Wert darauf«, daß der Abend des bedeutenden Anlasses würdig gefeiert werde.

Frau von Vizy spielte mit dem Gedanken, ein zweites Mädchen zu nehmen. Aber im Augenblick hatten sie noch kein Dienstbotenzimmer, und in der Küche war kein Platz für ein zweites Bett.

An einem milden, klaren Abend Ende Mai fand der Empfang statt. Das ganze Haus hatte sich in ein Restaurant, in eine Konditorei verwandelt. Etel sorgte für das kleine Gebäck, Stefi buk die Torten.

Am Nachmittag nahm das Durcheinander, das Tage gedauert hatte, ein Ende, und ein neues Durcheinander begann. Wegen der vielen Gäste mußten das Herrenzimmer, der Salon und das Eßzimmer fast vollständig ausgeräumt werden. In allen drei Räumen sollte serviert werden. Die Moviszters und die Drumas liehen Silber und Stühle.

Kornél von Vizys Haus strahlte.

Als dann am Abend Ficsor in seiner Feiertagsuniform die Haustür öffnete und die Gäste einließ, hatten sie, als sie das Treppenhaus mit seiner glanzvollen Deckenbeleuchtung betraten, den Eindruck, in einem vornehmen Palais zu sein. Auf der Treppe zum ersten Stockwerk lag ein roter Kokosläufer. Der Hausherr stand im Gehrock auf der obersten Stufe und winkte mit ausgesuchter Liebenswürdigkeit den Ankommenden zu. Er war förmlich verjüngt und verschönt durch das Bewußtsein, alles erreicht zu haben, was er im Leben erreichen konnte.

Seine Freunde aus dem Ministerium kamen, die Bekannten, mit denen ihn geschäftliche Angelegenheiten verbanden, einige Offiziere und Priester, Gábor Tatár mit seiner Frau und den beiden Töchtern. Jani kam im Frack, er brachte Tante Angela einen großen Blumenkorb mit. Punkt neun schritt der Minister die Treppe hinauf, Vizys Ressortminister mit seiner Gattin. Vizy lief ihnen einige Schritte entgegen, küßte der Dame die Hand, sagte etwas zu dem Minister, worüber die beiden Herren laut lachten, dann begleitete er die Ehrengäste hinein. Die Gäste, die später kamen, wurden von Druma, dem Ersatzhausherrn, empfangen.

Etel und Stefi waren wie vornehme Stubenmädchen angezogen und bedienten, in weißer Schürze, ein Häubchen auf dem Kopf. Anna blieb in der Küche. Sie briet die Hähnchen und begoß die jungen Gänse mit Fett, damit sie schön braun wurden.

Die Mädchen, die mit den Platten kamen und gingen, berichteten ihr, was drinnen los war. Neben der Frau Staatssekretär, die ihr neues lila Samtkleid und die großen

223

goldenen Perlenohrringe trug, saß der Minister. Der Herr Staatssekretär machte der Frau Minister den Hof und der junge Herr Jani der Frau Doktor. Zuerst hielt der Herr Minister eine Rede, dann Tatár, dann Druma und zuletzt Vizy. Immer wieder brausten Beifall und Éljen-Rufe auf.

Als Etel die Maibowle aufgetragen und die Teller herausgebracht hatte, teilte sie Stefi mit:

»Die Herrschaften sind schon in den Salon gegangen.«

»Was machen sie?«

»Reden.«

»Worüber?«

»Worüber? Natürlich über die Dienstmädchen.«

»Von was anderem können die nicht sprechen«, erklärte Stefi mit spöttisch verzogenem Mund.

»Essen wir«, schlug Etel vor.

Sie nahm eine Bratenplatte auf den Schoß, packte eine Gänsekeule und begann sie abzunagen. Stefi aß vornehm mit Messer und Gabel.

»Warum essen Sie nichts?« fragte Etel Anna.

»Vielleicht später.«

»Wollen Sie für die sparen?« fragte Etel. »Mit denen brauchen Sie kein Mitleid zu haben.«

»Ihr habt jetzt genug Geld«, fügte Stefi hinzu.

»Und ob«, erklärte Etel nickend. »Stinkvornehm wird's bei euch zugehen, bald habt ihr einen Koch und einen Diener.«

»Einen Kammerdiener«, ergänzte Stefi mit einem höhnischen Lächeln, »wie bei uns, bei den Grafen.«

Etel schmatzte.

Stefi starrte ins Feuer.

»Bei uns mußte der Kammerdiener im Winter sogar die Zeitungen anwärmen.«

»Weshalb?«

»Weil sie von draußen kamen und kalt waren. Der alte Graf hat ihn einmal mit den Zeitungen weggeschickt, er solle sie anwärmen. Und von da an mußten sie immer angewärmt werden. Wissen Sie, Etel, womit der Koch im Krieg Feuer gemacht hat, wenn er eine kräftige Flamme brauchte? Mit Schmalz. Löffelweise hat er Schmalz ins Feuer geschüttet. Ja wirklich.«

»Was geht Sie das an?« fragte Etel mit vollem Mund.

Sie zerbiß die Hühnerhälse, knackte die Köpfe, aus denen sie das Hirn schlürfte, tunkte Brot in die Sauce.

»Recht taten sie«, erklärte sie, »wenn sie es doch hatten. Und Sie haben jedenfalls auch etwas abbekommen. Hauptsache, man bekommt genug zu essen. Man hat ja sowieso sonst nichts, nur was man ißt.«

Etel war noch immer nicht mit dem Essen fertig. Sie nahm sogar übriggebliebene Knochen von den Tellern und nagte sie ab; sie ekelte sich nicht vor den herrschaftlichen Mündern. Sie goß auch Wein aus verschiedenen Gläsern zusammen und trank.

Drinnen wurde Klavier gespielt.

Etel öffnete die Küchentür weit, um besser hören zu können. Wie ein alter dicker Engel nickte sie mit ihrem weißen Häubchen zum Takt der Musik.

Der Tanz begann. Etel und Stefi rückten die Tische an die Wand. Die Paare hatten nicht genug Platz, viele wurden auf den Flur gedrängt. Auch Jani schwebte mit Frau Moviszter hinaus. Aus purem Scherz tanzte er dann durch das Schlafzimmer und die ganze Wohnung, rundherum, immer rundherum.

Als sie ins Badezimmer kamen, drückte er seine Partnerin an sich und küßte sie zwischen Hals und Schulter. Die schöne Doktorsgattin lachte girrend auf.

Anna, die Ohren von der Herdflamme gerötet, stand auf dem Flur herum und hörte es. Sie sah hin. Sie wollte in die

Küche fliehen, rannte aber gegen die Wand. Die Lampen loderten mit zuckendem Licht auf.

Das Fest dauerte lange. Nur Moviszter verschwand nach dem Essen, die anderen blieben. Nicht einmal der Minister ging, er fühlte sich ausgezeichnet. Alle fühlten sich ausgezeichnet, eben weil sich der Minister ausgezeichnet fühlte.

Ein leichter, heiterer Lärm säuselte in den Zimmern. Die Gäste diskutierten nicht, gelöst überließen sie sich einem triumphierenden Gefühl des Wohlbehagens. Kleine prikkelnde Klatschereien machten die Runde: Wer sich hatte scheiden lassen, wer gestorben, wer dicker und wer dünner geworden war; und diejenigen, die einen flüchtigen Bekannten mit einem anderen verwechselt hatten, beruhigten sich, nachdem sie erfahren hatten, daß der, an den sie gedacht hatten, nicht der war, sondern ein anderer, und daß der, der sich hatte scheiden lassen, schon wieder geheiratet hatte, während der andere, den sie lebendig glaubten, längst tot war, und daß der Dünne eigentlich dick und der Dicke eigentlich dünn war. Sie brachten die Betreffenden in den entsprechenden Fächern ihres Gedächtnisses unter, und alles war in bester Ordnung.

Die Heiterkeit der Gäste reizte Frau von Vizy immer mehr. Sie unterdrückte ein nervöses Gähnen. Die Hausfrauenarbeiten der letzten Tage hatten sie vollkommen erschöpft, besonders aber die leeren Gratulationen, auf die sie mit den gleichen leeren Worten hatte antworten müssen. Sie beobachtete durch den Rauch hindurch ihren Mann, der weit weg von ihr, im dritten Zimmer, den Minister umschmeichelte und den Damen Komplimente machte mit der verlogenen Liebenswürdigkeit, die um so unerschöpflicher ist, je mehr man sie verschwendet.

In einer Fensternische fand sie eine hübsche blonde Wienerin, mit der sie den ganzen Abend noch nicht gesprochen hatte. Sie war die Frau eines Großunternehmers. Da sie nicht ungarisch sprach, konnte sie sich nicht an der allgemeinen Unterhaltung beteiligen und war genauso isoliert wie die Frau des Hauses. Frau von Vizy setzte sich neben sie und erzählte ihr auf deutsch – sehr ausführlich – vom Tod der kleinen Piroska. Sie hatte diese Geschichte aber schon so oft erzählt, daß sie wie unbeteiligt ihre eigenen mechanischen Worte hörte, die ihr nicht den geringsten Trost gaben. Immer wieder sah sie auf die Pendeluhr und konnte kaum erwarten, daß die Gäste gingen.

Um drei Uhr erhob sich der Minister. Alles war von blauem Rauch erfüllt, der so dicht war, daß der Kronleuchter trübe schien wie eine Straßenlaterne im Nebel der Novembernächte. Vizy döste am Tisch mit hängendem Kopf. Er hörte, wie das Auto des Ministers angekurbelt wurde und wie sich allmählich der Abschiedslärm legte. Alles war gut, dachte er, alles war schön, aber nun ist es vorbei. Er hatte Schluckauf, nahm Natron ein und ging zu Bett.

Frau von Vizy blieb am Tisch sitzen. Sie betrachtete die Verwüstung. In launenhaften, futuristischen Farbflecken geisterten vor ihr auf einem Glasteller verschmierte gelbe Aprikosenmarmelade und ein Messerbänkchen, Krautstrudel und eine Käseglocke, Zahnstocher und Mayonnaise, Nikotinsaft und Maibowle mit duftendem Waldmeister. Sie hätte gern Ordnung gemacht oder alles mit der Hand vom Tisch gefegt. Aber sie war so müde, daß sie sich nur immer wieder fragte, warum die Menschen eigentlich essen.

Die drei Dienstmädchen kamen, sie lüfteten. Dann schickte Frau von Vizy Etel und Stefi fort. Anna hantierte auf dem Tisch herum, direkt vor ihrer Nase. Das Mädchen nahm einen Krug in die Hand und stellte ihn dann wieder ziellos hin.

»Lassen Sie das«, jammerte Frau von Vizy und bedeckte die Augen mit der Hand. »Ich habe das alles so satt, daß ich nichts mehr sehen will. Um Gottes willen, klappern Sie doch nicht! Schließen Sie die Fenster, dann gehen Sie schlafen. Abräumen können Sie morgen, stören Sie mich jetzt nicht länger. Und morgen wecken Sie mich nicht, ich will mich ausschlafen.«

Ihr Mann schnarchte schon, er hatte nicht einmal das elektrische Licht ausgemacht. Sie knöpfte ihr Kleid auf, warf es irgendwo hin und fiel fast ins Bett.

Knapp fünf Minuten später – es waren vielleicht nicht einmal fünf Minuten vergangen – wurde die Tür des Eßzimmers geöffnet. Anna trat ein. Ohne Licht zu machen, begann sie auf dem Tisch herumzusuchen. Vielleicht wollte sie doch noch abdecken, um am Morgen weniger Arbeit zu haben. Jetzt herrschte hier nach dem vielen Gelächter und Geschnatter tiefe Stille, die durch das sägende Schnarchen des Herrn noch tiefer wurde.

Plötzlich dröhnte ein lauter Knall durch die verwüsteten Zimmer. Es klang wie ein Pistolenschuß.

Anna kannte die fremden Möbel nicht und hatte einen schweren Eichenstuhl umgeworfen, einen Stuhl von Moviszters, und der war in seiner ganzen Länge zu Boden gefallen. Das Mädchen wartete, was nun geschehen würde. Aber es rührte sich nichts, die Herrschaften lagen im ersten tiefen Schlaf und wachten nicht auf.

Irgendwo heulte ein Hund. Er bellte den Vollmond an. Nicht weit von hier, in der Lagerstraße. Es war Schwan, der große weiße Hund, den sie kannte. Anna lief in die Küche zurück und aß im Dunkeln hastig und gierig etwas, was ihr gerade in die Hand geriet: die Keule eines Backhuhnes und viel, sehr viel Torte.

Dann stürzte sie zur Flurtür, als wolle sie fliehen. Aber sie überlegte es sich anders und lief lärmend ins Badezimmer und von dort durch die gelbe Tapetentür ins Schlafzimmer.

Frau von Vizy erwachte davon, daß jemand auf dem Rande ihres Bettes saß. Sie erhob sich ein wenig, öffnete die schweren, schlaftrunkenen Lider und starrte die Gestalt an, die im ungewissen Mondlicht wie ein Geist aussah, von einem silbernen Glanz umgeben. Frau von Vizy erschrak nicht. Da faßte die Gestalt mit der linken Hand nach ihrem Arm.

Weit aufgerissene Augen starrten sie aus nächster Nähe an.

»Was wollen Sie?« flüsterte Frau von Vizy. »Anna, sind Sie es? Gehen Sie schlafen.«

Aber die Erscheinung antwortete nicht. Sie saß da, hielt den Arm der Frau fest und ließ sie nicht los. Sie bewegte sich langsam, und diese seltsame Langsamkeit ließ die Frau schaudern, denn es war eine ungeheure Langsamkeit, eine Langsamkeit, die nicht mehr zu ertragen war.

Frau von Vizy griff mit ihrer freien Hand nach dem Hals des Mädchens, um es wegzustoßen. Aber sie tat das so ungeschickt, daß sie es noch näher heranzog und es beinahe umarmte.

»Kornél«, schrie sie plötzlich auf. »Kornél! Wer ist das? Kornél, hilf mir doch! Hilfe, Hilfe!«

Da fühlte sie auch schon, wie sie einen Schlag gegen die Brust bekam, einen gewaltigen Schlag, einen Schlag, wie sie noch nie einen empfunden hatte.

»Sie sind verrückt«, sprach sie mit versinkender Stimme und fiel auf das Kissen zurück.

Vizy, der vom Schlaf und vom Wein einen schweren Kopf hatte, lallte etwas. Dann sprang er aus dem Bett. Er stand in seinem langen, bis über die Knie reichenden Nachthemd mitten im Zimmer.

»Was ist los?« schrie er. »Wer ist da? Hilfe! Mörder! Mörder!«

Er sah die Klinge des Messers blitzen, des großen Küchenmessers, mit dem das Mädchen herumfuchtelte. Aber er erkannte Anna nicht, er hatte keine Ahnung, wer das eigentlich war, ein Mann oder eine Frau, und was geschah. Er sah nur, daß eine Gestalt zur Salontür schleichen und fliehen wollte. Er stürzte ihr nach und zerrte sie gewaltsam zurück. Es war ein schwerer Kampf. Anna hatte Angst davor, daß Herr von Vizy ihr was tun würde, sie fürchtete sich genauso wie er. Sie umfaßte ihn mit ihren von der körperlichen Arbeit kräftigen Armen, stellte ihm ein Bein, wollte ihn umreißen. Sie rangen kurze Zeit miteinander. Vor dem weißen Sofa verlor Vizy das Gleichgewicht, er fiel auf das Sofa und dann auf das Parkett. Anna kniete sich mit wilder Wut auf seine Brust, stieß und stach auf ihn los, wohin es eben traf, in die Brust, in den Bauch, in die Kehle. Dann warf sie das Messer in eine Ecke. Sie kümmerte sich um nichts mehr. Erschöpft von dem schweren Kampf taumelte sie in den Salon.

An der Wasserleitung wusch sie sich mit Seife die Hände und ging wieder in den Salon. Im anderen Zimmer tropfte etwas, tropf, tropf, wie bei der Wasserleitung, wenn der Hahn nicht gut zugedreht ist. Das Blut tropfte. Herr von Vizy röchelte, er bewegte sich, röchelte immer leiser. Anna sank auf die rote Couch und schlief ein.

Um sechs Uhr morgens läutete der Müllkutscher an der Haustür. Anna fuhr auf. Sie mußte den Abfall hinunterbringen und dann aufräumen. Es war ein strahlender Morgen. Sie rieb sich die Augen und betrachtete die Überreste des Festmahls, das ganze zirkusartige Durcheinander. Sie wußte noch immer nicht, wo sie sich eigentlich befand und wie sie hierhergekommen war. Plötzlich blieb sie stehen und ging nicht weiter. Die beiden Flügel der Schlafzimmertür waren angelehnt, sie standen einen fingerbreiten Spalt offen. Sie mußte sie hinter sich zugezogen haben, als sie hinausgetaumelt war. Sie wagte nicht hineinzusehen. Sie lauschte. Aber da war nichts, nur Stille, tiefe Stille.

Anna preßte beide Hände an die Augen. Es graute ihr vor ihr selbst. Hastig suchte sie ihre armseligen Sachen zusammen und packte ihr Bündel. Fort von hier, fliehen, rasch, nur fort von hier. Das Haus schlief noch nach dem Fest. Sie hätte auch auf den Boden laufen können oder in den Keller oder sich hinter der Mangel verstecken. Aber vielleicht lauerte ihr im Treppenhaus jemand auf. Sie warf das Bündel hin.

Dann öffnete sie sämtliche Fenster zur Straße, um nicht so allein zu sein. Die Amseln sangen schon, sie begrüßten den herrlichen Sommermorgen. Die Straßenbahnen klingelten, und die Bäuerinnen brachten die Milch in die Nachbarshäuser.

Bis elf wurde sie von niemandem gestört. Sie kauerte auf der Couch, die Ellenbogen auf die Knie gestützt. Nach elf Uhr klingelte jemand an der Wohnungstür. Er klingelte lange, wollte um jeden Preis herein.

»Sie schlafen noch«, hörte Anna Ficsor rufen, »was klingeln Sie so lange? Bringen Sie die Sachen her zu mir.«

Es war der kleine Lehrling des Kaufmanns Viatorisz, der immer um diese Zeit die bestellten Waren brachte. Der Hausmeister sagte noch:

»Es war ein großes Fest heute nacht.«

Frau Moviszter setzte sich ans Klavier wie stets um diese Zeit, sie spielte und sang. Das Telephon klingelte. Anna nahm den Hörer ab, legte ihn dann aber gleich wieder auf. Von da an klingelte das Telephon unablässig.

Gegen zwei Uhr am Nachmittag wurde an der Tür gerüttelt.

»Öffnen Sie! Hören Sie nicht? Öffnen Sie endlich! Schlafen Sie immer noch? Unmöglich. Man muß von der Straße her nachsehen.«

231

Dann wurde von der Attilastraße aus gerufen:

»Hallo! Wer ist dort? Es muß jemand in der Wohnung sein. Die Fenster sind schon offen.«

Immer mehr Stimmen waren zu hören, von hier und dort, von überall.

»Aber wenn ich Ihnen sage, gnädiger Herr, daß sie nicht fortgegangen ist. Das hätten wir sehen müssen. Anna! Anna! Schläfst du? Man muß sie wecken. Klopfen Sie nur. Fester, fester, schlagen Sie die Scheibe ein. Die Tür. Brechen Sie die Tür auf.«

»Das darf man nicht«, sagte Drumas Stimme. »Gehen Sie sofort und holen Sie einen Schutzmann.«

Der Schutzmann kam. Er hatte gehört, daß es hier ein großes Fest gegeben hatte. Zuerst klingelte er noch einmal und klopfte mit einem Schlüssel gegen die Klinke. Da ihm das Ganze verdächtig vorkam, ließ er einen Schlosser holen. Der Schlosser öffnete die Tür.

Der Schutzmann bat um zwei Zeugen. Herr Rechtsanwalt Drumas und der Schlossermeister waren bereit. Ficsor schloß sich ihnen an. Sie betraten den Flur.

»Ich habe Ihnen doch gesagt, daß jemand hier sein muß«, versicherte der Hausmeister, als er Anna sah, die im Salon vor der Couch stand. »Du bist hier? Warum machst du nicht auf? Bist du taub?«

Der Schutzmann beachtete das Mädchen nicht, mit dröhnenden, mächtigen Schritten ging er auf das Schlafzimmer zu.

Er stieß die beiden Türflügel auf, und da boten sich seinen Augen alle Grauen eines Rummelplatz-Panoptikums.

Er prallte zurück. Zum erstenmal in seinem Leben hatte er einen solchen Mord entdeckt.

Im Laufschritt eilte er auf das Mädchen zu, packte es an der Schulter. Er verlor die Selbstbeherrschung und schüttelte es aus voller Kraft.

»Du hast es getan?«

Anna senkte die Augen.

»Und weshalb?« brüllte der Schutzmann. Er riß den großen Mund mit dem Schnurrbart weit auf, und seine Augen traten glotzend aus den Höhlen. »Aufgehängt wirst du«, schrie er außer sich und sprach somit als erste Instanz das Urteil.

Anna wußte es. Und doch durchzuckte ihr Herz, das in der tödlichen Beklemmung der Nacht erfroren war, ein Hauch Wärme wie ein Frühlingswind. Er hatte ›du‹ zu ihr gesagt, der bäurische Schutzmann, der den Burschen auf dem Dorf ähnlich sah, er hatte ›du‹ zu ihr gesagt, und sie sah in ihm nicht die Amtsperson, die ihre Pflicht erfüllt, sondern einen, der Blut von ihrem Blut, der ihr Landsmann war.

Im Flur hatte sich eine Anzahl von Leuten zusammengefunden, die Hausbewohner, zufällige Passanten. Der Schutzmann wies sie energisch hinaus.

»Auseinandergehen«, sagte er. »Ein Mord. Alle haben die Wohnung zu verlassen. Im Namen des Gesetzes. Hausmeisterin, Sie schließen die Haustür ab. Niemand darf das Haus verlassen. Sie sind verantwortlich dafür.«

Antal Szücs, der Polizeiposten von der Ecke, den die Kinder Onkel Antal nannten und den auch Anna kannte, ergriff jetzt die nötigen Maßnahmen. Alle sahen beruhigt auf ihn. Es tat wohl, neben dem ungeheuren Wahnsinn und der Rätselhaftigkeit des Lebens, inmitten des Blutes und des Schreckens diese Einfachheit und Nüchternheit zu sehen, den dicken Schutzmann, den Vertreter der Macht und der gesellschaftlichen Ordnung, der sicher auf und ab schritt, mit dem Säbel rasselte und aus so viel Unglück und Krankheit als ein breitschulteriges, großes Stück Gesundheit emporragte.

»Wo ist das Telephon?« fragte er Anna.

Sie wies mit dem Kopf in die Richtung.

233

»Hallo«, sprach der dicke Schutzmann, »Polizeirevier erster Bezirk... Hallo... hallo... Antal Szücs, Polizeiwachtmeister 1327, melde dem Herrn Polizeiassistenten gehorsamst... ein Mord... ein Doppelmord... Attilastraße 238, erster Stock... Vizy... der Vorname Kornél... beide sind tot... Den Täter habe ich gefaßt... Jawohl... ich bleibe am Tatort... Jawohl«, er nahm die Anordnungen des Assistenten entgegen, »Jawohl... jawohl... jawohl...«

Er stellte Anna im Salon neben den Ofen an die Wand, damit sie nicht ausreißen konnte. Von da an wandte er das eine Auge nicht von dem Mädchen und das andere nicht von der Tür. Er nahm die Mütze vom Kopf, trocknete sich die Stirn und schnaufte, von der großen Aufregung erschöpft. Ficsor stand vernichtet, zusammengesunken da und betrachtete den Fußboden. Druma und der Schlosser tuschelten leise miteinander.

Durch die Attilastraße gellten die Sirenen der Polizeiautos. Zwei Wagen kamen. Im ersten saßen neben dem diensthabenden Offizier ein Polizeirat aus dem Präsidium, der Untersuchungsrichter und der Polizeiarzt, im zweiten eine Anzahl Geheimpolizisten.

»Melde dem Herrn Polizeirat gehorsamst«, sprach Antal Szücs, mit zusammengeschlagenen Hacken. »Ich... als Polizeiposten... wurde heute nachmittag, zwei Uhr...«

»Ist das die Mörderin?« fragte der Polizeirat, indem er den Wortschwall unterbrach.

»Jawohl«, der Schutzmann zeigte auf Anna. »Das Dienstmädchen.«

Die Herren betrachteten sie erstaunt.

Es war ihnen in ihrer langen Praxis noch nicht vorgekommen, daß der Mörder nicht vom Tatort geflohen war oder zumindest nicht versucht hatte zu fliehen. Es war seltsam.

Sie umringten das Mädchen, als hätten sie Angst, es könnte davonlaufen. Es sah aus, als wollten sie jetzt Anna ermorden.

»Gut«, sagte der Polizeirat.

Er bat den Untersuchungsrichter, den Lokaltermin vorzunehmen.

Der Fachmann für Daktyloskopie entdeckte zwei unversehrte und brauchbare Fingerabdrücke und nahm die Bettdecke und den Kissenbezug mit, um die Abdrücke zu fixieren. Die Fotografen machten Aufnahmen.

Druma stellte sich dem Polizeirat vor, der ihn und den zweiten Zeugen entließ.

Gestern hätten die Leute von der Polizei noch höflich angeklopft, bevor sie den Salon betraten, jetzt walteten sie hier ungeniert, und es störte sie nicht im geringsten, daß im Nebenzimmer die Inhaber der Wohnung noch dalagen.

Der Polizeiarzt begab sich nun mit dem Herrn Polizeirat, dem Untersuchungsrichter und dem Assistenten in das Schlafzimmer.

Frau von Vizy lag auf dem Rücken in ihrem Bett. Kein Tropfen Blut war zu sehen. Es schien, als schliefe sie nur. Ihr Mund war geschlossen, mit einem unbestimmten kalten Lächeln um die Lippen. Das Messer war mitten ins Herz gedrungen, sie hatte eine einzige große Wunde und war offenbar sofort an der inneren Blutung gestorben. Sie hatte nicht gelitten, ihr Gesicht strahlte eine durchgeistigte Ruhe aus.

Ihr Mann lag vor dem weißen Sofa, auf dem Fußboden, in einer riesigen schwärzlichen Blutlache. Er hatte neun tiefe Wunden. An seinem Hals waren die Spuren von Fingernägeln zu sehen, unter dem Auge hatte er einen langen Kratzer. Man sah, daß er sich bis zum letzten Atemzug gewehrt hatte. Er war schwer gestorben und — wie der Arzt feststellte — viel später als seine Frau, nach einem langen Todeskampf. Er hatte die Kiefer zusammengebissen, seine Adlernase hob sich streng und zornig aus dem wachsbleichen Antlitz, die Hände waren zu Fäusten geballt. Es lag etwas Heldenhaftes in dieser Kraft jenseits des Todes, etwas Schönes und Altertümliches, das es nicht mehr gibt.

An den Opfern zeigten sich schon die Leichenflecken.

Sogar die Mitglieder der Untersuchungskommission, die schon viel Schreckliches in ihrem Leben gesehen hatten, waren über die bestialische Grausamkeit der Mörderin entsetzt. Wer in den Salon hinüberging, brachte auf seinem Gesicht wie in einem Spiegel den Widerschein des Grauens mit. Auf allen Gesichtern lag dieses Grauen, denn niemand verstand, warum das geschehen war, und alle bemühten sich, es zu verstehen. Nur Annas Gesicht drückte kein Grauen aus. Sie verstand zwar auch nicht, warum sie es getan hatte, aber sie hatte es getan. Und da sie es getan hatte, mußte tief, sehr tief in ihrem Innern etwas sein, das notwendig und unausweichlich gefordert hatte, daß sie es tun solle. Und wer etwas von innen sieht, sieht es anders als diejenigen, die es nur von außen sehen.

In der Ecke fanden sie das Messer, sie hoben es auf als *corpus delicti.* Das Inventar wurde aufgenommen, die Zimmer wurden ausgemessen, in der Länge und in der Breite, ein Plan mit der Lage der beiden Leichen wurde gezeichnet. Der Polizeiarzt diktierte das Protokoll.

Der Polizeirat kam aus dem Schlafzimmer und befahl den Geheimpolizisten:

»Durchsuchen Sie die Wohnung.«

Darauf hatten sie nur gewartet. Gierig, wie eine Meute auf einen Pfiff hin ins Revier rast, stürzten sie sich auf die einzelnen Zimmer, schnüffelten, schlugen die Türen zu; der eine riß die Decke von der Couch und kroch unter das Möbelstück, als suche er nach etwas Bestimmten. Sie klappten das Klavier auf, wühlten sogar zwischen den Speiseresten auf dem Tisch, mit dem Glaslöffel zerrührten sie die Schaumtorte. Sie suchten nach geraubtem Geld und Schmuck, aber sie fanden nichts.

In der Küche drehten sie Annas Feldbett um und zerlegten es. Auf einem Stuhl fanden sie das zusammengepackte Bündel. Einer der Geheimpolizisten brachte es seinem Vorgesetzten, der es öffnete. Es war alles darin, was Anna vor neun Monaten mit über die Schwelle dieses Hauses gebracht hatte, die paar armseligen Taschentücher, die Kopftücher, der Handspiegel, der eiserne Kamm und die Kindertrompete. Dann war da noch eine Papiertüte voll verkohlter Kastanien. Nur das blaue Kattunkleid und die Männerschuhe fehlten, sie waren längst abgetragen.

Einer der Polizisten meldete dem Polizeirat:

»Ihr Bett war nicht aufgeschlagen.«

»Das ist wichtig«, sagte der Polizeirat. »Das muß ins Protokoll. Sie wollte nicht schlafen gehen, sie hat sich auf die Tat vorbereitet.«

Er ließ Anna aus der Ofenecke vorführen und stellte sie vors Fenster, mitten in das hereinströmende Licht, das klare Mailicht. Er fragte:

»Haben Sie es getan?«

»Ja...«

»Und warum?«

»Ich... ich.«

»Was bedeutet das ›ich‹?« knurrte der Polizeirat ärgerlich. »Das haben wir schon gehört. Ich frage Sie, warum Sie es getan haben. Warum?«

»Ich...«

»Waren Sie wütend? Wollten Sie sich für irgend etwas rächen? Hatte man Ihnen etwas getan? Sie müssen doch irgendeinen Grund gehabt haben?«

Anna runzelte die junge, aber früh gefurchte Bauernstirn. Sie rang die Hände. Sie seufzte.

»Ach« sagte sie, und noch einmal: »Ach.« Dann strich sie sich mit der maneriert-irren Gebärde über das Haar, die sie noch von ihrer Herrin gelernt hatte.

Der Arzt besprach etwas mit dem Polizeirat.

Anna mußte noch näher ans Fenster kommen. Der Arzt preßte seine Hand gegen ihre Augen und riß sie dann zurück, immer wieder, als spiele er mit ihr. Er griff Anna hinter das Ohr und drückte es heftig zusammen. Er fragte dies und jenes. Sie mußte sich auf einen Stuhl setzen, und er schlug ihr gegen die Knie.

Da bemerkte der Polizeirat, daß an dem Hemd des Mädchens zwei Blutflecke schimmerten, groß und rot wie zwei Mohnblüten.

»Sie hat ihre Regel«, erklärte der Arzt.

Daraufhin sahen sämtliche anwesenden Männer auf Anna und dann sofort zur Seite, mit männlicher Schamhaftigkeit.

»Ansonsten ist sie kaum blutig«, sagte der Polizeiarzt, während er sie weiter untersuchte und ihre Arme anhob.

»Nur hier. Und hier. Haben Sie sich gewaschen?« fragte er Anna. »Wo haben Sie sich gewaschen? Drin wird sie ja ohnehin entkleidet«, sagte er zu den anderen.

Die Herren redeten miteinander, die Herren schrieben. Sie redeten immerfort und schrieben immerfort.

»Wo waren Sie während der Rätezeit?« fragte der Polizeirat. »Wo haben Sie gedient? Bei wem? Was sind das für Leute? Hatten Sie einen kommunistischen Liebhaber, irgendeinen Terroristen, der Ihnen Broschüren gegeben hat, rote Broschüren?«

Aber sie mußten doch zur Annahme eines Raubmordes zurückkehren, obwohl alle Anzeichen dagegen sprachen, denn Geld und Wertgegenstände waren unangetastet.

»Was haben Sie gestohlen?« fragte der Polizeirat weiter.
»Sagen Sie doch. Wo haben Sie es versteckt? Es ist besser,
liebes Kind, Sie gestehen. Wir finden es ja doch.«
Er befahl:
»Leibesvisitation.«
»Hände hoch«, kommandierte ein Polizist.
Anna streckte ihre beiden Arme ungeschickt in die Höhe
und hielt sie so, in den Ellenbogen leicht eingeknickt.
»Gerade«, sagte der Polizist und richtete die Arme auf.
Nun hielt Anna die Arme gerade. Und für einen Augen-
blick erinnerte dieses mit dem furchtbarsten Verbrechen,
einem Mord, beladene Mädchen die Anwesenden an
einen alten ungeschickten Säulenheiligen, der mit zum
Himmel erhobenen Armen dasteht.
Die Geheimpolizisten machten sich an die Leibesvisitation. Sie suchten bei Anna nach Messern und Schußwaf-
fen. Sie tasteten ihre Brüste ab und ihren Rock, vorn,
hinten.
»Nichts«, sagten sie, »nichts.«
Der Lokaltermin war beendet. Der Leichenwagen konnte
kommen. Der Polizeirat und der Arzt unterschrieben auf
dem Tisch die Akten.
Der Polizeirat wandte sich an zwei Geheimpolizisten:
»Abführen.«
Anna hielt noch immer die Arme hoch, völlig zwecklos,
man hatte sie inzwischen vergessen. Die Polizisten winkten
ihr, sie könne die Arme jetzt wieder sinken lassen. Sie sagten: »Los.«
Anna rührte sich nicht.
Die Polizisten nahmen sie in die Mitte, und der eine berührte ihren Arm. Anna schob seine Hand ganz leicht
fort.
Der Polizeirat, der im Zimmer auf und ab ging, blieb stehen. Er sprach zu einem der Geheimpolizisten:

»Fesseln.«

Der Polizist legte die Handgelenke des Mädchens übereinander und wand die Kette darum, die leise knackte.

Anna wehrte sich nicht. Aufmerksam betrachtete sie ihre gefesselten Hände.

Die Fessel war neu und glänzte. Es war eine dünne, kläglich dünne Kette, aber doch stark genug, um nicht zu zerreißen. Anna hatte sie sich dicker vorgestellt, und rostig, mit einer unförmigen Kugel am Ende. Und doch schien es ihr, als kenne sie diese Kette seit Urzeiten, vielleicht aus den Volksmärchen, in denen neben dem Königsschloß gleich der Kerker steht. Sie wunderte sich nicht. Sie betrachtete ihre Fessel gleichgültig und stand da, als habe sie sie von jeher getragen und sei schon immer an sie gewöhnt.

Der Geheimpolizist setzte seinen steifen schwarzen Hut auf und führte Anna ab. Im Treppenhaus wurde geflüstert »Die Mörderin... das ist die Mörderin...« Stefi und Etel beugten sich bleich über das Treppengeländer des zweiten Stockwerkes und schlugen die Hände zusammen. Das ganze Haus zitterte vor Aufregung.

Später wurden über die gleiche Treppe zwei schwarze Särge hinaufgebracht. Die Opfer wurden hineingelegt und zur gerichtlichen Obduktion ins Leichenschauhaus geschafft.

Kaum war die erste Überraschung vorbei, kam schon die zweite. Nach einer halben Stunde fuhren die Geheimpolizisten wieder vor und nahmen Ficsor und seine Frau mit. Sie standen unter dem Verdacht der Mittäterschaft. Im Verlaufe der Untersuchung war der Gedanke aufgetaucht, daß sie mit ihrer Verwandten zusammengearbeitet haben könnten.

In dem aufgescheuchten Haus versah Etel die Hausmeisterarbeiten, Druma übernahm das Kommando. Er schickte Stefi mit zwei Telegrammen – Rückantwort bezahlt – auf die Post, eines an den Bruder der verstorbenen Frau in Eger, das zweite an Jani, der nach Wien zurückgefahren war. Druma stand in ständiger Verbindung zur Polizei. Er empfing auch die Reporter, die nacheinander ankamen, ihn und auch die Dienstmädchen um Interviews für die »farbigen« Berichte baten, die sie zu schreiben gedachten.

Alle hatten mehr oder weniger den Kopf verloren. Sogar Moviszter hielt nur eben seine Sprechstunde ab, dann ging auch er zu den Drumas hinüber. Die Bewohner des Hauses hockten beisammen, verschlafen und fröstelnd von den Nachwirkungen des Festes. Frau Druma bewirtete die Gäste mit Milchkaffee und Kuchen. Alle dachten unablässig an das grauenhafte Ereignis.

»Ich verstehe es nicht«, jammerte Frau Moviszter, »ich verstehe es nicht. Ich kann machen, was ich will, es will mir nicht in den Kopf. Ein Mädchen wie die Anna, ein so anständiges Mädchen…«

»Mir hat sie schon lange nicht mehr gefallen«, erklärte Frau Druma. »Sie hatte etwas Böses in den Augen, ein hinterlistiges Gesicht.«

»Fast ein Jahr war sie bei ihnen. Und wir haben sie alle gekannt. Sie schien so zuverlässig.«

»Du«, sagte Frau Druma, sich vor den Kopf schlagend. »Jetzt fällt mir etwas ein. Ich hatte eine kleine Schere, weißt du, die kleine, gebogene Nagelschere, die ich so gern hatte. Nach Weihnachten war sie plötzlich verschwunden. Wochenlang habe ich sie gesucht, Stefi auch, aber wir konnten sie nirgends finden. Ich hatte keine Ahnung, wer sie gestohlen haben könnte. Schließlich kommt doch keiner in die Wohnung. Stefi stiehlt nicht, deine Etel auch nicht. Die hat Anna sich genommen.«

»Glaubst du?«

»Ja, Liebste. Ich bin davon überzeugt. Wer mordet, ist zu

allem fähig. Nicht, als ob es wichtig wäre. Du kennst uns ja, bei uns spielen – Gott sei Dank – solche Kleinigkeiten keine Rolle. Aber ich wette meinen Kopf, sie hat sie gestohlen.«

»Unbegreiflich«, stöhnte Frau Moviszter. »Man muß ja Angst bekommen. Kann man wissen, mit wem man zusammenlebt? Grauenhaft.«

Eine düstere, nervöse Stimmung breitete sich im Zimmer aus. Frau Druma nahm ihren kleinen Sohn auf den Schoß und küßte ihn. Schaudernd sah sie sich in dem glänzenden, mit bürgerlicher Behaglichkeit eingerichteten Eßzimmer um. Ihr Mann stand auf. Er konnte sich noch immer nicht von den Ereignissen des Nachmittags befreien, von dem entsetzlichen Bild, das er mit eigenen Augen gesehen hatte. Er hielt eine Rede.

»Die Seele des gesunden ungarischen Volkes haben sie vergiftet. Diese Verbrecher, dieses Gesindel. Früher wäre so etwas undenkbar gewesen. Eine so grauenhafte Scheußlichkeit. Aber das ist der Erfolg der kommunistischen Propaganda, der roten Agitation. Das sind die letzten Zuckungen des Bolschewismus.«

»Und des Krieges«, fügte Moviszter hinzu.

»Ich glaube doch«, sagte Frau Moviszter, »daß sie verrückt war. Ein normaler, gesunder Mensch tut so etwas nicht. Schließlich hatte sie doch keinen Grund. Sie ist nicht zurechnungsfähig.«

»Nicht zurechnungsfähig?« fuhr Druma auf. »Aber ich bitte Sie, gnädige Frau! Das sagt sich so dahin, aber die beiden Menschenleben? Aufhängen muß man sie. Oder glaubst du auch, Miklós, daß sie nicht zurechnungsfähig ist?«

»Als sie die Tat beging, war sie es sicher nicht. Aber sonst...«

»Hören Sie? Ihr Mann glaubt es auch nicht, obwohl er Arzt

ist. Sollen wir uns einfach abschlachten lassen? Sie muß aufgehängt werden. Und ist sie krank, muß man sie auch unschädlich machen. Man muß dieses Gesindel ausrotten, ausschneiden wie ein giftiges Geschwür aus einem gesunden Körper. Sie stecken alle unter einer Decke, Ficsor, der rote Schuft, und seine Frau, die ganze Bande. Das läßt sich nicht durch einen Zettel vom Arzt erledigen, daß sie erblich belastet ist oder schwache Nerven hat. Das erfordert ein juristisches Urteilsvermögen. Was würde sonst aus der Gesellschaft? Das Schlangennest ausbrennen, ja, das ganze Gesindel austilgen! Wer die Ordnung der Gesellschaft stört, muß vernichtet werden. Erbarmungslos. Aufhängen... aufhängen...«

Der kleine Druma auf dem Schoß seiner Mutter fing an zu quengeln. Sie nahm ihn auf den Arm und trug ihn im Zimmer umher, um ihn zu beschwichtigen.

Auch Druma war unruhig. Stefi blieb so lange aus, er hatte sie ja nur zur Post geschickt.

Da schlich ein Mädchen in das dunkle Treppenhaus.

Geräuschlos wie ein Schatten huschte es in das erste Stockwerk, an der Mauer entlang, unbemerkt. Vor der versiegelten Tür der Vizys blieb es stehen und klingelte, mehrmals hintereinander.

Das Mädchen wartete ein paar Minuten, und als niemand kam, setzte es sich vor die Tür und begann bitterlich zu weinen. Etel lief zu den Drumas in das Eßzimmer.

»Kommen Sie bitte«, rief sie atemlos, »die Katica ist da.«

»Katica?« fragten die Frauen entsetzt. An diesem unheilvollen Tag erschien ihnen alles bedrohlich, wie das Vorzeichen eines neuen Unglücks. »Welche Katica?«

»Das Mädchen, das vorher bei Vizys war.«

»Was will denn die hier?« fragte Druma nervös. »Warum ist die Haustür nicht zugeschlossen? Wer hat sie hereingelassen?«

243

Alle drängten auf den Korridor hinaus. Von dort aus betrachteten sie erschüttert und gerührt die Szene. Das Dienstmädchen, das frühere Dienstmädchen, saß in weißem Rock, rosa Bluse und schwarzen Lackschuhen vor der Tür der toten Herrschaften, wie ein lebendiges Denkmal der Treue oder wie ein Spuk. Sie jammerte laut.

»Sie beweint sie«, flüsterte Etel, und die Tränen traten ihr in die Augen.

Das Ganze war so zu Tränen rührend, so interessant und so herrlich wie das letzte Kapitel eines Schundromans. Auch das zusammengelaufene Gesindel, das von der Straße her in das Treppenhaus drängte, war voll Bewunderung.

Druma schickte Etel hinunter. Sie solle die Fremden entfernen, die Haustür zuschließen und das Mädchen zu ihnen heraufbringen.

Katica war untröstlich. Sie trank ihre heißen Tränen, sie wollte und wollte nicht aufhören zu weinen. Etel klopfte ihr auf die Schulter. Sie mußte das Mädchen regelrecht stützen, als sie es hinauf in die Küche der Drumas führte.

Dort wurde Katica auf einen Stuhl gesetzt. Aber kaum hatte sie den Mund geöffnet, da heulte sie auch schon wieder los. Sie konnte kaum herausbringen, weswegen sie gekommen war.

Sie hatte die Nachricht in der Abendzeitung gelesen. Daraufhin hatte sie sich sofort umgezogen und war hergeeilt, um die teuere gnädige Frau und den teueren gnädigen Herrn, die besten Menschen auf der ganzen Welt, noch einmal zu sehen.

»Aber ich habe es geahnt«, schluchzte sie, nach Atem ringend. »Ich habe es gefühlt, ich habe es geträumt.«

»Was haben Sie geträumt, liebe Katica?« fragte Etel.

»Daß sie... eine Braut war«, kam die Antwort stoßweise hervor.

»Die Frau Staatssekretär?«

»Eine schöne, bleiche Braut. Mit einem weißen Schleier. Und einem Kranz auf dem Kopf.«

»Das bedeutet etwas Schlimmes. Hochzeit bedeutet immer etwas Schlimmes.«

»Und wir haben gebacken und gebraten, und haben Geflügel geschlachtet, so viel, daß das Fett nur so tropfte.«

»Wegen der vielen Gäste.«

»Ich wollte schon kommen, um sie zu warnen. Ach, wäre ich nur gekommen. Wäre ich nur hiergeblieben! In ganz Budapest gibt es keine solche Stelle mehr.«

Katica putzte sich die Nase, ihr Taschentuch war schon so naß und schmutzig wie ein Abwaschlappen.

Um sie von ihrem Kummer abzulenken, fragte Frau Druma:

»Wo sind Sie jetzt, Katica?«

»Bei einem Ingenieur aus der Gasanstalt.« Und Katica heulte von neuem los.

»Schon gut, schon gut, weinen Sie doch nicht mehr. Sehen Sie, die Stefi ist auch da.«

Frau Druma goß Milchkaffee in eine Tasse und gab dicke, frische Sahne dazu.

»Trinken Sie, Katica. Hier haben Sie auch zwei Stück ganz frischen Kuchen dazu. Und Sie, liebe Stefi, trinken Sie auch, Sie haben ja heute auch noch keinen Nachmittagskaffee gehabt. Holen Sie sich auch ein bißchen Obst aus dem Bufett. Etel, wollen Sie auch eine Tasse Kaffee? Eßt, Kinder! Was sollen wir denn machen? Wir können ja leider nichts mehr ändern.«

Die Herrschaften ließen die Mädchen allein.

Und die drei Dienstmädchen schwiegen mit verweinten Augen vor sich hin. Sie saßen da wie drei trauernde Familienmitglieder. Katica war trunken vor Schmerz. Der feucht gewordene Puder lag wie Quark auf ihrem Gesicht.

Als aber die beiden anderen Mädchen mit einer gewissen geschwätzigen Objektivität von dem Mord zu erzählen begannen, horchte Katica gespannt auf. Sie konnte trotz ihrer mangelhaften Phantasie den Ereignissen folgen, denn sie kannte den Tatort genau. Immer neue und neue Details wollte sie hören, sie konnte nicht genug bekommen. Und als den beiden Mädchen der Stoff ausging, wiederholte Katica das Ganze. Sie erlebte es so intensiv nach, daß sie schauderte, und sie erzählte so anschaulich, als sei sie dabeigewesen. Sie bedauerte nur, daß die Leichen schon fortgebracht waren. Sie hätte so gern die Herrschaften noch einmal gesehen, noch ein letztes Mal, wenigstens die gnädige Frau, wie sie da in ihrem Blute lag, in dem Bett, das sie ihr so oft gemacht hatte.

Im Zimmer wurde über Katica gesprochen.

»Siehst du«, sagte Druma. »Das ist ein Beweis mehr, daß sie gute Menschen waren. Leute, um die ihr ehemaliges Dienstmädchen so trauert, können nicht schlecht gewesen sein. Was für ein Mädchen war eigentlich diese Katica?«

»Ein ordentliches Mädchen«, antwortete seine Frau, »sehr fleißig, und wenn ich mich recht erinnere, auch anständig. Sie war Vizys bestes Dienstmädchen. Ich weiß nicht, warum sie sie überhaupt weggelassen haben. Wäre diese Katica hiergeblieben, dann wäre das bestimmt nicht passiert. Meinen Sie nicht auch, Herr Doktor?«

»Kann sein«, sprach Moviszter, tief in Gedanken versunken, »kann sein.«

XIX
WARUM ...

Sensationen dieser Art werden schnell vergessen.

Sie lodern ein paar Tage, man spricht von ihnen, dann werden sie vom Feuer, das sie entzündet haben, aufgezehrt.

Auch mit diesem Mord war es so. Anfangs wurde der Fall in der Umgebung weit und breit besprochen, man redete sich die Köpfe heiß, ohne den Ursachen näher zu kommen. Der Laden des Kaufmanns Viatorisz verwandelte sich in einen Debattierklub. Jeden Tag erzählten die Damen und Dienstmädchen der Christinenstadt zwischen den Laugenfässern und Bohnensäcken von dem Ereignis. Jeder fragte sich und die anderen nach dem Grund. Aber keiner konnte sich und den anderen eine befriedigende Antwort geben.

Die Opfer wurden unter großer und allgemeiner Teilnahme der Gesellschaft beigesetzt, neben dem Grab ihrer einzigen Tochter Piroska.

Der Trauerzug war so gewaltig, daß die Polizei die Ordnung aufrechterhalten mußte. Straßenjungen liefen hinter den Särgen her und rannten sich gegenseitig um, nur um eine Blume von den Kränzen abzureißen. Am Grabe wurden politische Reden gehalten. Führende Persönlichkeiten des öffentlichen Lebens hatten sich eingefunden, die vielen Gäste, die damals bei dem Fest gewesen waren, dann die Verwandten der Verstorbenen, das Ehepaar Patikárius aus Eger. Nur Jani fehlte, anscheinend hatte ihn das Telegramm nicht erreicht. Dafür war Etelka von Vizy aufgetaucht, die heruntergekommene Nichte Vizys, die mit falschen ägyptischen Zigaretten handelte. Sie schluchzte unter einem riesigen Trauerschleier und beweinte laut ihren Onkel, ihren großen und mächtigen Onkel.

Anna Édes bekannte sich auf dem Polizeipräsidium schuldig, worauf sie verhaftet wurde. Man nahm ihr die Fingerabdrücke ab, fotografierte sie dreimal und brachte sie dann in das Untersuchungsgefängnis in der Markóstraße.

Als sie das Gebäude betrat, hatte sie das Gefühl, daß die Mauern auf sie herabstürzten.

Sie sah im grauen Dämmerlicht einen in den Himmel ragenden Eisenbau, mit Eisentüren und Eisentreppen, die dröhnten wie in einer Dampfmühle, in der unablässig gemahlen wird. Die Gefängniswärter führten sie in den dritten Stock und schlossen sie in einer Zelle ein. Es gab da ein Bett, einen Stuhl, einen Tisch und ein Klosett. Die Zelle war ziemlich sauber, heller und auch geräumiger als Annas Küche. Sie wollte es nicht glauben, daß ein Gefängnis nichts Schlimmeres war. – Sie hatte es sich als einen Ort vorgestellt, wo die Gefangenen auf faulendem Stroh liegen und Schlangen- und Krötenaugen aus dem Dunkel leuchten. Anna setzte sich auf den Stuhl. Sie weinte nicht, dachte aber viel nach. Am Abend kniete sie vor ihrem Bett nieder und betete.

Als der Untersuchungsrichter das Polizeiprotokoll genau durchgelesen hatte, sah er auch nicht viel klarer. Er wußte kaum mehr als diejenigen, die in der Stadt aufgrund von Klatschereien über die Angelegenheit redeten. Die Staatsanwaltschaft hielt es für notwendig, das komplizierte Verbrechen, das auch weitverzweigte politische Wurzeln haben konnte, in allen Einzelheiten zu klären, denn schließlich war jetzt, so kurz nach dem Sturz der Bolschewistenherrschaft, die bürgerliche Ordnung noch nicht völlig gefestigt. Der Untersuchungsrichter ging mit großem

Eifer an die Arbeit. Aber je weiter er kam, desto öfter stieß er auf Einzelheiten, die er nicht verstand. Immer wieder geriet er in eine Sackgasse.

Vor allem war er bemüht, die Rolle der Hausmeistersleute zu klären. Ficsor und seine Frau wurden von der Polizei in Präventivhaft genommen. Die beiden schworen bei Gott und allen Heiligen, daß sie unschuldig seien. Das taten sie bei der ersten Vernehmung mit solchem Eifer, daß sie an den folgenden Tagen nichts mehr zu sagen hatten. Ihre Verteidigung erschöpfte sich darin, daß sie Anna anschwärzten und sie als ein verlogenes, hinterlistiges Geschöpf darstellten, das zu allem fähig sei. Übrigens gab es keinerlei Indizien gegen sie. Der kleine Lehrling von Viatorisz sagte zwar aus, daß ihn Ficsor weggeschickt und ihm fast grob zugerufen habe, er solle nicht länger klingeln, denn die Herrschaften schliefen noch, aber nach dem großen Fest mußte diese Annahme des Hausmeisters nicht unbedingt böswillig sein. Einige Tage später wurden die beiden Ficsors wieder auf freien Fuß gesetzt.

Der Untersuchungsrichter ließ sich die Angeklagte jeden Tag vorführen.

Als Anna das erstemal geholt wurde, schlug sie ein Kreuz und empfahl Gott ihre Seele. Sie dachte, man werde sie zum Galgen führen und sofort aufhängen. Aber sie wurde zu einem mageren, kahlköpfigen Herrn gebracht, der eine Nadel in der Krawatte und einen glatten goldenen Ring an dem behaarten Mittelfinger trug. Anna hatte sich unter einem Richter immer einen sehr reichen und sehr großen Herrn vorgestellt und war nun überrascht von diesem fleißigen, bescheiden entlohnten Beamten der Gerechtigkeit. Später merkte sie, daß er kein schlechter Mensch war. Er sprach freundlich und wohlwollend mit ihr, und sie gewöhnte sich an ihn, sie bekam es sogar bald satt, daß er sie fort und fort ausfragte. Sie mußte erzählen, was sie dann und dann gemacht hatte, er redete ihr zu, sie solle sich doch erinnern; das gelang ihr aber nicht recht; daraufhin half ihr der Herr Richter, der sich besser an alles zu erinnern schien als sie. Schließlich waren alle Geschehnisse der letzten Tage von Stunde zu Stunde und von Minute zu Minute festgelegt.

Anna sah dem Untersuchungsrichter in die Augen, sie machte weder einen gebrochenen, noch einen verwirrten Eindruck. Sie leugnete nichts. Bisweilen schien es sogar, als beschuldige sie sich selbst. Der Untersuchungsrichter ergänzte die durch die Erhebungen festgestellten Angaben, insbesondere in bezug auf die etwaigen Helfershelfer. Es schien nun ganz ausgeschlossen, daß Anna Komplizen gehabt hatte; die Angaben stimmten überein, die Angeklagte behauptete hier nichts anderes, als sie vor der Polizei ausgesagt hatte. Nur auf eine Frage wußte sie keine Antwort, auf die Frage, warum sie die Tat begangen habe.

Der Reihe nach wurden alle Bewohner des Hauses vorgeladen.

Drumas Aussage war am meisten belastend.

Er hatte in der Mordnacht gegen zwei Uhr gesehen, wie Anna vor dem Küchenschrank herumstand und ein Schubfach aufzog, aus dem sie – nach seiner Aussage – das Messer nahm. Er hatte auch gesehen, daß Anna schon im Badezimmer umherschlich, während sich die Gäste verabschiedeten.

Etels weitschweifige, unklare Aussage enthielt einen bemerkenswerten Punkt. Im Frühling, an einem Sonntagnachmittag, hatte sie mit Anna einen Spaziergang auf den Gellértberg gemacht. Anna hatte sich unter der Zitadelle ins Gras gelegt und war eingeschlafen. Nach einigen Minuten war sie aufgeschreckt und den Berg hinuntergerannt, mit den Händen fuchtelnd und kreischend wie eine

Wahnsinnige. Niemand wußte, was mit ihr geschehen war. Sie war erst stehengeblieben, als Etel sie angeschrien hatte. Dann hatte sie noch lange gezittert.

Stefi war Anna ungefähr zwei Wochen vor dem Mord in der Marmorstraße begegnet. Anna stand allein vor dem Haus, in dem früher der junge Herr Jani gewohnt hatte. Sie sah Stefi und lief vor ihr davon, sie versteckte sich im Treppenhaus. Als Stefi sie später fragte, was sie dort gesucht habe, stammelte Anna etwas vor sich hin. Sie konnte auch jetzt nichts Genaueres über diesen Punkt sagen. Der Untersuchungsrichter schickte eine Vorladung an János von Patikárius nach Wien. Die Wiener Polizei antwortete, der Betreffende sei verzogen, Adresse unbekannt. Er habe mit einer polnischen Tänzerin zusammengewohnt, die ihre Fünfzimmerwohnung aufgegeben habe und nach Warschau gereist sei. Aber das schien alles nicht so wichtig, da János von Patikárius schon seit einem halben Jahr nicht mehr in Budapest wohnte.

Auch die Eltern der Angeklagten wurden vorgeladen.

István Édes stieg am frühen Morgen aus dem Zug. In der Hand trug er ein Bündel und zwei Hühner. Ihm folgte eine hübsche, viel jüngere Bäuerin, mit geradem Rücken und festen Schritten. Sie trug rote Lederpantoffeln. Es war seine zweite Frau. Sie hatte nichts bei sich. Da es noch sehr früh am Tage war und Édes in der großen Stadt nicht Bescheid wußte, fragte er sich nach der Generalswiese durch. Dort suchten die beiden das Haus der Vizys und setzten sich auf die Treppe. Sie warteten, bis Drumas aufwachten. Dann gaben sie dem Herrn Rechtsanwalt die Hühner und ließen auch Sahne und frischen Quark für die Küche da, denn es ist angebracht, den Herren etwas zuzustecken, wenn man mit dem Gericht zu tun hat. Druma erklärte den beiden, wo sie sich mit ihrer Vorladung zu melden hatten.

Der Untersuchungsrichter verhörte sie.

Annas Vater war ein magerer Gutsknecht, schon über fünfzig; er ging leicht gebückt, hatte aber noch keine grauen
Haare. Das ehemalige Blond war nur abgenutzt, verstaubt
von der Zeit, wie altes Stroh. Als er vor dem Untersuchungsrichter stand, drehte er den Hut in den Händen und
schielte unablässig mit einem Auge auf seine Frau. In seinem Blick lagen Demut und Schlauheit. Er war nicht überrascht. Einen Bauern überrascht nichts. Er findet den
Mord ebenso natürlich wie alle großen Tatsachen des Lebens, wie Geburt und Tod. Es war nun das Bestreben des
alten Bauern, das zu bemänteln. Er veränderte seine
Stimme auf übertriebene Art, sprach knarrend, weinerlich,
wimmernd wie ein Leichenbitter. Er berichtete, daß er
seine zweite Frau vor vier Jahren geheiratet habe, daß
seine Tochter, seine böse Tochter, schon immer so unge-
horsam und eigensinnig gewesen sei, sie habe auch zu
Hause nur Schaden gestiftet und sei deshalb nach Budapest in Stellung geschickt worden. Die Stiefmutter – eine
fleißige, saubere, appetitliche Bauernfrau – nickte dazu.
Sie wußte noch mehr. Sie erzählte dem Untersuchungsrichter voll Entsetzen, wie Anna einmal beinahe mit einer
Sichel nach ihr geworfen habe, und wäre ihr Mann nicht
dazwischengetreten, hätte das Mädel sie unzweifelhaft getötet. Sie redete wie ein Wasserfall, weiter und immer weiter, unermüdlich und unaufhaltsam. Sie verwickelte sich
in Widersprüche, und der Untersuchungsrichter, der die
Situation begriffen hatte, schickte die beiden wieder nach
Hause.

Er ließ die Angeklagte auf ihren Geisteszustand hin unter-
suchen. Der Gerichtspsychiater bestellte Anna in sein
Dienstzimmer und gab dann ein Gutachten ab, nach dem
Anna zwar blutarm, aber durchaus zurechnungsfähig war.
Der Untersuchungsrichter fügte das Schriftstück den an-

deren Schriftstücken bei. Er betrachtete seinerseits die Untersuchung als beendet und gab die Akten an die Staatsanwaltschaft weiter, die die Anklage abfaßte. Anna Édes wurde des vorsätzlichen Doppelmordes angeklagt.

Sie erhielt einen Offizialverteidiger. Der kleine Rechtsanwalt, ein Anfänger, der bis jetzt nur eine Hinterlassenschaftssache und einen Wohnungsprozeß vertreten hatte, stürzte sich auf den Fall. Er wollte mit diesem Mord seine Karriere als Strafverteidiger begründen. Er besuchte seine Klientin oft in ihrer Zelle und tröstete sie. Es sei kein Grund zur Verzweiflung vorhanden, er werde ihre Angelegenheit schon in Ordnung bringen. Anna sprach mit ihrem Verteidiger genauso wie mit dem Polizeirat und dem Untersuchungsrichter. Später besuchten sie auch ein paar Schwestern von der Inneren Mission. Sie trugen einen blauen Schleier am Hut und ermahnten Anna zu Reue und Buße. Sie brachten ihr Traktätchen mit, in denen sie die Tröstungen der Religion finden sollte.

Mitte November fand die Hauptverhandlung statt, mit Rücksicht auf das große Interesse der Öffentlichkeit im großen Saal des Gerichtsgebäudes.

Es war ein dunkler, kalter Wintertag. In dem weiten Saal flackerten grüne Gasflammen, es war stark geheizt. Gerichtsdiener riefen die Namen der Vorgeladenen auf. Elf Zeugen waren geladen, sechs auf Antrag der Staatsanwaltschaft, fünf auf Antrag der Verteidigung.

Die ansteigenden Bankreihen waren dicht besetzt, überwiegend von Freunden und persönlichen Bekannten der Opfer. Gábor Tatár saß zusammen mit seiner Frau direkt hinter der Bank für die Presse und begrüßte die Zeugen, die unten auf Stühlen Platz nahmen. Das ganze Haus Attilastraße 238 war da, mit allen Bewohnern und Dienstboten.

Punkt neun betrat der Senat den Saal: der Vorsitzende und die beiden Richter. Der Vorsitzende schwang die

Glocke. »Ich eröffne die Hauptverhandlung. Zur Verhandlung kommt die Mordsache Anna Édes. Wo ist die Angeklagte? Lassen Sie sie vorführen«, befahl er einem Gerichtsdiener.

Anna war schon um acht Uhr aus ihrer Zelle in das Gerichtsgebäude gebracht worden. Sie wartete in einem der vielen Zimmer, ruhig und geduldig.

Die Tür wurde geöffnet, und Anna erschien. Sie trug ihr Pepitakleid, das schon sehr abgerissen aussah. Hinter ihr kamen zwei Gefängniswärter mit aufgepflanztem Bajonett.

Anna ging nicht, sie taumelte auf die Anklagebank. Die Gefängniswärter, die ihr nicht von den Fersen wichen, richteten sie auf und standen dann wieder stramm.

Anna sah viele Menschen, oben und unten, Lampen und Bilder, sie empfand eine große Wärme. Die halbjährige Gefangenschaft hatte sie körperlich nicht mitgenommen. Ihr Gesicht war etwas voller geworden, wie das bei Häftlingen zu sein pflegt, ihre Haut hatte eine erdfarbene Blässe angenommen. Sie strahlte eine große Ruhe aus.

»Wie heißen Sie?« fragte der Vorsitzende und wandte sich gleichzeitig an den amtierenden Richter: »Ist der Auszug aus dem Personenstandsregister da?« Dann antwortete er selbst auf seine Frage. »Zwanzig Jahre alt, ledig, kinderlos, nicht vorbestraft. Setzen Sie sich«, sagte er zu Anna, wobei er sie nicht einmal ansah.

Die Angeklagte setzte sich, die beiden Wärter nahmen neben ihr Platz. Das Gewehr hielten sie bei Fuß.

Von einem roten Blatt Papier wurde die Anklage abgelesen, die folgendermaßen begann:

»Anna Édes, römisch-katholisch, mittellos, ungarische Staatsbürgerin...«

Es war eine lange Anklageschrift, das Vorlesen dauerte eine halbe Stunde.

Das Publikum betrachtete unterdessen die Richter, die ohne Talar und Barett auf dem Podium saßen, im Straßenanzug, mit Krawatte und steifem Kragen. Sie verbreiteten trotzdem eine gewisse unpersönliche Würde, eine mittelalterliche, beinahe altertümliche Würde, denn diese Menschen hatten den wunderlichen Beruf, hier auf Erden über andere Menschen zu Gericht zu sitzen. Das hatten sie gelernt, in diesem Beruf lebten sie, und auch auf ihrer Todesanzeige, auf ihrem Grabstein würde stehen: Richter.

Der Vorsitzende blätterte in einem Buch. Einer der Richter, der amtierende, ein Mann mit Schnurrbart, langer Nase und mit einem Kneifer, band Akten zusammen. Ein Beisitzer – es war der jüngere von beiden, ein untersetzter, breitschultriger Mann – stützte die Ellenbogen auf den Tisch und legte seinen großen schweren Kopf in die rechte Hand. Links von dem Vorsitzenden räkelte sich emsig ein kleines Männlein auf seinem Platz. Es begrüßte seinen Vater, seine Mutter und alle Verwandten, die es zu der Verhandlung eingeladen hatte, auf daß sie sein erstes großes Auftreten miterlebten. Das war der Verteidiger. Der Staatsanwalt war tief in Gedanken versunken.

Als die Vorlesung der Anklageschrift beendet war, sprach der Vorsitzende:

»Stehen Sie auf, Anna Édes. Haben Sie die Anklage verstanden?«

Er sprach zu ihr mit erhobener Stimme, so, wie man zu Schwerhörigen spricht, oder zu Menschen, die nicht auf unserem Bildungsniveau stehen.

»Sie werden vom Herrn Staatsanwalt angeklagt, Ihre Herrschaft ermordet zu haben. Bekennen Sie sich schuldig?«

»Ich bekenne mich schuldig«, antwortete Anna.

Ein Raunen ging durch das Auditorium, der amtierende

Richter sah Anna an, der Beisitzer stützte den Kopf in die andere Hand.

»Dann«, fuhr der Vorsitzende fort — er sprach jetzt im Plauderton — »erzählen Sie uns, wie es geschah. Aber ausführlich. Ich mache Sie darauf aufmerksam, daß ein aufrichtiges Geständnis Ihre Lage verbessern kann. Durch Leugnen aber«, und er erhob abermals die Stimme, »schaden Sie sich nur, denn wir werden Sie in allen Punkten überführen. Beginnen Sie also.«

Der Rechtsanwalt winkte seiner Klientin, sie solle anfangen. Aber Anna brachte keinen einzigen Ton heraus. Der Vorsitzende kam ihr zu Hilfe:

»Also, Sie waren Dienstmädchen bei den Vizys, schon seit neun Monaten. Beginnen wir vielleicht damit, daß am 28. Mai 1920 ein Empfang gegeben wurde«, er bemühte sich, sich volkstümlich auszudrücken. »Das große Fest. An diesem Tage arbeiteten Sie bis abends.«

»Ich habe gekocht.«

»Ganz recht«, sprach der Vorsitzende. Er nickte lobend. »Sie verrichteten Hausarbeit. Die Gäste kamen, aber Sie servierten nicht. Überspringen wir das Essen, bleiben wir bei zwei Uhr morgens. Wo waren Sie um diese Zeit?«

»In der Küche.«

»Ja, Sie waren in der Küche. Sie machten sich am Küchenschrank zu schaffen, zogen ein Schubfach heraus, suchten das Messer.«

»Daran erinnere ich mich nicht«, stammelte Anna und sah den Verteidiger an, der zustimmend nickte.

»Wir werden es schon beweisen. Was taten Sie dann?«

»Ich bin ins Schlafzimmer gegangen.«

»Wir wollen nicht alles durcheinander bringen. Sie gingen noch nicht ins Schlafzimmer. Das kommt später. Zuerst verabschiedeten sich die Gäste. Sie standen währenddessen im Badezimmer herum. Sie warteten und bereiteten sich auf die Tat vor. Erinnern Sie sich nicht daran, daß Herr Druma in das Badezimmer schaute?«

»Nein.«

»Das werden wir gleich feststellen. Es gibt einen Zeugen. Fahren Sie fort. Sie lüfteten dann, und die gnädige Frau schickte Sie schlafen. Aber Sie gingen nicht zu Bett. Sie warteten, bis die Herrschaften eingeschlafen waren.«

»Dann bin ich ins Schlafzimmer gegangen.«

»Nein, Sie gingen noch nicht in das Schlafzimmer!« rief der Vorsitzende und schlug mit der Hand auf den Tisch.

Anna trat von einem Fuß auf den anderen, sie tastete sich vorwärts und zurück in der langen Zeit, die seither vergangen war. Sie wurde verwirrt von der langen Reise. Sie stockte.

Der Verteidiger erhob sich.

»Herr Vorsitzender, Hohes Gericht! Ich bitte zwecks Feststellung des Geisteszustandes der Angeklagten einen bekannten Psychiater zu der Verhandlung hinzuzuziehen, der sie hier an Ort und Stelle beobachtet. Das Geständnis der Angeklagten ist so sprunghaft, unzusammenhängend und pathologisch, daß ich sie als Verteidiger nach bestem Wissen und Gewissen für völlig unzurechnungsfähig halten muß.«

Der Vorsitzende beriet sich leise mit den beiden Richtern und verkündete dann den Beschluß.

»Das Gericht verwirft den Antrag. Die Angeklagte wurde, was auch dem Herrn Verteidiger bekannt ist, bereits wiederholt von Experten untersucht und für zurechnungsfähig erklärt. Im übrigen bitte ich, alle Anträge am Schluß zusammenzufassen.«

»Ich lege Protest gegen den Beschluß ein«, sprach der Verteidiger.

Der Vorsitzende pilgerte von neuem in die vergangene Zeit, tastend bewegte er sich hin und her, er suchte gemeinsam mit der Angeklagten nach der Gerechtigkeit, die er in der Finsternis selbst nicht sehen konnte. Bisweilen hoffte er, daß ihn die Angeklagte an den Ort führen würde, an dem plötzlich ein Licht aufleuchtet, das alles erhellt und verständlich macht. Sie waren wie zwei Blinde, die aneinandergefesselt durch die Nacht stolpern, wobei der eine Blinde den andern führt.

»Also«, begann er wieder, »versuchen Sie doch, sich zu erinnern. Weshalb nahmen Sie das Messer? Was fühlten Sie dabei?«

Anna schwieg. Und der Vorsitzende erklärte ihr, was sie gefühlt hatte, ein unbeschreibliches Gefühl, und übersetzte es in die verständliche menschliche Sprache.

»Sie fühlten, daß Sie zornig waren, das Blut stieg Ihnen plötzlich zu Kopf, Sie konnten sich nicht beherrschen. Vielleicht war Ihnen eingefallen, daß Sie die gnädige Frau einmal getadelt hatte, und nun wollten Sie sich rächen. Aber warum?«

Er mußte weitersprechen.

»Erwachte da nicht Ihr Gewissen, erhob sich da nicht eine Stimme in Ihnen, bedachten Sie denn nicht, daß Ihre Tat auch Folgen haben würde, für die Sie sich vor Gott und den Menschen würden verantworten müssen? Sie waren doch früher nicht so.«

Der Vorsitzende ahnte, daß hier etwas verborgen sein mußte, eine Geheimnis, das niemand kannte, vielleicht nicht einmal die Angeklagte selbst. Aber er ging weiter. Er wußte, daß eine Tat weder durch eine Ursache noch durch mehrere Ursachen begründet werden kann, sondern daß hinter jeder Tat der ganze Mensch steht, mit seinem ganzen Leben, das die Justiz nicht zu enträtseln vermag. Er war daran gewöhnt, daß die Menschen einander nicht ergründen und verstehen können, und tat nur seine Pflicht.

»Reden Sie«, forderte er die Angeklagte auf. »Als Sie das

Schlafzimmer betraten, schliefen die Herrschaften. Was taten Sie dann?«

»Dann...«

»Sagen Sie es doch«, sprach der Vorsitzende jetzt sehr streng. »Sie traten an das Bett der gnädigen Frau und stießen ihr, während sie schlief, das Messer ins Herz. Dieses Messer.«

Er hob das riesige Küchenmesser, das als *corpus delicti* vor ihm lag, und fuchtelte damit in der Luft herum. Dem Publikum graute. Dann hielt er der Angeklagten das Messer hin und fragte:

»War es dieses Messer?«

»Ja«, sagte Anna und fuhr zurück, denn ihr war, als würde das Messer jetzt ihr ins Herz gestoßen.

Endlich brachte sie stammelnd heraus, was geschehen war. Sie erzählte nicht mit ihren eigenen Worten, sondern mit denen, die sie von dem Polizeirat und dem Untersuchungsrichter gehört hatte. So stellte sie den Verlauf des Mordes ziemlich zusammenhängend dar.

»Sie töteten also die gnädige Frau«, wiederholte der Vorsitzende, »Sie töteten Ihre Brotgeberin, die Ihnen nie etwas Böses getan hatte. Fahren wir fort. Was taten Sie dann?«

»Ich bin in den Salon gegangen.«

»Nein, Sie gingen noch nicht in den Salon. Nur nicht so schnell. Bleiben wir vorläufig im Schlafzimmer. Sie stachen auch Ihren Herrn nieder, mit neun Messerstichen, wie ein Raubmörder. War es so?«

»Es war so. Aber ich wollte dem gnädigen Herrn nichts tun. Ich bin vor ihm erschrocken.«

»Vor Ihrem Verbrechen erschraken Sie, vor Ihrem Gewissen, und Sie mordeten noch einmal. Was geschah dann?«

»Dann haben Sie mich geholt.«

»Nein, noch nicht. Sie legten sich auf die breite Couch, dann ...«

»Bin ich eingeschlafen.«

»Und Sie konnten schlafen nach einer solchen zum Himmel schreienden Tat? Wurde Ihnen immer noch nicht bewußt, was Sie getan hatten? Sie zeigten sich nicht selbst an, Sie versteckten sich, bis die Tür aufgebrochen wurde. Bereuen Sie Ihre Tat wenigstens jetzt? Würden Sie noch einmal tun, was Sie taten?«

»Nein«, schrak Anna auf. »Niemals.«

»Sie können sich setzen«, sprach der Vorsitzende.

Das Verhör der Angeklagten war beendet. Es folgte die Vernehmung der Belastungszeugen.

Der Hauptzeuge der Anklage war Szilárd Druma, der rotwangige Rechtsanwalt. Als er aufstand und vor das Podium trat, stieß er mit dem Kopf beinahe an den Kronleuchter.

Der Vorsitzende leierte die Formel her.

»Sind Sie mit der Angeklagten verfeindet oder verwandt oder verschwägert?«

Der Zeuge antwortete nicht, er lächelte nur über die belustigende Annahme, daß er mit so etwas verwandt sein könnte.

Präzise schilderte er den Tatbestand, der unzweifelhaft erscheinen ließ, daß die Tat mit Vorbedacht ausgeführt wurde. Auf die Fragen des Staatsanwaltes antwortete Druma mit treffenden juristischen *termini technici*. Er legte dar, daß ihm das aufgeregte Benehmen des Mädchens schon am Abend aufgefallen sei und er es deshalb beobachtet habe. Die Angeklagte konnte um zwei Uhr morgens im Küchenschrank gar nichts anderes gesucht haben, als eben das Messer, das sie irgendwo versteckt hatte. Als er sich verabschiedete, überraschte er die Angeklagte, wie sie im Badezimmer umherschlich. Er wollte ihr ein Trinkgeld geben, aber sie lief entsetzt vor ihm davon, hinüber ins Schlafzimmer.

Anna brach bei der Gegenüberstellung zusammen und gab zu, daß es so gewesen sei. Druma war aber noch nicht fertig.

»Man möge mir gestatten«, sprach er, »auch die politischen Hintergründe des Verbrechens zu beleuchten und einige Worte über diese Hintergründe zu verlieren.« Er zeigte auf Ficsor und dessen Frau, die unter den Zeugen saßen. »Nämlich über die Rolle der Hausmeistersleute. Diese Menschen, Herr Vorsitzender, haben während des Kommunismus eine so rote Einstellung bewiesen, daß die Bewohner des Hauses Tag und Nacht in Furcht und Schrecken lebten. Ich meinerseits sehe allen Grund zu der Annahme, daß sie die intellektuellen Urheber...«

»Bitte«, unterbrach ihn der Vorsitzende, »die Untersuchung wurde auch in dieser Richtung geführt. Sie endete aber mit negativem Ergebnis. Die Staatsanwaltschaft hat die Anklage nicht auf diesen Punkt ausgedehnt«, fuhr er dann mit einem Blick auf den Staatsanwalt fort, der den Kopf schüttelte. »Das gehört nicht zur Sache.«

Druma stand da und hing an seinem begonnenen und abgebrochenen Satz in der Luft.

Es kam zu einer kurzen Diskussion zwischen dem Staatsanwalt und dem Verteidiger. Der Staatsanwalt verlangte die Vereidigung des Zeugen, der Verteidiger war dagegen. Druma wurde vereidigt. Der Verteidiger erhob Protest.

Antal Szücs, der Schutzmann von der Ecke, legte Rechenschaft über die wichtigen Ereignisse vor der Aufnahme des Lokaltermins ab, über die Auffindung der Beweisstücke und das gleichgültige Benehmen der Angeklagten.

Frau Druma schilderte das Mädchen als verschlossene

Natur, sprach – nebenbei – über das geheimnisvolle Verschwinden der kleinen Schere und lobte die Vizys, besonders den Herrn.

Frau Moviszter erschien in einem an der Seite geschlitzten Rock. Sie wollte ihre neue Toilette zeigen und war angemalt wie zu einer Theaterpremiere. Sie plauderte leicht und oberflächlich und kokettierte mit dem Staatsanwalt.

Nach ihrer Aussage war das Mädchen durchaus nicht verschlossen, sondern recht heiter; sie war verwundert, daß es auf einen solchen Gedanken hatte kommen können, denn Frau von Vizy war die Güte in Person und hatte das Mädchen sehr gern.

Frau Moviszter hätte noch lange geplaudert, aber leider wurde das Verhör beendet.

Bei Ficsor wies der Vorsitzende darauf hin, daß er als Verwandter die Aussage verweigern könne. Aber Ficsor wollte aussagen.

»Ich mache Sie darauf aufmerksam«, sprach der Vorsitzende, »daß Sie die reine Wahrheit sagen und Ihre Aussage vielleicht beschwören müssen. Das Gesetz bestraft Meineid mit Zuchthaus zu fünf Jahren.«

Der Hausmeister hatte schon bei Drumas Rede einen gehörigen Schrecken bekommen, und als er jetzt etwas von fünf Jahren Zuchthaus hörte, wollte er nichts als seine Haut retten. Er wiederholte all das, was er im Sommer ausgesagt hatte. Als der kleine Verteidiger mit ihm anzubinden begann und ihn auf die Widersprüche in seiner Aussage hinwies, verlor er jedes Maß.

»Sie hat nicht nur das gesagt, bitte sehr, sondern auch noch anderes. Als die gnädige Frau einmal mit ihr gezankt hatte, weil sie, bitte sehr, einen Spiegel zerbrochen hatte, kam sie zu uns und sagte, daß sie gehen wolle. Aber vorher werde sie noch etwas tun, und wenn sie es auch bereuen müsse, sie werde das ganze Haus anzünden.«

»Wann hat die Angeklagte das gesagt?« fragte der Staatsanwalt.

»Kurz nachdem sie zu den Herrschaften gekommen war.«

»Erinnern Sie sich mit Bestimmtheit an diese Äußerung?«

»Ja.«

»Überlegen Sie es sich genau. Wären Sie bereit, Ihre Aussage zu beschwören?«

»Ja«, antwortete Ficsor mit düsterer Entschlossenheit.

Der Zeuge leistete den Eid und verbeugte sich dann so tief vor dem Vorsitzenden, daß es vollkommen unmöglich war, sich noch tiefer zu verbeugen.

Frau Ficsor trat vor das Richterpodium. Die fette Frau zitterte am ganzen Leib.

Sie hatte nun schon Mitleid mit Anna und hätte sie gern in Schutz genommen, aber sie fürchtete sich in Widerspruch zu ihrer früheren Aussage zu setzen.

»Also, was wissen Sie, Frau Ficsor?« fragte der Vorsitzende. »Welchen Eindruck hatten Sie von der Angeklagten?«

»Sie war immer so mißtrauisch.«

»Was soll das heißen, ›so mißtrauisch‹?«

»Sie benahm sich so verdächtig.«

»War sie Ihnen verdächtig?«

»Mir und den anderen auch.«

»Und woran merkten Sie das?«

»Sie grübelte immer.«

»Soll das heißen, daß sich die Angeklagte mit bösen Gedanken trug?«

»Nein.«

»Aber was denn dann?«

»Daß sie immer traurig war.«

»Vor dem Herrn Untersuchungsrichter haben Sie aber ganz anders ausgesagt. Hören Sie zu.« Und er las vor: »Sie haben ausgesagt, daß die Angeklagte schon einmal hatte jemanden töten wollen.«

»Ja, als sie die Sichel nach ihrer Mutter geworfen hat.«

»Sahen Sie das?«

»Gesehen habe ich es nicht. Ich habe aber davon gehört.«

»Von wem?«

»Von der Mutter.«

»Es ist doch die Stiefmutter. Lassen wir das«, wehrte der Vorsitzende mißmutig ab, »das führt zu nichts.«

»Sonst kann ich nichts Schlechtes über sie sagen, sie war früher ein sehr ordentliches Mädchen, aber dann...«

»Dann?«

»Dann wurde sie schlecht.«

»Das wissen wir selbst«, bemerkte der Vorsitzende unter allgemeiner Heiterkeit.

»Gnädiger Herr Vorsitzender«, sprach Frau Ficsor, selbstbewußt, gekränkt und mit einem gewissen plumpen Trotz, »ich kann nur sagen, was ich weiß.« Und als das Publikum von neuem lachte, fuhr sie beleidigt fort: »Ich kann nichts anderes sagen, ich kann nur sagen, was ich weiß.«

»Gut, gut«, winkte der Vorsitzende ab, »Sie können gehen.«

Die Aussagen begannen sich bereits mit nichtigen Einzelheiten zu befassen und verflachten immer mehr.

Der Vorsitzende rief den nächsten Zeugen auf.

»Miklós Moviszter. Doktor Moviszter, Arzt. Nicht anwesend. Wurde ihm die Vorladung zugestellt? Er hat sich nicht entschuldigt. Wo ist der Zeuge?«

Wo bist du, alter Doktor, du Sterbender mit der unheilbaren Krankheit, mit deinen acht Prozent Zucker? Bist du unterdessen gestorben oder liegst du hilflos da, in jenem Schlafzustand, der bei derartigen Krankheiten dem Tod vorausgeht? Bist du verschwunden, gibt es keinen Menschen mehr auf dieser Welt? Wenn du noch da bist und noch ein Funken Leben in dir ist, dann gehörst du jetzt hierher, dann müßtest du kommen.

Doktor Moviszter war gekommen. Er saß ganz hinten, beinahe unsichtbar unter den Zeugen, er verschwand fast in seinem Pelz, frierend an diesem kalten Novembertag und schauernd in der Nähe des Todes. Es dauerte einige Zeit, ehe er sich vor den Richtertisch geschleppt hatte, über seinen Stock gebeugt und so zusammengeschrumpft, daß viele aus dem Publikum aufstehen mußten, wenn sie sehen wollten, ob er da war oder nicht.

»Hier«, sprach der alte Arzt und verbeugte sich nach dem Vorsitzenden hin.

Der Vorsitzende sah, in welchem Zustand sich der Zeuge befand, und teilte ihm mit, daß er seine Aussage auch im Sitzen machen könne. Er ließ durch einen Gerichtsdiener einen Stuhl bringen. Aber Moviszter dankte. Er richtete sich im Gegenteil noch mehr auf, soweit er sich eben aufrichten konnte.

»Herr Doktor«, fragte der Vorsitzende, »halten Sie Ihre vor dem Untersuchungsrichter gemachte Aussage aufrecht?«

»Ja«, sagte Moviszter, aber er sagte es so leise, daß der Vorsitzende die Hand als Trichter vor das Ohr legen mußte.

»Begründen Sie bitte, worauf sich Ihre Aussage stützt.«

Moviszter überlegte eine Weile, als wolle er sich auf eine lange Rede vorbereiten. Er spornte sich an.

Weshalb zögerst du? Tu deine Pflicht. Du bist nur ein Mensch, aber was ist mehr als ein Mensch? Nicht zwei Menschen, nicht tausend Menschen sind mehr. Tritt noch einen Schritt vor, und noch einen. Jetzt bist du an der Reihe. Kopf hoch, Moviszter, *sursum corda*, nimm dein Herz in die Hände, in beide Hände.

»Ich kann Sie nicht verstehen«, sagte der Vorsitzende.
»Sprechen Sie bitte etwas lauter.«

Etwas lauter? Nicht etwas lauter, sondern sehr laut. Schrei,
rief es in ihm, schrei auf, wie deine Brüder aufgeschrien
haben, die heldenmütigen Priester der Urchristen, die sich
gegen das Heidentum auflehnten und noch aus den Grüf-
ten zum Himmel empor schrien und sogar mit dem Herrn
haderten, mit dem gerechten, aber sehr strengen Gott, und
Gnade für die sündigen Menschen forderten. Jeden Tag
sprichst du das Totengebet, denke daran, wie es heißt: *Ne
tradas bestiis animas confidentes tibi*, wirf nicht den wilden
Tieren hin die Seelen, die auf dich vertrauen. *Et animas
pauperorum tuorum ne obliviscaris in finem*, und vergiß
nicht völlig die Seelen der Armen. Schrei auch du auf in
deiner Arena, übertöne das Brüllen der Löwen, tapferer
Katechumene.

Moviszters Stimme wurde fester.

»Ich halte meine Aussage voll und ganz aufrecht. Ich kann
nur wiederholen, was ich bereits gesagt habe.«

»Ja«, sprach der Vorsitzende, in einem Aktenbündel blät-
ternd. »Hier ist Ihre Aussage. Aber wir müssen Sie um Tatsachen bitten. Wurde die Angeklagte geschlagen? Mußte
sie hungern? Hat man sie überfordert? Wurde ihr der
Lohn nicht ausbezahlt? Ich sehe hier gerade«, sagte er
rasch, »daß sie zu Weihnachten irgendein Geschenk bekam, übrigens ein unbedeutendes Geschenk, einen Jum-
per. Sprechen Sie doch.«

»Sie ist kalt behandelt worden«, erklärte Moviszter. Er
sprach jetzt lauter. »Dieses Gefühl hatte ich schon immer.
Lieblos wurde sie behandelt, herzlos.«

»Und wie äußerte sich das?«

»Das kann ich nicht genau beschreiben, aber ich hatte unbedingt das Gefühl.«

»Dann ist das wirklich nur ein Gefühl, Herr Doktor. Gefühle, Ahnungen, feine Nuancen kann das Gericht bei einem so grauenvollen Verbrechen kaum berücksichtigen. Denn auf der anderen Seite stehen Tatsachen, blutige Tatsachen. Auch wir müssen Tatsachen verlangen. Außerdem haben die anderen Zeugen anders ausgesagt, sie haben das Gegenteil behauptet. Man soll das Mädchen gern gehabt und auch geachtet haben. Auch die Angeklagte hat sich nicht beklagt, weder bei der Polizei noch vor dem Untersuchungsrichter. Stehen Sie auf!« sprach er zu der Angeklagten. »Wurden Sie schlecht behandelt?«

»Nein.«

»Sie können sich setzen. Das war übrigens auch nicht wahrscheinlich.«

Sieh dir das Mädchen an, Moviszter, sieh dir an, wie stumpf es sich zwischen den Gefängniswärtern hinsetzt, es ist kein erfreulicher Anblick, aber sieh es dir genau an, und sieh dir auch den Vorsitzenden an, der die billige Brille vor seinen alten blauen Augen zurechtrückt und sich hinter dem Ohr kratzt, damit du nicht ahnen sollst, was jetzt in seinem Kopf und in seinem Herzen vorgeht. Er ist nur der Vertreter der irdischen Gerechtigkeit, aber er ist bemüht, unparteiisch die Wahrheit zu suchen, nach rechts und nach links zu blicken, soweit das hier auf Erden möglich ist. Fühlst du nicht, daß er sich der göttlichen Gerechtigkeit nähert, daß er schon auf deiner Seite steht? Laß ihn doch ein bißchen reden, schließlich ist das seine Pflicht, und sprich du von neuem, habe keine Angst vor ihm, habe vor niemandem Angst, denn Gott ist mit dir.

»Und selbst wenn es ihr schlecht gegangen wäre«, argumentierte der Vorsitzende, »dann hätte sie aufgrund ihrer im Gesetz festgelegten Rechte jederzeit Klage gegen ihre Herrschaft erheben können, sie hätte kündigen und nach fünfzehn Tagen gehen können.«

»Sie wurde zum Bleiben gezwungen.«

»Wodurch? Man kann niemanden festbinden.«

»Ein so hilfloses, unglückliches Geschöpf.«

»Aber das ist alles kein Grund für das entsetzliche Verbrechen«, sagte der Vorsitzende nachdenklich und fügte dann mit harter Stimme hinzu: »Dafür gibt es keine Entschuldigung.«

»Aber warum hätte sie es dann begehen sollen?« fragte Moviszter sich selbst. »Ich habe das Gefühl«, wiederholte er hartnäckig, »ich habe das bestimmte Gefühl, daß sie nicht menschlich behandelt wurde. Man hat sie nicht wie einen Menschen behandelt, sondern wie eine Maschine. Man hat eine Maschine aus ihr gemacht«, und jetzt brach es aus dem alten Arzt heraus, er schrie beinahe. »Man hat sie unmenschlich behandelt, unmenschlich und erbärmlich.«

»Ich muß Sie wegen dieses Ausdrucks zur Ordnung rufen.«

Das Publikum wurde unruhig, es murmelte empört und stimmte mit dem Vorsitzenden überein.

»Ich bitte um Ruhe«, sprach der Vorsitzende, er schwang seine Glocke.

Wessen Totenglocke war diese Glocke?

»Sonst können Sie nichts anführen?« fragte der amtierende Richter den Zeugen.

»Nein.«

Die Zuhörer hatten den Eindruck, daß dieser alte Arzt am Rande des Grabes ein beschränkter Mensch war. Das traf zu. Moviszter war beschränkt. Es gab eine Schranke für ihn, ohne die seine menschliche Größe in der unfruchtbaren Schrankenlosigkeit der Freiheit zerstoben, zerstört worden wäre.

Der kleine quecksilbrige Verteidiger sprang von seinem Sitz auf und beantragte, das Hohe Gericht solle den Zeugen vereidigen. Der Staatsanwalt erhob Einspruch mit der

Begründung, daß die Aussage allgemein und belanglos sei.

Der Vorsitzende entschied:

»Das Gericht ordnet die Vereidigung des Zeugen an.«

Die Zuhörer im Saal standen auf, erregt, mit theatralischer Eile.

Der Vorsitzende hatte sich ebenfalls erhoben.

Er sagte zu dem Zeugen, der die rechte Hand auf das Herz gelegt und drei Finger der linken Hand zum Himmel erhoben hatte und wartete:

»Sprechen Sie mir nach.«

Und er sprach die Eidesformel:

»Ich schwöre... bei Gott, dem Allmächtigen... daß ich die Wahrheit... die reine Wahrheit... gesprochen habe... nichts verschwiegen... nichts hinzugefügt habe... so wahr mir Gott helfe...«

Und Moviszter sagte laut: »... so wahr mir Gott helfe.«

Er schleppte sich zu seinem Stuhl zurück. Die anderen Zeugen sahen ihn seltsam an. Als er sich setzte, rückten sie von ihm ab. Moviszter machte sich nichts daraus. Eigentlich gehörte er nicht zu ihnen. Er gehörte weder zu ihnen noch zu den anderen, er war weder Bourgeois noch Kommunist, er war Mitglied keiner Partei, aber ein Mitglied der großen menschlichen Gemeinschaft, die die ganze Welt umfaßt, alle Menschen, die leben und jemals gelebt haben, die Lebenden und die Toten.

Er entfernte sich bald. Er ging seiner Arbeit nach und kümmerte sich nicht mehr um das Weitere.

Es marschierten noch einige Entlastungszeugen auf, Etel, nach Köchinnenart herausgeputzt, und Stefi im Hut, wie sich das für ein ehemaliges gräfliches Stubenmädchen gehört. Stefanie Kulhanek bezeichnete sich bei der Angabe der Personalien als ›Hausangestellte‹ und errötete. Beide sagten unter Eid die Wahrheit aus, die reine Wahrheit, genau wie alle anderen Zeugen, die guten Glaubens die reine Wahrheit gesagt hatten, so wie sie sie sahen. Die beiden Mädchen lobten Anna, und die arme gnädige Frau und den armen gnädigen Herrn lobten sie ebenso.

Anna, die die ganze Zeit gleichgültig auf der Anklagebank gesessen hatte, horchte jetzt auf. Sie erkannte Frau Wild, ihre erste gnädige Frau, bei der sie Kindermädchen gewesen war, mit sechzehn Jahren, gleich nachdem sie nach Budapest gekommen war. Ihr Herz schlug heftig.

Und nun sagte Frau Cifka aus, Bandis Tante, die Tante des kleinen Bandi, der nun schon groß war, vielleicht sogar schon zur Schule ging. Und da löste sich in Anna die Erstarrung. Plötzlich fiel ihr alles wieder ein.

Die Verhandlung zog sich hin. Der Vorsitzende beschleunigte das Tempo, und nachdem der Staatsanwalt seine Anträge gestellt und der Verteidiger seinen siebenundzwanzigsten Einspruch erhoben hatte, wurde die Beweisführung für abgeschlossen erklärt und eine Pause angeordnet.

Um zwei Uhr nachmittags begannen die Plädoyers.

Der Staatsanwalt war rasch fertig. Er hielt alle Punkte der Anklage aufrecht, die im Verlaufe der Verhandlung nur noch bestätigt worden waren, und verlangte unter Berufung auf bestimmte Paragraphen und Absätze eine exemplarische Strafe.

Um so länger redete der Verteidiger.

Dieser rührende, lebhafte, kleine Mensch trat mit einer meisterhaft ausgearbeiteten literarischen Verteidigungsrede auf. Er machte übermenschliche Anstrengungen, um seine Klientin reinzuwaschen und den Strick, den ihr der Staatsanwalt und Belastungszeugen um den Hals gelegt hatten, Stückchen für Stückchen zu lockern. Sein übergroßer Eifer wirkte lächerlich. Er wollte mit Vernunftgründen beweisen, daß die Angeklagte die Tat in einem Zustand der Geistesabwesenheit begangen und ihre Herrschaft aus reiner Notwehr ermordet habe. Mit einer Ausführlichkeit, die jeden Romanschriftsteller beschämt hätte, schilderte er Annas Vorleben, ihre Kindheit. Immer wieder beteuerte er, daß lieber hundert Schuldige ihrer Strafe entgehen sollten, als daß auch nur ein einziger Unschuldiger zu Unrecht bestraft würde.

Immer, wenn die Zuhörer glaubten, daß jetzt das Ende der Rede gekommen sei, begann sie erst richtig.

»Und jetzt«, sprach der Verteidiger, nachdem er einen Schluck Wasser getrunken hatte, »wollen wir, hohes Gericht, die psychologischen Motive betrachten, die Psychologie, hohes Gericht, die psychologischen Tatsachen. Sehen Sie sich dieses Dorfmädchen an, dieses schlichte Kind des Volkes! Und bevor Sie Ihr Urteil sprechen, befragen Sie Ihr Gewissen und sagen Sie, ob dieses Mädchen, das hier auf der Anklagebank sitzt, tatsächlich jener *homo delinquente* ist, jener Verbrechertyp, von dem Lombroso spricht!«

Niemand hörte mehr zu. Immer wieder wurde eine Tür zugeschlagen. Das Publikum, erschöpft von der langen Verhandlung, floh vor der unerträglichen Wärme. Im Saal blieben nur die Angehörigen des Verteidigers, aus verwandtschaftlicher Pflicht, und die Gerichtsreporter, die sich über die Rede amüsierten.

Druma diskutierte auf dem dunklen Korridor in einer Gruppe von Zigarettenrauchern die Motive der Anklage und bezweifelte nicht, daß das Urteil auf Tod durch den Strang lauten würde.

Als die Zuhörer in den Gerichtssaal zurückkehrten, redete der Verteidiger noch immer. Er las lange Zitate aus Pierre Janets psycho-pathologischen Werken vor. Der Vorsitzende sah auf seine Uhr, der amtierende Richter skizzierte den Wortlaut des Urteils auf einen Papierstreifen.

Endlich war der Redner fertig. Er schleuderte die letzten, wirkungsvollsten Sätze heraus, und mit einem poetischen Schwung, der die Ungeduldigen ärgerte und die Sachverständigen mit aufrichtiger Geringschätzung erfüllte, beendete er seine Rede mit einem Zitat aus der »Tragödie des Menschen« von Madách.

Das Gericht zog sich zur Beratung zurück.

Unterdessen hatte es angefangen zu regnen. Der Regen war eisig und mit Schnee vermischt. Diejenigen, die keinen Schirm mitgebracht hatten, dachten darüber nach, wie sie heimkommen würden.

Nach einer Dreiviertelstunde betraten der Vorsitzende und die Richter den Saal. Sie eilten auf das Podium. Die Angeklagte war noch nicht anwesend.

»Bringen Sie die Angeklagte herein«, ordnete der Vorsitzende an. Er hielt das Urteil in der Hand und sah zur Decke empor.

Die Bajonette klirrten. Anna wurde hereingeführt und vor das Podium gestellt. Sie war totenbleich. Sie hatte große Angst. Angst vor dem Tod, vor dem Strick. Sie schluckte, schluckte andauernd, ihre Kehle bewegte sich.

»Ich verkünde das Urteil des Gerichtes. Im Namen des ungarischen Staates ...«

Wieder knarrten die Bänke. Man konnte nur einzelne Worte des Urteils verstehen. »... schuldig befunden ... Gesamtstrafe von fünfzehn Jahren Zuchthaus ... Verlust der bürgerlichen Ehrenrechte ...«

»Fünfzehn Jahre«, wurde erstaunt geflüstert, »fünfzehn ...«, und die meisten Zuhörer empfanden eine leichte Rührung, denn sie hielten das Urteil für gerecht.

Einige Frauen weinten.

Der Rechtsanwalt sah triumphierend seine Verwandtschaft an. Er war davon überzeugt, daß sowohl er als auch Pierre Janet einigen Anteil an diesem Urteil hatten.

In der Urteilsbegründung wurde angeführt, daß das Gericht die Grausamkeit, mit der die Angeklagte den Mord begangen hatte, als erschwerenden Umstand betrachtete. Als mildernd wurden das unbescholtene Vorleben der Angeklagten, ihr reuevolles Geständnis und ihre an Einfalt grenzende Unbildung in Betracht gezogen.

»Haben Sie das verstanden?« fragte der Vorsitzende Anna mit seiner kräftigen, alten Stimme. »Das Gericht hat Sie zu fünfzehn Jahren Zuchthaus verurteilt. Sie haben das Recht, Berufung gegen das Urteil einzulegen.«

Der Staatsanwalt und der Verteidiger legten, einander ins Wort fallend, sofort Berufung ein. Die Zuhörer verließen eilig den Saal.

Anna Édes war allein mit ihren Richtern.

»Führen Sie die Angeklagte ab«, sprach der Vorsitzende leise zu den Gefängniswärtern.

Einige Tage später wurde Anna in das Zentralgefängnis gebracht. Hier wartete sie das Urteil des Oberlandesgerichtes ab, das im Frühling gefällt wurde, und das Urteil des Obersten Gerichtshofes, das ein Jahr später, gegen Weihnachten, ausgesprochen wurde.

Beide Berufungsinstanzen bestätigten das Urteil.

Aber darüber berichteten die Zeitungen nichts, kein Mensch interessierte sich mehr für die Angelegenheit.

Anna Édes wurde an einem kalten Januartag von Gefängniswärtern auf den Bahnhof gebracht und nach Maria Nostra transportiert. Das Tor des Zuchthauses schloß sich hinter ihr. Sie wurde in das Register aufgenommen, geschoren, gebadet. Sie bekam eine Nummer und einen gestreiften Kittel, ihr Sträflingsleben begann.

In der Christinenstadt sprach man noch hin und wieder von Anna, aber immer seltener.

Einmal blieb eine Frau vor dem Haus Attilastraße Nr. 238 stehen und sagte zu ihrem Mann:

»Hier hat sie gewohnt. Kannst du dich noch an sie erinnern? Sie war ein großes, kräftiges Mädchen, mit schwarzen Augenbrauen und starken Händen.«

»Sie war häßlich«, sagte der Mann.

»Nein, sie war eigentlich schön«, erklärte die Frau, »sogar ausgesprochen schön. Als die Rumänen hier waren, hatte sie einen rumänischen Soldaten als Geliebten.«

So verdunkelte sich die Erinnerung an Anna. Kein Mensch wußte mehr, wer sie war. Man hatte sie vergessen.

Dabei war Anna nicht tot, sie lebte im Frauenzuchthaus von Maria-Nostra. Aber sie war so ausgelöscht, so vergangen, als läge sie irgendwo jenseits der Donau unter den Akazienbäumen des Kirchhofes von Balatonfökajár.

XX
GESPRÄCH VOR EINEM GRÜNEN ZAUN

Jetzt ist es wieder Herbst. In den Gasthäusern wird Most ausgeschenkt, die Kinder spielen mit den auf das Pflaster aufprallenden glänzenden Kastanien. Die Blätter fallen.
Und auch die Krone fällt. Ständig. Im Augenblick ist der Kurs bei 0,22. Die Menschen sind verzweifelt, sie wissen nicht, wie sie bei einem so niedrigen Kurs essen, heizen und sich kleiden sollen. Zitternd sehen sie dem nahenden Winter entgegen.
Mittags schreit die Börse, die Inflation ist da, Vermögen werden verloren und gewonnen. Das verstümmelte Ungarn wird in den Völkerbund aufgenommen. Wieder ist ein Jahr vergangen, wir schreiben 1922.
Und was ist seitdem geschehen?
Jeden Sonntag spielt oben auf der Basteipromenade eine Militärkapelle, bei deren blechernem Lärm die Passanten unwillkürlich in Marschschritt verfallen. Die Tatárs gehen spazieren, ohne ihre jüngere Tochter, die schon verheiratet ist. Der Ilonka macht ein Referendar aus dem Ministerium den Hof. Von Jani hat sie nichts wieder gehört, er soll in Polen leben und Eintänzer sein.
Das Haus des Kornél von Vizy ist genau so wie es früher war, nur der Hausmeister ist ein anderer, Ficsor ist in das besetzte Gebiet übergesiedelt.
Frau Moviszter spielt auch heute noch Klavier und deklamiert Ady-Gedichte. Sie trifft sich mit immer jüngeren Männern. Sie färbt sich das Haar kanariengelb und wird

recht rundlich. Ihr Mann lebt noch immer. Eigentlich dürfte er nicht mehr leben, aber er, den schon so viele totgesagt haben – zuerst die offizielle Wissenschaft, die Professoren und seine einfachen Kollegen, dann seine Bekannten und Verehrer wie zum Beispiel der arme Kornél von Vizy –, lebt weiter, allen objektiven Feststellungen und freundschaftlichen Prophezeiungen zum Hohn, geheimnisvoll und unerklärlich, aus unergründlichen Ursachen. Offenbar erhält ihn etwas am Leben.

Übrigens zählt er hier am wenigsten. Er erträgt die Demütigungen, denen ihn seine Frau aussetzt, und erträgt Etels immer schlimmer werdende Launen. Die Umgebung lächelt mitleidig über ihn.

Szilárd Druma verwaltet das Haus. Ferenc von Patikárius hatte das Haus geerbt und den Rechtsanwalt mit der Verwaltung betraut. Der setzte beim Wohnungsamt durch, daß er mit Rücksicht auf seine große Praxis auch die Wohnung des ehemaligen Hausbesitzers zugewiesen bekam. Er ließ sie frisch tapezieren und wohnt jetzt mit seiner Familie darin. Es wurde ihm eine reizende kleine Tochter geboren und dann noch ein Sohn. Ein deutsches Fräulein betreut die drei Druma-Sprößlinge, die großartig gedeihen. Stefi ist auch noch da, aber sie trägt eine Brille, denn ihre Augen werden schwach. Als Hilfe hat sie ein kleines Bauernmädchen mit breiten mongoloiden Backenknochen und einem rabenschwarzen Zopf wie ein Chinese. Das Büro wurde in den zweiten Stock verlegt, in die alte bescheidenere Wohnung. Es ist sehr in Schwung gekommen. Zwei Schreibmaschinen klappern unablässig, und die Klienten müssen ein Anmeldeformular ausstellen und angeben, in welcher Angelegenheit sie den Herrn Rechtsanwalt zu konsultieren wünschen. Druma spielt auch im öffentlichen Leben eine immer wichtigere Rolle. Bei einer Nachwahl, die unmittelbar bevorsteht, wird er als Abgeordneter kandidieren, und zwar in einem Wahlbezirk, in dem kein Gegenkandidat aufgestellt wird.

Eines Nachmittags – die Straßenlaternen waren schon angezündet, aber der Herbsthimmel strahlte noch in mildem Licht – kam Szilárd Druma mit zwei Wahlhelfern von der Festung über die Gemsentreppe. Die drei Männer gingen langsam durch die sanft abfallende Lagerstraße nach Hause.

Etwas weiter unten, vor einem Haus mit einem grünen Zaun, blickten sie durch das eiserne Gittertor. Im Garten war eine Glasveranda mit einem Tisch, der für den Nachmittagskaffee gedeckt war.

Dieser Glaskäfig mit seiner stillen Abgeschlossenheit und den erleuchteten Fenstern erweckte das Interesse der Männer. Sie blieben stehen. Mit verhüllter Neugier und aufrichtigem Neid sahen sie in den Garten, und sie dachten, was jeder denkt, der ein Heim von außen betrachtet: hier wohnen Glück und Zufriedenheit.

Ein blonder Junge saß am Tisch, in einem Matrosenanzug. Er hatte schon gegessen und war damit beschäftigt, auf dem mit Krumen bedeckten Tischtuch seine Bleisoldaten in Kriegsformation aufzustellen. Er summte einen Militärmarsch und schlug mit der Hand den Takt dazu. Neben ihm saß die Mutter, den ernsten, klugen Kopf über eine Näharbeit gebeugt. Auf dem nachdenklichen Gesicht, das von dichtem, zu einer Krone geflochtenem Haar umrahmt war, lag ein Schatten. Mitunter sagte sie etwas zu dem Jungen, der Ratschläge von ihr wollte, wie die zwischen der Milchkanne und den Tassen operierenden Ungarn die in der Übermacht befindlichen, mit Giftgasen und Panzern ausgerüsteten Franzosen schlagen könnten.

Aus der Wohnung kam ein großer, zerzauster Mann auf die Veranda. Er trug einen Arbeitskittel und rauchte eine Zigarette. Er goß Kaffee in ein Wasserglas. Als er das Glas an den Mund hob, begegnete sein Blick dem der drei Fremden. Sie schämten sich ihrer Neugier und gingen am Zaun entlang weiter.

»Das ist Kosztolányi«, sagte Druma nach einer Weile, »Dezső Kosztolányi.«

»Der Journalist?« fragte der erste Wahlhelfer.

»Ja.«

»Er hat auch einmal ein Gedicht geschrieben«, erklärte der zweite Wahlhelfer, »irgendein Gedicht. Vom Tod eines kranken Kindes oder von einem Waisenkind, ich weiß es nicht mehr genau. Meine Tochter hat mir davon erzählt.«

Druma sagte im Brustton der Überzeugung:

»Er war ein großer Kommunist.«

»Der?« staunte der erste Wahlhelfer. »Jetzt ist er doch ein großer Klerikaler.«

»Ja«, bestätigte der zweite Wahlhelfer, »ich habe in einer Wiener Zeitung gelesen, daß er ein weißer Terrorist ist.«

»Er war ein großer Bolschewist«, wiederholte Druma. »Er hat mit dem Volkskommissar Pogány zusammengearbeitet. Die beiden sind auch zusammen auf der Generalswiese photographiert worden.«

»Und was hat er mit dem Pogány gemacht?« fragte der erste Wahlhelfer.

»Er hat ihn angesehen«, antwortete Druma geheimnisvoll.

»Das verstehe ich nicht«, meinte der erste Wahlhelfer kopfschüttelnd. »Was will er denn eigentlich? Für wen ist er?«

»Das ist ganz einfach«, entschied Druma. »Für alle und für keinen. Wie der Wind weht. Früher bezahlten ihn die Juden, da war er für sie, heute bezahlen ihn die Christen. Er ist ein kluger Mann«, sagte er augenzwinkernd, »er weiß, was er tut.«

Darüber waren sich die drei Freunde einig. Am Ende des Zaunes blieben sie wieder stehen. Aber es war ihnen anzumerken, daß sie die Sache noch nicht ganz verstanden hatten. Ihre Gesichter verrieten, daß sie wirklich immer nur einen Gedanken hatten, aber auch, daß zwei Gedanken schon zuviel für sie gewesen wären.

Sie zuckten die Achseln und gingen weiter, die Straße hinunter. Druma sagte noch etwas, und alle lachten herzhaft.

Was er sagte, konnte man aber nicht mehr verstehen.

Schwan, der weiße Hund, der den Frieden des Hauses bewachte, horchte auf. Er rannte an das Ende des Gartens und brach in ein wütendes Gebell aus, in dem die Worte der drei Männer untergingen.

DOSSIER

Gyula Hellenbart
Dezső Kosztolányi und die Ungarn

Über das Leben Kosztolányis informieren uns die ungarischen Lexika und Handbücher nur sehr sparsam. Das paßt zum Bilde eines Autors, dessen Werke mit Vorliebe von Menschen handeln, deren Leben ohne spektakuläre Ereignisse, ohne besondere äußere Dramatik verlief.
Dezső Kosztolányi ist am 29. März 1885 als Sohn eines Gymnasialdirektors im südungarischen Szabadka (heute Subotica/Jugoslawien) geboren. Nachdem er Grundschule und Gymnasium in seiner Heimatstadt absolviert hatte, begann er 1903 ein Philosophiestudium an der Universität Budapest. Nach etwa zwei Jahren – darunter zwei Semester an der Universität Wien – gab er dieses Studium auf und schlug die journalistische Laufbahn ein. Zunächst arbeitete er für die liberale Tageszeitung »Budapesti Napló« (Budapester Journal), später schrieb er für verschiedene Blätter, konservative und katholische genauso wie liberale und marxistische. Er lebte als freier Schriftsteller, zeitweise als Redakteur, in Budapest, genauer in der Budaer Lógodi utca, unternahm gelegentlich eine Auslandsreise und legte literarische Übersetzungen aus einer Reihe von Sprachen vor. Am Vorabend des Ersten Weltkrieges heiratete er und wurde bald Vater eines Sohnes, seines einzigen Kindes. Er starb in Budapest am 3. November 1936.

281

Er verfaßte außer Gedichten, Novellen und Feuilletons gelegentlich auch politische Beiträge, obwohl er sich von Anfang an als *homo aestheticus* verstand und jeglichem politischen Engagement fernzubleiben bestrebt war (nicht immer mit Erfolg). Diese zwiespältige Haltung bereitete ihm erhebliche Schwierigkeiten, insbesondere in den politisch turbulenten, von leidenschaftlichen Auseinandersetzungen gekennzeichneten Jahren nach den Revolutionen von 1918/19. (Der seltsame Epilog des Romanes »Anna« ist nur vor diesem Hintergrund zu verstehen.)

In seinem ersten Gedichtsband »Négy fal között« (In vier Wänden), 1907, sowie im zweiten, »A szegény kisgyermek panaszai« (Die Klagen eines armen kleinen Kindes), 1910, zeigte er sich als ein moderner Lyriker, der offensichtlich manchen westlich-spätbürgerlichen Einflüssen (Leconte de Lisle, Rilke usw.) verpflichtet war, aber durchaus schon originäre Konturen besaß. Die Titel dieser ersten beiden Bände deuten seine wichtigsten Themenkreise und sein dichterisches Programm an: weg von der traditionell-ländlichen Dichtung, von den erhabenen »großen« Themen wie Geschichte, Politik oder Philosophie, hin zu den bislang ausgesparten, privaten, »belanglosen« Stoffen. So entdeckte er für die Literatur die zaghaften Empfindungen eines kränkelnden, verwöhnten Kindes aus gutem Hause, das sein Leben in vier Wände eingeschlossen fristet, alleingelassen mit seinen Tagträumen und Wunschvorstellungen.

Das war zweifellos auch ein Stück menschlicher Realität, das von der herrschenden traditionellen wie auch von der modernen revolutionären Dichtung unbeachtet blieb, von dem sich aber viele bürgerliche Leser angesprochen fühlten. Auch in seinen Novellen schilderte Kosztolányi mit Vorliebe sogenannte kleine Leute, unscheinbare, unsichere Existenzen, schüchterne, komplexbeladene Außenseiter oder verschrobene, exaltierte Figuren: Menschen, die sich mit ihren unzeitgemäßen Idealen im Leben nicht zurechtfanden. Als sein erster Gedichtband erschien, rief Endre Ady (1877–1919), der eminent politische – aber auch sprachlich revolutionäre – Lyriker aus: Voilà, der *absolute Dichter.* In seiner ironischen und auch ein wenig überheblichen Rezension stellt Ady fest, es sei ganz gleich, welchen Themen sich Kosztolányi zuwende, in seinen Händen werde alles zur Dichtung, ja die Dichtung sei das Primäre für ihn. Menschliche Dokumente biete er nicht, dazu sei er auch gar nicht fähig. »Selbst die Liebe ist für ihn nur ein tödlicher Traum, und ich gehe jede Wette ein, daß hinter seinen Liebesgedichten nirgends eine Frau aus Fleisch und Blut steht. Hätten wir es mit einem billigen Menschen zu tun, könnten wir ihm beinahe den Verdacht anhängen, er wolle mit seinen Liebesgedichten nur die Zahl seiner Zyklen um einen erhöhen...« Kurzum, Kosztolányi sei genau der Dichter, den die Literatur brauche, er sei ein »literarischer Schriftsteller«, der – im Gegensatz zu ihm, dem Anarchisten Ady, für den das Schreiben die allernutzloseste Beschäftigung sei – selbst dann schreiben würde, »wenn er das Temperament eines Napoleon hätte oder die Mehrheit der Vanderbilt-Aktien besäße...«

Zweifellos trifft dieses gallige Psychogramm einen Dichtertyp, der in der ungarischen Literaturgeschichte eine wichtige Rolle spielt, nur daß es weniger auf Kosztolányi und viel mehr auf andere paßt. (Übrigens war Ady schon längst tot, als »Anna« geschrieben wurde.) Die Rezension schlug aber eine tiefe Wunde, und Kosztolányi revanchierte sich erst 22 Jahre später, 1929, mit einer Art »Generalabrechnung«, die Adys echte und angebliche Schwächen – aber mehr noch die seiner schwärmerischen Adepten und Exegeten – aufspießt.

Es gab noch einen anderen Rezensenten des ersten Kosztolányi-Bandes, der es verdient, hier zitiert zu werden: den jungen Georg von Lukács. Auch er nannte den Dichter der »Vier Wände« einen *poète littéraire*, schon zu Beginn seines Artikels, um gleich hinzuzufügen, daß seit Adys Auftreten Kosztolányi der einzige Lyriker sei, der Beachtung verdiene. »Viel bewußtes Experimentieren gibt es bei ihm, und viele Gedichte bleiben auch Experiment. Kosztolányi sucht die Poesie des heutigen Lebens, die Rhythmen des Eisenbahngedröhns, die Reflexe des Lampenlichts, die Melodien, die aus dem Lärm der Großstadtstraßen herausklingen. Und manchmal findet er wunderschöne Lieder. Zuweilen schmelzen, zufällig und für einen Augenblick, selbständige Klang- und Lichtelemente auf unvergeßliche Weise mit einem Seelenzustand zusammen (oder vielmehr bringen diesen erst zustande); manchmal werden bei ihm die einfachsten Dinge zu verblüffend lebendigen Symbolen...«

Wie gesagt, Kosztolányi hatte keineswegs nur Freunde. Besonders in den wirren Nachkriegsjahren mußte er viel einstecken, als er, der feinsinnige und weltanschaulich labile Ästhet, in den Schlammschlachten der Tagespolitik höchst unglücklich manövrierte und von rechts wie links angefeindet wurde. Dezső Szabó (1879–1945), der expressionistische Erzähler und überaus streitbare Pamphletist, dessen politische Stellungnahmen auch nicht gerade Musterbeispiele der Konsequenz waren, griff Kosztolányi 1920 in einem sardonischen Zeitungsartikel an: »...In Sachen Feinheit kann ich Kosztolányi in Europa nur mit Rilke vergleichen... Ja, vielleicht ist es keine Übertreibung zu sagen, daß Rilke nur Rilke ist, Kosztolányi aber *rilkissimus.*«

Ein Produkt der erbitterten Fehde zwischen Kosztolányi und Szabó war, zumindest teilweise, der Roman »Nero, der blutige Dichter«. In diesem von Thomas Mann überschwenglich gelobten Roman malt Kosztolányi ein satirisches Tableau von Dichtern und Dilettanten im kaiserlichen Rom. Die Dekadenz und moralische Verderbtheit dieser Stadt stellt im Roman – trotz aller historischer Treue – ein ziemlich genaues Abbild der spätbürgerlichen Kulturszene Europas (nicht zuletzt der von Budapest) um die Jahrhundertwende dar. Kosztolányi hatte ein ambivalentes Verhältnis zu dieser nihilistisch-überreifen Kultur, genauso wie zu der sozialen Schicht, aus der er stammte: einerseits war sie sein ureigenstes Milieu, sein Lebenselement (er übersetzte zwei ihrer repräsentativsten literarischen Werke: »Gegen den Strich« von J. K. Huysmans und »Das Bildnis des Dorian Gray« von Oscar Wilde), andererseits übte er vernichtende Kritik an ihr.

Von seinen fünf Romanen (»Nero«, »Der schlechte Arzt«, »Lerche«, »Der goldene Drachen«, »Anna«) bieten vier eine kritische und lebensnahe Schilderung des ungarischen Beamten-Mittelstandes, jener »gentroiden« sozialen Schicht, aus der er selber stammte. Daß er vom Milieu seiner Jugendjahre gelegentlich idyllische Bilder malte, ändert nichts an der konsequenten und rücksichtslosen – zuweilen auch humorvollen – Objektivität, mit der er die überholte und regressive Lebensform dieser Schicht, etwa in »Anna« oder in zahlreichen Novellen, darstellte.

»Daß er ein Dichter ist, sah ich an seinen Versen«, sagte László Németh (1901 – 1975) von ihm; »daß er ein großer Dichter ist, bewiesen für mich seine Romane. Seine Gedichte waren Einfälle, fingen einzelne Funken der Phantasie auf; seine Romane zeigten, daß das Funkensprühen der Dauerzustand seines Geistes ist. Die Themen seiner Romane waren genauso anspruchslos wie die seiner Gedichte. Man konnte nicht nach ihrer Lektüre sagen: Seht, hier ist der ungarische Zola, der ungarische Dostojewskij; sie lieferten keinen Querschnitt von der Gesellschaft, es brauste in ihnen nicht ›der Orkan des ungarischen Fatums‹. Die in Scheidung begriffenen Eltern rufen einen schlechten Arzt zu ihrem an Diphterie erkrankten Kind, und nach dem Tod des Kindes erwacht in ihnen die Selbstanklage: Haben sie absichtlich den unfähigen Doktor gerufen, damit endlich auch das letzte Band zwischen ihnen reiße? Anna Édes, die musterhafte Dienstmagd, erträgt die Schikanen ihrer Herrschaften, die brennenden Regentropfen der täglichen Demütigung, bis sie eines Tages in deren Schlafzimmer schleicht und sie tötet. Der Kaiser Nero wird deshalb ein blutrünstiges Raubtier, weil er ein schlechter Dichter ist, und die schlechten Dichter werden nur deshalb keine Neros, weil sie keine Kaiser sind; ›Lerche‹, die alte Jungfer, reist zu ihren Verwandten; ihre Eltern, die nicht einmal sich selber einzugestehen wagen, wie unglücklich sie wegen ihrer mißratenen Tochter sind, fühlen sich nach deren Abreise befreit. Der Vater geht in Gesellschaft wie einst, betrinkt sich ein wenig, und aus der verborgenen Ecke seines Herzens steigt das Geheimnis auf: eigentlich wünscht er den Tod seiner Tochter. Mit seinem Ausbruch schockiert er aber seine Frau, und am nächsten Tag holt er Lerche von der Bahn schuldbewußt und mit der alten Liebenswürdigkeit ab. Ein einziger Einfall, auf dem der ganze Roman basiert, aber tausend kleine Einfälle leuchten darin auf. Kosztolányi freut sich über die Details, er ist glücklich, daß er unter dem Vorwand des Romansujets die reiche Poesie des Alltags entfalten kann. Endlich ein Autor, können wir ausrufen, der nicht seine Absichten liebt, sondern seinen Stoff.«

Dienstmägde im Budapest von gestern

Das Arbeitsverhältnis einer Dienstmagd wies in Ungarn noch in der ersten Hälfte unseres Jahrhunderts archaische Züge auf. Es basierte auf einem Arbeitsvertrag, der, laut Gesetz von 1876, nicht nur die Arbeitskraft, sondern auch die *Person* der Dienstmagd ihrem Hausherrn zur Verfügung stellte.

Dies bedeutete, daß die vom Arbeitgeber geregelte »Hausdisziplin« sich auf alle Lebensbereiche der im Hause Lebenden erstreckte. Verstöße gegen sie durften sogar mit körperlicher Züchtigung bestraft werden. Das Gesetz erklärte die leichte Körperverletzung, begangen vom Hausherrn an der Dienstmagd, für straffrei. Andererseits war die Dienstmagd für ihre eigenen Handlungen nicht voll verantwortlich. Ein in den zwanziger Jahren ergangenes Urteil stellte fest, daß für die von einer Dienstmagd verursachten Schäden der Hausherr aufzukommen habe, wenn er seine Aufsichtspflichten verletzt hatte.

Es war also ein Stück echten Feudalismus, das im Dienstmagdwesen zu Beginn des 20. Jahrhunderts in Ungarn noch lebendig war. Bemerkenswert übrigens, daß das ungarische Wort für Magd, *cseléd*, nahezu identisch ist mit dem Wort für Familie: *család;* im 16. Jahrhundert waren diese beiden Worte noch eins.

Dieses feudalistische Relikt stellte zahlenmäßig einen durchaus respektablen Bereich dar: 1880 machten die Dienstmägde ein Sechstel der arbeitenden Bevölkerung Budapests aus. In den folgenden Jahrzehnten bis zum Zweiten Weltkrieg waren sie mit einem durchschnittlichen Anteil von 34,7 % sogar die größte Gruppe unter den erwerbstätigen Frauen der Hauptstadt. Der Anteil der Industriearbeiterinnen lag bei 27,9 %.

Die meisten dieser Mädchen und Frauen kamen vom

Dorf: mehr als die Hälfte von ihnen waren Töchter von (meist verarmten) Bauern oder Landarbeitern, doch immerhin ein Viertel waren Arbeiterkinder. Der oft abrupte, jedenfalls aber radikale Milieuwechsel, der Verlust aller bisherigen sozialen Bindungen, den der Eintritt eines Dorfmädchens in einen großstädtischen Haushalt bedeutete, war psychisch nicht leicht zu verkraften, selbst dann, wenn die Arbeitgeber human waren. Die zahlreichen Selbstmorde und Selbstmordversuche sowie der hohe Anteil der Dienstmägde unter den Prostituierten sind nicht schwer zu erklären.

Quelle: Gábor Gyáni, *Család, háztartás es a városi cselédség* (Familie, Haushalt und die städtischen Dienstmägde). Budapest 1983.

György Bálint
Ein Mädchen fällt auf die Straße (1940)

An jenem Mittag fiel, fünf Minuten nach halb zwölf, aus dem vierten Stock eines vierstöckigen eleganten Wohnhauses in Budapest ein Mädchen, bescheiden und beinahe unauffällig, mitten unter die Fußgänger herunter. Sie fiel ein paar Augenblicke lang lautlos durch den Raum und landete dann mit einem leisen Aufschrei auf der Kühlerhaube eines Autos. Eine halbe Minute lang war es ganz still. Das ohnmächtige Mädchen schwieg. Die Erinnerung an ihren leisen Schrei verlor sich über der Straße.
Die Passanten hatten nicht sogleich begriffen, was geschehen war. Sie stockten und schwiegen eine Weile. Dann scharten sie sich ratlos quasselnd um das zusammengebrochene Mädchen auf dem Autokühler. Die Szene war ebenso unwahrscheinlich wie die überraschende Zeile in einem Gedicht, wie ein heimliches Signal.

Unter die Passanten der Váci-Straße fallen selten Mädchen aus der Höhe. Die Situation war neuartig, ja sogar erschütternd. Die Nachmittagsflaneure, teuer gekleidete Stammgäste der Straße, wußten nicht, wie sie darauf reagieren sollten. Die Haltung, ja das ganze Leben dieser Leute wird von strengen Spielregeln beherrscht. Sie wissen ganz genau, wie sie sich zu verhalten haben in einem Büro, auf einer Theaterpremiere, bei einem Scheidungsprozeß, einem Fußballspiel, einem Nachmittagstee, einem Kongreß oder einem Begräbnis. Denn auch dem Tod gegenüber gelten gewisse Verhaltensregeln — vorausgesetzt, daß der Tod sich seinerseits an die üblichen Regeln hält. Er klopft gewöhnlich an der Tür eines Krankenzimmers an, sei es in einer Privatwohnung oder in einem Sanatorium. Die Regeln des Todes sind alt und patriarchalisch, und ebenso begegnen die Herrschaften dem Tod. Deshalb war das Publikum ratlos, als das Mädchen unerwartet und regelwidrig aus der Höhe stürzte.

Es fiel, wie gesagt, auf den Kühler eines schönen, schnittigen Wagens. Im Schaufenster des nahen Autohändlers stand ein Schild, auf dem zu lesen war, was ein solcher Wagen kostete. Auch in den anderen Schaufenstern waren Preisschilder zu sehen. Alles hat seinen genau angebbaren Preis: Wagen, Pelzmäntel, Halsschmuck, Schuhe, Orchideen, biographische Romane. Die Váci ist die vornehmste Straße der Stadt, hier sind auch die Ziffern auf den Waren luxuriös. Das Mädchen, das mit verdrehtem Kopf auf der Kühlerhaube lag, trug kein Preisschild.

Ihr Wert ist also unbekannt, besonders jetzt, wo sie zusammengebrochen ist und mit dem Tode ringt. Sie war ein Dienstmädchen und hat noch vor ein paar Minuten die Fenster im vierten Stock geputzt. Wieviel kann sie jetzt, wo sich ihre Glieder nicht mehr bewegen, noch wert sein, und wieviel war sie vorher wert? Wahrscheinlich entsprach ihr

Wert dem Lohn, den sie bekommen hat, also derjenigen Summe, die man ihrer Nachfolgerin bezahlen wird.

Als ich das Auto erreicht hatte, war von dem Mädchen nichts mehr zu sehen. Ich sah nur einen Ring dichtgedrängter Menschen, der mich umgab. Ein leises, verlegenes Summen war zu hören. Unter die gut gekleideten Menschen hatten sich auch Arbeiter und Dienstmädchen gemischt. Kurz zuvor waren sie auf der Váci-Straße nirgends zu erblicken, aber nun tauchten sie auf rätselhafte Weise von allen Seiten auf. Ich versuchte mühsam, mir das Leben und das Wesen des unsichtbaren Mädchens vorzustellen. Ich wußte, daß sie aus einer anderen Welt auf diese Kühlerhaube herabgestürzt war, aus einer Welt, deren Wände feucht und deren Töne schrill sind. Die Dienstmädchen leben in der Nähe stimmungsvoller Wohnzimmer und doch unendlich weit von ihnen entfernt. Wo sie hausen, herrscht ein anderer Luftdruck. Sogar die Gesetze der Lichtbrechung, der Akustik und der Schwerkraft scheinen sich zu ändern, sobald man ein Dienstmädchenzimmer betritt. Die Welt, in der sie leben, ist der exotische Erdteil der bürgerlichen Wohnung, wo eine andere Sprache gesprochen und nach anderen Regeln gedacht wird.

In den übrigen Zimmern ist oft von diesem fremden Kontinent die Rede; er ist das Lieblingsthema jener Damen, die in der Váci utca einkaufen. Wahrscheinlich wurde auch über das Mädchen auf der Kühlerhaube dauernd gesprochen. Sicher hat man darüber diskutiert, wie kräftig sie war, wie fleißig, wieviel sie aß. Man hat sie beurteilt und vermessen, und wenn es nichts anderes zu lachen gab, hat man über sie gelacht.

Aber wen interessierte eigentlich ihr Schicksal, die inneren und äußeren Vorgänge ihres Lebens? Wie viele unserer subtilen Analytiker und Psychologen haben darüber nachgedacht, daß auch sie womöglich seelische Probleme hatte, die sie beschäftigten, während sie bohnerte oder Fenster putzte? Nicht einmal die Schriftsteller brachten viel Interesse für sie auf. Nur ein einziger ungarischer Roman wurde über sie geschrieben, *Anna Édes*, Dezső Kosztolányis schönstes Buch. Wahrscheinlich haben nur wenige unter den Passanten auf der Váci-Straße dieses Buch gelesen. Und selbst wenn sie es gelesen hätten – was wäre dabei schon groß herausgekommen? Man lobt die dichterischen Schönheiten des Romans, man klingelt, man behandelt die Ureinwohnerin des Dienstmädchenzimmers wie eh und je. Bücher richten in dieser Hinsicht nichts aus.

Dann kam der Rettungswagen. Man holte das Mädchen ab, das wie eine unhöfliche Frage, auf die niemand gefaßt war, und die zu beantworten allzu peinlich wäre, auf die Passanten niedergegangen war. Sie lebte noch, als der Rettungswagen davonraste. Einige Passanten bemerkten sogar noch, sie hätte Glück gehabt, daß sie auf das Auto und nicht direkt aufs Pflaster gestürzt war. Ein glücklicher Umstand, fast so glücklich wie das Leben, das sie geführt hatte.

Deutsch von György Dalos.

Attila József
Thomas Mann zum Gruß

Dem Kinde gleich, das sich nach Ruhe sehnt
Und sich schon müde in den Kissen dehnt
Und bettelt: Ach, erzähl mir was, bleib da...
(Dann ist das böse Dunkel nicht so nah.)
Und das – sein kleines Herz schlägt hart und heiß –,

Was es sich eigentlich da wünscht, nicht weiß:
Das Märchen oder daß du bei ihm bist –
So bitten wir: Bleib eine kurze Frist!
Erzähl uns was, selbst wenn wir es schon kennen!
Sag, daß wir uns mit Recht die Deinen nennen!
Daß wir, mit dir vereint, deine Gemeinde,
Des Menschen wert sind und des Menschen Freunde.
Du weißt selbst, daß die Dichter niemals lügen.
So laß die Wahrheit, nicht die Fakten siegen,
Die Helle, die dem Herzen du gebracht –
Denn unsre Einsamkeit, das ist die Nacht.
Laßt heut uns, Freunde, uns durchschaun! So sah
Hans Castorp einst den Leib der Frau Chauchat.
Kein Lärm, der durch des Wortes Vorhang dringt…
Erzähl, was schön ist und was Tränen bringt.
Laß, nach der Trauer, endlich Hoffnung haben
Uns, die wir Kosztolányi grad begraben…
Ihn fraß der Krebs nur. An der Menschheit Saat
Frißt tödlich schrecklicher der Dschungelstaat.
Was hält die Zukunft noch in ihrem Schoß?
Wann bricht das Wolfsgeschmeiß gegen uns los?
Kocht schon das neue Gift, das uns entzweit?
Wie lang noch steht ein Saal für dich bereit?
Das ists: Wenn du sprichst, brennt noch unser Licht,
Es leisten auf ihr Mannsein nicht Verzicht
Die Männer, Frauen lächeln wunderbar,
Noch gibt es Menschen (doch sie wurden rar…)
Setz dich! Fang an! Laß uns dein Märchen hören!
Und manche – doch sie werden dich nicht stören –
Schaun dich nur an. Sie wollten zu dir gehn,
Den Europäer unter Weißen sehn…

Deutsch von Stephan Hermlin. Das Gedicht wurde für einen Leseabend geschrieben, den Thomas Mann im Januar 1937 in Budapest veranstaltete. Die Polizei Horthys verbot den Vortrag der Verse. Quelle: *Gedichte*. Berlin: Volk und Welt 1960.

Kosztolányis Werke

Négy fal között (In vier Wänden). Gedichte. 1907.

Boszorkányos esték (Hexenhafte Abende). Erzählungen. 1908.

A szegény kisgyermek panaszai (Die Klagen des armen Kindes). Gedichte. 1910.

A lótuszevők (Die Lotosfresser). Märchenspiel. 1910.

Bolondok (Narren). Erzählungen. 1911.

Öszi koncert. Kártya (Herbstliches Konzert. Kartenspiel). Gedichte. 1911.

Mágia (Magie). Gedichte. 1912.

Beteg lelkek (Kranke Seelen). Erzählungen. 1912.

Mécs (Ewige Flamme). Erzählungen. 1913.

Lánc-lánc, eszterlánc (Titel eines Kinderliedes). Gedichte. 1914.

Modern költők (Moderne Dichter). Übersetzungen. 1914.

Öcsém (Mein Bruder). Gedichte. 1915.

Bübájosok (Zauberer). Erzählungen. 1916.

Tinta (Tinte). Erzählungen. 1916.

Mák (Mohn). Gedichte. 1916.

Kain (Kain). Erzählungen. 1918.

Páva (Pfau). Erzählungen. 1919.

Kenyér és bor (Brot und Wein). Gedichte. 1920.

Béla a buta (Béla der Dumme). Erzählungen. 1920.

A rossz orvos (Der schlechte Arzt). Roman. 1921.

Nero, a véres költő (Nero, der blutige Dichter). Roman. 1922.

Bús férfi panaszai (Klagen eines melancholischen Mannes). Gedichte. 1924.

Pacsirta (Lerche). Roman. 1924.

Aranysárkány (Goldener Drachen). Roman. 1925.

Édes Anna (Anna Édes). Roman. 1926.

Tintaleves papirgaluskával (Tintensuppe mit Papiernudeln). Skizzen. 1927.

Meztelenül (Unbekleidet). Gedichte. 1928.

Alakok (Gestalten). Porträts. 1929.

Shakespeare: Romeo és Julia. Téli rege (Romeo und Julia. Wintermärchen). Übersetzungen. 1930.

Zsivajgó természet (Lärmende Natur). Kleine Porträts. 1930.

Kínai és japán versek (Chinesische und japanische Gedichte). Übersetzungen. 1931.

Esti Kornél (Kornel Esti). Erzählungen. 1933.

Bölcsőtől a koporsóig (Von der Wiege bis zum Grab). Porträts. 1934.

Tengerszem (Gebirgssee). 1936.

Szeptemberi áhitat (Septemberandacht). Gedichte aus dem Nachlaß. 1939.

Lenni vagy nem lenni (Sein oder nicht sein). Aufsätze. 1940.

Erős várunk a nyelv (Unsere feste Burg ist die Sprache). Aufsätze. 1940.

Kortársak (Zeitgenossen). Aufsätze. 1941.

Lángelmék (Genies). Aufsätze. 1941.

Abécé (ABC). Aufsätze. 1942.

Heinrich Mann
Studienausgabe in Einzelbänden

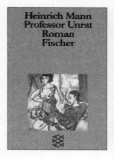  

Der Atem
Roman. Band 5937

Die Göttinnen
Die drei Romane
der Herzogin
von Assy
I. Band: Diana
Band 5925
II. Band: Minerva
Band 5926
III. Band: Venus
Band 5927

**Empfang
bei der Welt**
Roman. Band 5930

Ein ernstes Leben
Roman. Band 5932

Flöten und Dolche
Novellen
Band 5931

Der Haß
Deutsche Zeitge-
schichte. Band 5924

**Die Jagd
nach Liebe**
Roman. Band 5923

Die kleine Stadt
Roman. Band 5921

Es kommt der Tag
Essays. Band 10922

Macht und Mensch
Essays. Band 5933

Mut
Essays. Band 5938

Sieben Jahre
Chronik der Ge-
danken und Vor-
gänge (1921-1928)
Essays. Band 11657

**Stürmische
Morgen**
Novellen. Band 5936

Der Untertan
Roman. Band 10168

**Professor Unrat
oder Das Ende
eines Tyrannen**
Roman. Band 5934

**Die Jugend
des Königs
Henri Quatre**
Roman. Band 10118

**Die Vollendung
des Königs
Henri Quatre**
Roman. Band 10119

**Zwischen
den Rassen**
Roman. Band 5922

Im Schlaraffenland
Ein Roman unter
feinen Leuten
Band 5928

**Ein Zeitalter
wird besichtigt**
Band 5929

Fischer Taschenbuch Verlag

Manès Sperber
Die Wasserträger Gottes
All das Vergangene...
Band 1

Band 11653

Weltruhm erlangte Manès Sperber mit seiner Roman–Trilogie *Wie eine Träne im Ozean*. Als nicht weniger bedeutend gilt seine dreibändige Autobiographie *All das Vergangene...*, die zwischen 1974 und 1977 erschien. Der erste Band dieses monumental angelegten Werkes, *Die Wasserträger Gottes*, behandelt überwiegend die Kinderjahre des 1905 geborenen Autors und reicht bis 1917. Er beschreibt eine Kindheit vor dem Ersten Weltkrieg und während der Kriegszeit im ostgalizischen Zablatow und in Wien. Indem Sperber die ersten Seelenregungen des eigenen Ichs aufspürt, entwirft er gleichzeitig ein faszinierendes Panorama jener untergegangenen Welt des ostjüdischen Stetls am östlichen Rand der vormaligen Habsburg-Monarchie, in dem Juden, Ukrainer, Polen spannungsreich und doch friedlich nebeneinander lebten. Der Titel dieses Bandes leitet sich von Männern her, die in den hygienisch unzureichend ausgestatteten Häusern deren Bewohner das Wasser anlieferten. Sperber vermittelt nicht nur Zeitgeschichte und Zeitkolorit, er verfaßte ein Werk, das jetzt schon zu den großen Erinnerungsbüchern dieses Jahrhunderts zählt.

Fischer Taschenbuch Verlag

fi 650 / 4

János Nyiri
Die Juden - Schule

Aus dem Englischen von
Hilde Linnert und Uta Szyszkowitz

Band 11054

Der Titel dieses Romans ist doppelsinnig, sein Inhalt eindeutig. Gemeint ist einmal eine Schule für Juden (wozu auch
die Synagoge, die schul, gehört), zum anderen die harte Le-
bensschule, die jeder Jude in einer antisemitischen Umwelt
durchlaufen muß. Thema ist der Holocaust, die systemati-
sche Ausrottung der Juden. Erzählt wird die Geschichte aus
der Perspektive des kleinen József Sondor, den der Leser
vom Kindergarten (kurz vor Ausbruch des Zweiten Weltkriegs) bis zur Befreiung Budapests erlebt. József ist so etwas
wie ein ungarisch-jüdischer Oskar Matzearth, der permanent
seine Familie, Lehrer und sonstige Umwelt in Atem hält, sich
aller Disziplin (und allen Disziplinierungsversuchen) ent-
zieht und voller verrückter Ideen steckt. Er ist außergewöhn-
lich frühreif und sprachbegabt. Obwohl das Buch überwiegend von Angst und Überlebensnot handelt, fehlt ihm alles
gefühlige Pathos; Nyiri bringt seine Leser zum Lachen, das
im Hals stecken bleibt und begreifen hilft. Der *Observer*
schrieb: »Wir suchen in der Kunst nicht nur nach Verständ-
nis, sondern auch nach Glück. János Nyiris *Juden-Schule*
erfüllt beide Wünsche. Der beste Roman über den Holocaust.«

Fischer Taschenbuch Verlag

fi 1256 / 2

Veza Canetti
Die Gelbe Straße
Roman

Mit einem Vorwort von Elias Canetti
und einem Nachwort von Helmut Göbel
Band 10914

In der Wiener *Arbeiter-Zeitung*, zu ihrer Zeit Österreichs am sorgfältigsten redigierte Tageszeitung, veröffentlichte Veza Canetti regelmäßig Geschichten, vor allem in der Wochenend-Beilage. Zum guten Teil handelten diese Beiträge vom Leben in der Ferdinandstraße im II. Wiener Gemeindebezirk. Dort wohnte, bis zum Beginn der Nazi-Zeit, die Mehrzahl der Wiener Juden; die Ferdinandstraße war bekannt dafür, daß dort vor allem Lederhändler, en gros und en détail, ihre Geschäfte hatten. In und vor den Geschäften stapelten sich Taschen, Koffer, Zaumzeug, Lederwaren aller Art - die Straße soll ganz gelb gewesen sein. Speziell aus dieser Straße, in der sie selbst lange gewohnt hat, berichtet Veza Canetti in ihrem Roman, über große und kleine Katastrophen - verunglückte Ehen, tyrannische Ehemänner, Mitgiftjäger, geldgierige Hausherren und ähnliche Prüfungen mehr. Der kleine Kosmos *Gelbe Straße* steht für die Welt. Knapp und pointiert, an Karl Kraus geschult, berichtet Veza Canetti - immer auf Seiten der Opfer - von den im Maßstab noch kleinen Brutalitäten, die geradewegs in die große Katastrophe des Zweiten Weltkriegs und der sogenannten Endlösung führen. Die Münchner *Abendzeitung* nannte das Buch »eine notwendige Entdeckung«.

Fischer Taschenbuch Verlag

fi 617 / 3

Elias Canetti
Die Blendung
Roman

Band 696

Dieser Roman, 1935 in Wien zum erstenmal veröffentlicht, aber von ungünstigen Zeitumständen in seiner Wirkung behindert, ist auf Umwegen über England, Amerika und Frankreich, in die deutsche Literatur zurückgekehrt, in der er heute einen wichtigen Platz einnimmt. Wie Joyces *Ulysses,* mit dem die Kritik Canettis Buch immer wieder verglichen hat, ist *Die Blendung* im Grunde eine mächtige Metapher für die Auseinandersetzung des Geistes mit der Wirklichkeit, für Glanz und Elend des einsam reflektierenden Menschen in der Welt. Protagonist der Handlung ist Kien, ein berühmter Sinologe, der in seiner 25 000 Bände umfassenden Bibliothek ein grotesk eigensinniges Höhlenleben führt. Seine Welt ist im Kopf, aber sein Kopf ist ohne Sinn für die Welt. Als Kien, von seiner Haushälterin zur Ehe verführt, mit den Konventionen und Tatsachen des alltäglichen Lebens konfrontiert wird, rettet er sich gewissermaßen in den Irrsinn.

Fischer Taschenbuch Verlag

fi 598 / 3

Valentin Senger
Die Buchsweilers
Roman

Band 11382

Valentin Senger, der mit seiner autobiographischen Überlebensgeschichte ›Kaiserhofstraße 12‹ (1978) viel Anerkennung gefunden hat, nimmt sich in seinem Roman ›Die Buchsweilers‹ eines Themas an, das bislang von der Literatur noch nicht behandelt worden ist: die Wanderjuden im Deutschland des vergangenen Jahrhunderts. Sie mußten Tag für Tag von einer Judenherberge zur anderen ziehen, durften nie länger als eine Nacht in einer Stadt zubringen. Im Falle David Buchsweiler kam noch eine Verschärfung hinzu. Er war mit einem marodierenden Soldaten in Streit geraten und wurde, obwohl unschuldig, zu Kerker verurteilt. Nach Verbüßen seiner Strafe verlor er auch die geringsten sozialen Rechte. Mit Gleichgesinnten schließt er sich zu einer Judenbande zusammen, die ihre Familienangehörigen durch Raub und Diebstahl durchbringt. Gestützt auf ausgiebiges Quellenstudium, zeichnet Senger ein facettenreiches Zeitgemälde, in dem von Stetl-Romantik nicht viel zu entdecken ist. Es geht ums nackte Überleben unter entwürdigenden Umständen. Weite Passagen lesen sich freilich wie Teile eines besonders farbigen Abenteuerromans.

Fischer Taschenbuch Verlag

fi 596 / 3

Israel J. Singer

Von einer Welt,
die nicht mehr ist

Erinnerungen

Aus dem Amerikanischen
von Gertrud Baruch

Band 11340

Israel J. Singer erinnert sich an seine Jugend in einer kleinen
polnischen Provinzstadt: an den bücherlesenden, in jeder
Not unverbesserlich optimistischen Vater und die realisti-
sche, praktische Mutter, die Tanten, Handwerker und kleinen Händler. Mit den Augen des heranwachsenden Knaben
gesehen, aber mit der Kunst des reifen Schriftstellers darge-
stellt, entsteht so die Welt des jüdischen Schtetl, einer Welt,
geprägt von einer starren hierarchischen Ordnung und beherrscht von den strengen Ritualen einer archaischen Religion. Von diesem bescheidenen, gläubigen, friedfertigen, der
Not abgerungenen Leben, das für die Kinder dennoch ein
glückliches und reiches war, von dieser Welt, die nicht mehr
ist, da sie grausam vernichtet wurde, berichtet Singer ganz ohne Sentimentalität, ja heiter – wenn auch in dem Bewußtsein,
daß sie unwiederbringlich ist.

Fischer Taschenbuch Verlag

fi 1299 / 2

»In ihrer Art die schönste Buchreihe der Welt.«
DIE ZEIT

»Ebenso gute wie schöne Bücher – eine Buchreihe, die ihresgleichen sucht.«
FRANKFURTER ALLGEMEINE ZEITUNG

Faszinierende Inhalte.

Herausgegeben von Hans Magnus Enzensberger.

Limitierte Erstausgaben.

Original-Buchdruck vom Bleisatz.

Erstklassige Typographie.

Säurefreies Papier.

Solide Fadenheftung.

Individuelle Einbände.

EICHBORN
KAISERSTRASSE 66 · 60329 FRANKFURT
TELEFON (069) 25 60 03-0 · FAX (069) 25 60 03-30